歯嚙みする門左衛門

元禄八犬伝 三

田中啓文

集英社文庫

目次

歯噛みする門左衛門

元禄八犬伝　三

◆第一話

歯嚙みする門左衛門

一

どんより曇った晩だった。月は出ているはずだが、重く垂れ込めた雲のなかに隠れて、どこにあるやらわからぬ。網乾左母二郎《あぼしさもじろう》は東横堀《ひがしよこぼり》の川っぷちを北から南へと歩いていた。ふらり……ふらり……蛍が飛んでいるような危なっかしい足取りである。今にも堀にはまりそうだ。

どこかで、夜ガラスの声がした。夜明けも近い時分だから、明けガラスかもしれない。それが一声高く、ガア……と鳴いたのである。

「うるせえ！　ぶった斬るぞ」

左母二郎は声が聞こえた方向に酔眼を向けたが、カラスの姿は闇に溶け込んで見えない。

「ちっ……どいつもこいつも馬鹿にしやがって……」

左母二郎はふたたび歩き出した。黒羽二重《くろはぶたえ》の単衣《ひとえ》を着流しにして雪駄《せった》履き、漆の剝げた大刀を一本、閂差《かんぬきざ》しにしている。寒いが、一張羅だから仕方がない。衣替えの時期が来ようが年中この恰好《かっこう》である。バリバリと痩せた胸を爪で掻《か》くと、

「腹が減ったなあ。酒はたらふく飲んだが、食いもののほうを忘れてたぜ」

しかし、ふところに金は一文もない。

「くそっ……どこかに金目のものは落ちてねえかなあ……」

左母二郎は小悪党である。ゆすり、たかり、かっぱらい……なんでもする。江戸を所払《ところばら》いになってこうして大坂にやってきた。生まれてから一度も働いたことがないのが自慢で、剣術の腕はあるのだが、道場を開こうとか仕官をしようとかいった気はさらさらない。ぶらぶらしながら人生を送りたいのだ。

（あくせく働いても一生、ぶらぶら遊んでても一生。だったら遊んでるほうがいいに決まってらあね）

とは言うものの、金がないと飲食に困る。ぶらぶらするにも金は必要なのだ。今夜は、その金を手に入れようと、大坂城番付き同心の屋敷で夕方から博打《ばくち》をしていた。公儀役人の屋敷や神社、仏閣などでは、半ば公然と賭場が開かれていることがある。町奉行所が踏み込めないのをよいことに、貧乏な同心、住職などが場所を博徒に提供し、見返りとして場所代をもらうのだ。京の公家《くげ》屋敷でも行われているという。

だが、今日の左母二郎はついていなかった。丁と張れば半と出、半と張れば丁と出る。

ふところの金はたちまち底をつき、場を仕切っていた博徒の「舐《な》め猫《ねこ》の寅吉《とらきち》」という親方に借金を頼んだが、

「左《ひだり》の旦那（寅吉は左母二郎のことをこう呼ぶ）、あんたにはまえからかなり貸しがおまんのや。それを返してからにしとくなはれ」

寒がりなのか、どてらを着込み、火鉢のまえに座った寅吉は、まん丸な小顔をくしゃっとすぼめるようにしてそう言った。

「そこをなんとか……からっけつじゃあ帰《けえ》れねえだろ」

「帰ったほうがよろしいで。さっきから見てたら、今夜は旦那はとにかくツキがおまへんわ。そういうときはあきらめて一旦引くのも兵法だっせ」

「ふん、博打打ちの親分のくせに兵法たあ、えらそうなことを抜かすじゃねえか。――なあ、もうしばらくしたらツキが回ってくると思うんだ。駒を貸してくれよ」

「あきまへん」

「俺がこれほど頼んでも貸さねえってのか」

「なんぞ抵当《かた》はおますか」

「なにも持ってねえよ。――うん？　待てよ。こいつがあった」

左母二郎は腰に差していた刀を鞘《さや》ごと抜くと、寅吉のまえに置いた。

「これで三両貸してくれ」

「三両……？」

寅吉は、漆の剝げた鞘を横目で見ながら、

「やめときなはれ。どうせ値打ちのない刀やとは思いますけどな、あんたもお侍や。刀がのうなったら恰好がつきまへんやろ」

「心配いらねえ。今度は勝つ」

寅吉はため息をつき、駒を左母二郎に手渡した。もちろん左母二郎はそれもあっという間にすってしまい、

「すまねえ。もう一度……もう一度だけ貸してくれ」

拝むようにして頼んだが、さすがに寅吉は首を縦には振らなかった。

「わしはな、あんたのためを思て言うてまんのやで。今夜の旦那はザルみたいなもんや。このままやったらわしがなんぼでも儲《もう》けてしまいまっせ」

「なんだと？　そうか、わかった。てめえ、いかさまやってやがるな」

「ちょ、ちょっと、旦那……ひと聞きの悪いこと言わんといてもらいまひょか。わしゃからええけど、ほかの親方の賭場やったらえらいことになりまっせ」

「かまわねえぜ。その『えらいこと』とやら、やってもらおうじゃねえか」

とうとう堪忍袋の緒が切れた寅吉が、

「おい、左の旦那がお帰りやで。表まで送ってさしあげんかい」

そう言って右手を上げると、数人の子方《こかた》たちが迫ってきた。おそらくそのふところには匕首《あいくち》を呑《の》んでいるのだろう。左母二郎は、腰のものに手をやろうとしてハッとした。刀がない。寅吉が笑った。

「なにしてまんねん。旦那の刀はさっき抵当《かた》にいただきましたで」

「てめえ……こうなることがわかっててわざと刀を抵当に取ったな。汚《きたね》え野郎だ」

あきれた寅吉が、

「ほんま、あんたというひとはああ言えばこう言う……口の減らんお方や。ほれ……」

そう言って刀を差し出し、

「なんだ、こいつぁ」

「持っていきなはれ。こんな安もん、うちに置いといたかてしゃあないけど、お侍は困りまっしゃろ」

「なんだと？　てめえ、博打打ちのくせに俺に情けを……」

かけようってえのか、こんなもんいらねえや……と突っ返そうとした左母二郎だが、たしかに刀がないといろいろ困る。左母二郎は刀を受け取ると、

「てめえがどうしてもって言うなら仕方ねえ。もらっといてやらあ」

寅吉は情けなさそうに、

「旦那、そのうち貸した駒の分の金、返しとくなはれや」

「わかってらあ。まとめて返してやるよ」

「あてにせんと待ってまっさ。それまでは、悪いけどうちの賭場へは来んといてや」

つまり「出入り禁止」である。左母二郎は刀を腰に差すと、さすがに気が咎《とが》め、

「すまねえ……」

そうつぶやくと同心屋敷を出た。しばらくまっすぐ進むと東横堀だ。月が雲に隠れて、あたりは暗い。川面《かわも》も油を流したかのように黒々して見える。

「空にも俺にもツキがねえってか。いい仁輪加《にわか》ができたじゃねえか……」

自嘲しながら左母二郎は土手のうえを歩いた。無事に刀は戻ったものの、金欠である。しかも、情けをかけられたのが面白くない。腹いせに、常夜灯や用水桶《おけ》を蹴飛ばしたりしているうちに、一軒のうどん屋に目がとまった。常店《じようみせ》ではなく、担い屋台の夜鳴きうどんというやつだ。客がひとり、立ったまま素うどんを啜《すす》っている。

（あの手で行くか……）

左母二郎が屋台に顔を突っ込むと、

「おう、酒はあるのか」

「へえ、おまっせ」

気の弱そうな、しょぼくれた親爺《おやじ》が渋団扇《しぶうちわ》でカンテキの火を熾《おこ》している。

「五合《ごんごう》頼む」

親爺は一升徳利から汚らしい燗鍋《かんなべ》に酒を移すと、カンテキに載せた。左母二郎は顔をしかめ、

「汚え燗鍋だなあ」

「よう煮立たせますさかい、きれいなもんだっせ」

親爺は酒をぐらぐらと沸かし、茶碗《ちゃわん》に注ぎ入れた。一杯が一合である。左母二郎は茶碗の縁に口をつけたが、

「熱《あ》ちちち……舌が焼けちまわあ。加減して燗をつけろい」

「す、すんまへん……」

左母二郎はたちまち五合の酒を飲んでしまい、さらに五合、さらに三合……と追加していき、しまいには二升ほど平らげた。すきっ腹に酒はよく回った。そのうちに、隣でうどんを食べていた客がちびちびと一合の酒を飲みながらうどんを二杯お代わりし、汁もすっかり飲み干して丼と塗り箸を置いて、

「美味《うま》かった。また来るわ」

そう言うと勘定をそこに置き、立ち去ろうとした。左母二郎はひょいと脚を出して、客をつまずかせた。

「うわっ！　なにすんのや！」

大声を上げたその客に向かって左母二郎は、

「そいつは俺の台詞《せりふ》だ。ひとの脚を蹴っておきながら謝りもしねえとはどういう魂胆だ」

「な、なにを言うとんねん。脚蹴ったのはおまえやないか」

「ほう……武士に向かってその言葉、聞き捨てならねえな」

左母二郎は刀の柄《つか》に手をかけた。

（こういうことがあるから、変に見栄を張らずに刀をもらっといてよかったぜ……）

そんなことを思いながら、鯉口《こいぐち》を切る。客はせせら笑って、

「抜くつもりかいな。あははは……斬れるもんなら斬ってみい」

そう言うと、男は塗り箸を一本、刀のように構えて左母二郎に対峙《たいじ》した。左母二郎は身体《からだ》を沈めると、いきなり刀を一閃《いっせん》させた。つぎの瞬間、刀はすでに鞘に戻っていた。鍔《つば》鳴りの音もなにもなかった。ただ、「ふっ」というかすかな音がしただけだ。

「なんじゃい、脅しだけか。そんなもんでだれがビビるんや……」

と言いかけたその男の箸が縦にきれいに割れた。

「ひええっ！」

客と親爺は同時にのけぞった。左母二郎はにやりと笑って、

「つぎはおめえの帯にぶら下がってる煙草《たばこ》入れを真っ二つにしてやろう。——けどよ、普段ならへまはしねえが、今、俺は酔っぱらってる。ひょっとすると、ほんの少し手も

とが狂って、刀がてめえの胴をえぐる……てなことにならねえように気をつけらあ」

　客はぶるっと震えて、

「わ、わてが悪かった。悪うございました。お侍の脚を蹴ってしもてすんまへんでした」

「なあに、わかってくれりゃあいいのさ。——じゃあ、勘定はよろしく頼むぜ」

「へ……？」

「鈍い野郎だな。ここの払いだよ。俺の酒代も払っといてくれって言ってんだ。じゃあな……」

　あっけにとられる客と親爺を残して、左母二郎は屋台をあとにした。たまたま居合わせた、縁もゆかりもない客には悪いが、金のないときはこうでもしないと酒にはありつけない。

「くそっ……どこかに金目のものは落ちてねえかなあ……」

　ふらり……ふらり……東横堀沿いを隠れ家に向かって歩いていたが、そのうちに酔いが回ってきて、歩くのが面倒くさくなってきた。といって、川端で寝てしまう、というわけにはいかない。安堂寺橋《あんどうじばし》のたもとで立ち止まり、川をのぞき込んでいると、一艘《そう》の小舟がやってきた。船頭の顔を見ると、知り合いの玄太《げんた》という男だった。左母二郎は、しめた、と思った。

「玄太じゃねえか。どこに行くんだ」

左母二郎が声をかけると、玄太はこちらを見、相手が左母二郎だと気づくと露骨に嫌な顔をした。

「夜釣りの客を高麗橋《こうらいばし》まで送っていった帰りだす」

「てえことは、今から道頓堀《どうとんぼり》の船宿まで戻るんだろ？」

「まあ……そうだすけど……」

「だったら俺も日本橋《にっぽんばし》まで乗せてってくれ。頼まあ」

そう言うと、左母二郎は相手の返事も待たずに土手を降りていった。玄太はしぶしぶ船を岸に着けると、左母二郎はひょいと飛び移り、

「そう嫌な顔をするなよ。俺を乗せたっておめえに損をかけるわけじゃねえだろ」

「忘れてまへんで。あんた、まえにうちの船を壊しはりましたやおまへんか。あのときの修繕代、まだもろてまへんのやで」

「ありゃあ俺じゃねえ。重岩《じゅうがん》てえ、元関取の野郎がぶち壊しやがったのよ」（第二巻収録の「三人淀屋《よどや》」参照）

「わては、あんたに貸したのやさかい、あんたに払《はろ》うてもらわんと……」

「うるせえな。俺は今日、面白くねえんだ。ぐずぐず抜かすと川んなかに叩《たた》き込むぜ」

「あんたはほんまにやりかねんさかいなあ……。けど、銭ができたら払とくなはれや」

「銭はねえ」

「あんた、えらい酒臭いがな。銭のないもんは酒飲めまへんやろ」

「それが飲めるから不思議だ。知らねえ野郎が代わりに払ってくれたぜ」

「どうせまた、因縁つけて踏み倒しはったんやろ」

「当たりだ」

左母二郎は船べりにもたれた。この玄太という男はなかなか棹《さお》さばきが上手《うま》い。船はほとんど揺れず、すべるように横堀を下っていく。夜道を歩かなくてすむことになった左母二郎は満足して大あくびをした。ちょうど雲が晴れて、月が出た。

(月か……。ツキのほうもなんとかなりゃあいいんだがな……)

そのとき、突然、船が止まった。左母二郎は衝撃で船べりから川に落ちそうになった。

「気をつけろい！　なにかにぶつかったのかよ」

玄太を怒鳴りつけると、

「すんまへん。えらいもんに当たってしもた……」

玄太は頭を掻いた。

「えらいもん……？」

「土左衛門《どざえもん》だすわ……」

左母二郎が舳先《へさき》に目をやると、そこにはたしかに死骸らしきものが月明かりに照らされて浮かんでいる。どうやら若い女のようだ。

「やっとツキが回ってきたかと思ったが、こいつぁ縁起が悪いにもほどがあるぜ」

「ああ、かなんなあ……」

　玄太は棹の先でその死体を突き、向こうへ押しやろうとした。と、娘の腰に下がっているいる印籠が左母二郎の目に留まった。ちらりと見えただけだが、金の蒔絵《まきえ》が施された見事なもののようだった。

（こりゃあかなりの値打ちもんだぜ……）

　よほどの金持ちの家の娘なのだろう。その印籠と根付だけでも、どう考えても三十両ぐらいの代物のように思われた。

「おい、引き上げてやれ」

　玄太は顔をしかめ、

「土左衛門は見て見ないふりをするのがわてら船頭のならわしだす。お上《かみ》に届け出たらしばらく会所《かいしょ》におらなあかんし、関わり合いになるのは御免だすさかいな」

「うるせえ。魚に食われるまえに引き上げてやれ。可哀《かわい》そうじゃねえか」

「骸《むくろ》を乗せたら船が汚れますがな」

「死んだらみんな仏だ。汚れたりするもんけえ」

「あんたかて、縁起が悪い、て言うてはりましたがな。それに、あの船は土左衛門を乗せた、ゆう噂《うわさ》が立ったら客が寄り付かんようになりますのや。堪忍しとくなはれ」

左母二郎は刀を抜いて玄太に突き付け、

「この刀で船を真っ二つにされてえか、それともてめえの身体を真っ二つにされてえか、ふたつにひとつだ。どっちにするい？」

「どっちも真っ二つにせん、というのはおまへんのか」

「ねえな」

玄太はため息をついて、

「やっぱりあんたを乗せるのやなかった。大しくじりだすわ」

「ごちゃごちゃ言ってねえで早くやれ」

「へえへえ。あんたも手伝いなはれや」

ふたりは死骸を船に引き上げようとした。

「ありゃ？　お連れさんがいとるわ」

「どういうことだ？」

「見てみなはれ。男の亡骸《なきがら》がくっついてきた。手と手が扱《しご》きでつながってますやろ。これ、心中だすわ」

玄太の言うとおり、若い娘の死骸の隣には男と思われる死骸が浮いている。玄太は、

「なんまんだー、なんまんだー」

と手を合わせてから、長い時間をかけて二体の死骸を船に乗せた。左母二郎も手伝ったが、死骸は水を吸ってかなり重くなっており、ひとりでは無理だろうと思われたからだ。男は三十歳ぐらいの背が高い町人で、女は上等の着物を着たまだ若い娘だった。

「心中はご法度やさかい、町奉行所に出向いていろいろお取り調べを受けなあかん。あー、めんどくさ」

「仕方ねえだろ。行ってこいよ」

「あんたもやで」

「え？　俺もか……」

「あたりまえやがな。あんたとわてで見つけたんや」

「そりゃあ……ちと困るな。おめえだけで行ってくれ」

「あんた、言うてることめちゃくちゃやで」

船が岸に着き、死骸を土手に上げる。

「ほな、わては会所に知らせてきますさかい、あんた、ここで見張っとっとくなはれや」

そう言うと、玄太は駆けていった。残った左母二郎は、

（へっ……だれが見張ってなんぞいるもんけえ。役人なんぞ連れてこられた日にゃあこっちが捕まっちまわあ）

左母二郎は一応形だけでも、と死骸に手を合わせ、

（なんだか知らねえが、心中までしようてんだから、よほど深い理由《わけ》があるんだろうな。成仏しろよ。なんまんだぶつ……）

心のなかで念仏を唱えたあと、しみじみと死骸を見つめた。手首と手首、足首と足首を赤い扱きで結んでいる。死んでからも離れぬように、との配慮だろう。左母二郎は周囲を見回し、だれも見ていないのを確かめてから、印籠をそっと帯から引き抜いた。あらためて見てみると、金蒔絵で梅の古木とウグイスが描かれた立派なものだ。根付も梅鉢で、これも精巧な出来栄えだった。左母二郎はそっとふところに入れた。

（悪く思うなよ。俺がいなかったらおめえらふたりはいまだに川のなかでぷかぷか浮いてるんだ。これぐらいもらっても罰は当たるめえ。俺ぁ今、素寒貧《すかんぴん》なんだ。これでお互《たげ》えさまってことで……）

勝手な理屈をつけると、左母二郎は長町《ながまち》裏にある隠れ家に向かった。船に乗せてもらったおかげでかなり道ははかどった。

このあたりは、大坂でも有数の貧乏長屋が並んでいる。三軒長屋、五軒長屋、七軒長屋……とその場しのぎの建て増しを繰り返した結果、まるで迷路のようになってしまったのだ。知らないものが一度入り込んだら、脱け出すのは至難の業だが、およそまともな人間はこの界隈《かいわい》に足を踏み入れることはない。無頼の徒や博打打ち、キツネ落とし、女相撲の力士……といったいかさま商売で身を立てている連中の巣窟なのである。

長屋の一番奥の家、通称「犬小屋」には今夜も灯《あか》りはついていない。

（あいつら、近頃見かけねえな……）

あいつらというのは、「八犬士」のことである。その家は、以前、首くくりがあったとかでだれも借り手がおらず、野良犬の棲み処《すか》になっていたことから「犬小屋」と呼ばれていたのだが、今は、大法師《ちゆだいほうし》という坊主が住んでいる。江戸の将軍徳川綱吉《とくがわつなよし》の命令で極秘に動いているのが「八犬士」で、左母二郎はそのうちの四人とは「裏仕事」に関わったことがある。

将軍綱吉は、「生類憐みの令《しようるいあわれ》」という犬を保護するための法を定める、など、世間で「犬公方《いぬくぼう》」とあだ名されているほどの犬好きだった。そんな綱吉が、珠《たま》という奥女中に手を付けた。珠は身ごもったが、嫉妬深い御台所《みだいどころ》（正室）の怒りを恐れ、綱吉に宿下がりを願い出た。珠の懐妊を知った綱吉は書き付けと八つの水晶玉をつなげた数珠を実子の証拠として手渡した。宿下がり中に珠は女児を産み、伏《ふせ》と名付けてひそかに養育していたが、伏が八つのとき、珠のふた親も珠本人も流行《はや》り病で世を去った。家を片付けていた町名主が書き付けと水晶玉を見つけ、仰天して江戸城にそのことを報《しら》せて、ことが発覚した。綱吉はすべてを認め、伏を引き取って育てることにした。ところが、城からの迎えが珠の住まいに着いたとき、伏姫の姿はなく、

「おおさかのじいのところにいく」

という手紙、そして、伏姫が日頃可愛《かわい》がっていた八房《やつふさ》という子犬が残されていた。水晶玉もなくなっていたので、おそらく伏姫が持っていったものと思われた。しかし、その「大坂の爺《じい》」なるものがどこのだれなのかまるでわからない。伏姫は大坂に住んだこともなく、土地勘はないはずなのだ。手がかりは、仁義礼智忠信孝悌《じんぎれいちちゆうしんこうてい》という文字《もんじ》が浮かび上がる水晶玉の数珠だけである。綱吉は、苗字《みようじ》に犬という字がついた剣士八人を日本中から選《え》りすぐり、誰も顔を見たことのない伏姫の行方を探らせることにした……というのが左母二郎がはじめに聞いていた説明だったが、実際の事態はもう少し複雑らしい。御三家のひとつで、綱吉にとって煙ったい存在である水戸《みと》家の思惑がからんでおり、八犬士は娘を探すかたわら、そちらのほうにも目を配らねばならぬようだ。

しかし、左母二郎にはそんなことはどうでもよい。政《まつりごと》や天下の情勢など知ったことか、と思っている。「お家」の勢力を拡大するために謀略をめぐらせ、神経をすり減らすなどくだらぬ、としか言いようがない。そういうことには巻き込まれたくない、とつねづね思っているのだが、八犬士と会うと、どういうわけか巻き込まれてしまうのだ。

、大法師は将軍と八犬士の「つなぎ役」なのだが、江戸と大坂をしょっちゅう行き来しているので、見かけることはあまりない。

(ありがてえ。あいつの面《つら》見るとろくなことにならねえからな……)

じつは、左母二郎の住まいはこの長屋ではない。この長屋を抜けたところにある二階建てのぼろぼろの一軒屋が隠れ家なのだ。そこに行くには一旦この長屋に入らなければならないので見つかりにくいし、万が一町奉行所の役人などがやってきても安全なのだ。

「今、帰《けえ》ったぜ」

そう声をかけながら左母二郎は菱形《ひしがた》に歪《ゆが》んだ戸をこじ開けた。屋根の瓦はほとんどが落ちて丸坊主になり、壁土はもろもろになっている。ただし、家賃は払っていない。例によって大家を刀で脅し、タダで借りているのだ。

泥酔のせいで足がもつれ、破れ畳のうえに倒れ込んだ左母二郎のほうを見ようともせず、

「左母やん、お帰り」

ごろ寝したまま返事をしたのは、同居人の鴎尻《かもめじり》の並四郎《なみしろう》だ。気が合って、一緒に暮らしている。のっぺりした生白い顔で、月代《さかやき》や髭《ひげ》もきれいに剃《そ》り、小洒落《こじゃれ》た着物を着こなした姿は、どこかの若旦那風だが、その正体は稀代《きたい》の大盗人《おおぬすっと》かもめ小僧である。

悪徳商人の屋敷に、
○○屋主《あるじ》殿、御差し支えなくば明晩○の刻《こく》○○を頂戴すべくそちらに見参いたしまする。かもめ

という「予告状」を送ったうえでまんまと指定の品を盗み取り、かもめが群れ飛ぶ戯画を描いた紙に、

御役人衆御役目御苦労なれどけふもうまうま盗めたかもめ

という、町奉行所の役人を嘲るふざけた文句を残していくことで大坂の町人たちの喝采を浴びる。「七方出《しちほうで》」という変装術に長《た》けており、顔かたちを自由に変えて別人になりきってしまう。その技の冴《さ》えには、左母二郎もいつも感心している。

「かもめ、銭持ってねえか」

「多少あるけど使い道が決まってるんや」

「なにに使うんでえ」

「芝居や。明日観《み》にいくねん」

「おめえが芝居なんて珍しいな」

「わては七方出で顔の形から声まで変えてしまうさかい、芝居には関心はないんやけど、今、道頓堀の『水無瀬座《みなせざ》』ゆう小屋で、芝居と芝居の合間に軽業を挟んでるらしいねん。その軽業師の芸がめちゃくちゃ凄《すご》いゆう評判でな」

「ほう……」

「わても盗人として、軽業を心得てなあかんやろ。手本にさせてもらおう、あわよくば技を盗んだろう、と思て、観にいく気になったんや。左母やんも一緒に行かへんか?」

「銭がねえ」

「あっ、そう」

並四郎の体術も人並み優れている。城の天守閣でも、五重塔のてっぺんでも飛んだり跳ねたりできるのだ。並四郎が活躍すると、庶民は溜飲《りゅういん》を下げる。町役人たちは焦って捕縛しようとする。なかでも西町奉行所の盗賊吟味役与力滝沢鬼右衛門《よりきたきざわおにえもん》は「かもめ小僧」を捕えることに命を賭けている。そういう連中の目が光っているため、大きな仕事は年に数度しか行えず、左母二郎同様いつもぴーぴーしているが、まあなんとかなるだろう、とあまり気にかけた様子はない。そんなところも左母二郎と気が合う要因なのだ。

「残念やなあ。その軽業師、えらい別嬪《べっぴん》らしいで」

「女か。そりゃあ人気も出るはずだ」

歌舞伎芝居の源流は出雲阿国《いずものおくに》だと言われているように、初期の歌舞伎は「女歌舞伎」といって若い女性が演じるものだったが、風紀を乱す、ということで年少の男性による「若衆歌舞伎」になった。それもまた公儀に禁じられ、今は「野郎歌舞伎」といって男が演じるものに変わった。しかし、公儀はそれさえも禁止しようと目を光らせている。大衆の欲する芸ごととそれを取り締まろうとするお上の追いかけっこは今後も続きそうである。

「女歌舞伎はご禁制やけど、軽業ならかまへん、ゆうことで、ごっつい人気らしいわ。なあ、行こうや。なあなあ……」

「銭がねえって言っただろ」

「銭のないわりに、左母やん、えろう酔うてるやないか」

「タダ酒食らってきた」

「へえ……」

「実ぁな……」

左母二郎はよろよろと立ち上がり、水瓶《みずがめ》から汲《く》んだ水をキューッと飲み干すと、舐め猫の寅吉の賭場ですっからかんになったこと、腹立ちまぎれにうどん屋で大酒を飲んだあと、客に因縁をつけて勘定を払わせたこと、そのあと玄太の船に乗って心中した男女の死骸を見つけたこと……などを話した。

「心中か。可哀そうになあ」

「男のほうはわからねえが、女のほうはかなりの大店《おおだな》の娘だと思うぜ」

「今頃大騒ぎになってるやろな」

「俺には関わりねえよ。――じゃあ、寝るわ」

そろそろ日が昇り、一日が始まる、という時刻、酔っぱらった左母二郎はそのまま夜具もかぶらずに横になり、寝てしまった。

どれぐらい経《た》っただろうか。左母二郎のまえにひとりの女が立っていた。

「だれだ……」

「私です……」

「私じゃわからねえ」

「先ほど、川でお目にかかったものでございます……」

「川だあ？　たしかに川には行ったが、おめえさんみてえな娘には会わなかったぜ」

「いえ……お会いいたしました……」

左母二郎はふと気づいた。その娘の着物の柄に見覚えがあったのだ。しかも、娘は全身から水を垂らしているではないか……。

「お、お、おめえ、まさか……」

「はい……先ほどお会いした心中もののかたわれでございます」

「なんの用だ」

「恨みを申し上げに参りました……」

「恨みだと？　俺は、玄太の野郎が、見て見ぬふりをする、と抜かしたのを説き伏せて、引き上げてやったんだぜ。恨みを受ける覚えはねえ」

「私を引き上げてくださったことはありがたく思うておりますが、そのあと、見捨ててお帰りになられたではありませぬか……」

「知らねえよ、そんなこたあ。帰ってくれ！」

「帰りませぬ。あなたを……取り殺して……ともに奈落へ……参りましょうぞ……」

「ひえっ、助けてくれ！」

左母二郎は両手を目のまえで左右に振った。娘は、宙を滑るように左母二郎に近づいてきたかと思うと、長い舌をべろりと出し、左母二郎の顔を舐めはじめた。

「ひええっ、やめろ！　やめねえか！」

その途端、目が覚めた。身体中に汗をびっしょりかいている。

「夢か……」

左母二郎の胸のうえには子犬がちょこんと乗り、左母二郎の顔を舐めている。どうやらそのせいで悪夢を見たものと思われた。犬は八房である。伏姫探索の手がかりを摑《つか》むために江戸から八犬士のひとり犬川額蔵《いぬかわがくぞう》が連れてきたのだが、ヽ大法師も八犬士もこちらにいないときは左母二郎たちが預かっているのだ。

「この犬っころめ！」

左母二郎は八房を引っぱたこうと手を上げたが、無心にこちらを見つめている子犬の顔を見ているうちに、

「やめた……」

手を下ろして、手ぬぐいで顔の涎《よだれ》を拭った。べつに将軍の飼い犬だろうがなんだろうが容赦する左母二郎ではないし、生類憐みの令に配慮したわけでもない。

かたわらに並四郎の姿はない。左母二郎は安堵《あんど》の息を洩《も》らし、

「よかった……。あいつに今の悲鳴を聞かれてたらかっこ悪くてしゃあねえからな」

どうしてあんな夢を見たのだろう。やはり、印籠を抜き取ったことと死骸をほったらかして帰ってきたことに後ろめたさを感じているようだ。

（玄太のやつ、うまくやりやがったかな……）

きちんと町奉行所に引き渡せただろうか。自分が見張っていなかったことで、野良犬にでも齧《かじ》られていないだろうか。そもそもあのふたりはどういう素性なのだろう。急に左母二郎はいろいろなことが気になりはじめた。外を見ると、もう夜はすっかり明けていたが、まだそれほどの時間は経過していないようだ。

左母二郎は舌打ちをして、刀を腰にぶち込み、立ち上がった。

「しゃあねえ……行くか……」

そうつぶやくと左母二郎は隠れ家を出た。

◇

左母二郎は、心中死体を引き上げたあたりに戻ってきた。並四郎が言っていたように、

あたりは黒山の人だかりである。「心中」とか「火事」とか聞くとじっとしていられない、物見高い野次馬が大坂中から集まってきているのだ。左母二郎は、人混みのいちばん後ろからこっそり様子をうかがった。品の良さそうな初老の町人が、娘の死骸に取りすがって泣いている。

「お梅《うめ》ーっ！　お梅ーっ！　なんで死んだのや！」

どうやら父親らしい。

「わしが悪かった。まさかこんなことをしでかすとは思わなんだ。わしがアホやった。お梅ーっ、返事をしとくれ！」

少し離れた場所で、玄太が町奉行所の同心から吟味を受けていた。

「おまえひとりではなかったと申すか」

「そうだす。ご浪人さんが手伝《てつど》うてくださりました」

「見知りのものか」

玄太は少し口ごもったあと、

「いえ……通りすがりのお方で、お名前も居所も存じまへん。わてが会所にお知らせに行ってるあいだに帰ってしもたようで……」

「心中は天下の禁。関わりになったものの名はきいておけ」

「すんまへんすんまへん」

はじめのうち腹のなかで笑っていた左母二郎だったが、その同心の後ろにいた役人を見て顔をしかめた。西町奉行所の盗賊吟味役与力滝沢鬼右衛門ではないか。腕組みをしてむっつりと死骸を見つめている。

（なんで盗賊吟味役が……）

滝沢鬼右衛門は、かもめ小僧を捕えることだけを生きがいにしている男である。長い揉《も》み上げや、黒々と太い眉、割れた顎など「鬼右衛門」の名にふさわしい外見で、つねに並四郎を追い回しているが、一度たりとも捕縛に成功したことはない。当然、左母二郎たちとも関わり合いができており、あまり会いたくはない人物なのである。

おそらく奉行所で泊番をしているところを、人手がなくて駆り出されたのだろう。さっき先に帰ったのは正しかったようだ……と思いながら、鬼右衛門に見つからぬよう左母二郎が場所を変えたとき、不審げなふるまいをしているひとりの男に気づいた。赤ら顔で、額が飛び出しており、鷲鼻《わしばな》……という印象的な顔立ちで、眉毛が逆八の字になっているので、つねに怒っているようだ。あまり裕福そうには見えないが、それなりにこざっぱりした身なりをしている。帳面と筆を手にして、死骸のまわりを歩き回り、なにやら忙しそうに書き留めている。ときには見物の衆に話しかけ、同心や手下たちにまで質問を浴びせている。玄太の船の絵や死体の様子、着物の柄などを下手くそな絵で写生しているのも見えた。

（なんだ、あの野郎は……）

はじめは読売《よみうり》（瓦版売り）か、とも思ったが、どうも違うようだ。読売は初動が命である。たとえ取材が満足にできていなくても、とにかくいち早く情報を集めて文章に起こし、大急ぎで摺《す》って街角で売る。だれよりも早い、ということが値打ちになるのだ。二番手以降は、情報の正確さは上がるかもしれないが、売れ行きはどーんと落ちる。それにしてはその男の取材は念が入りすぎているように思われた。しかも、公儀役人である町奉行所の同心たちにまで話をきいている。一応、建前上は、公儀は読売の販売を禁止している。人心を惑わす流言飛語を流布するから、というのが理由である。それゆえ読売たちは見張り役を置いて、役人が来たら逃げられるようにしているのだ。しかし、鷲鼻の男は、左母二郎の視線に気づきもせず、目の色を変えて取材を続けている。

「網乾の旦さん……」

玄太が寄ってきて、小声で言った。

「ようようお解き放ちになりましたわ。あんた、殺生だっせ。わてにだけ押し付けて……」

「悪《わり》いな。俺ぁいろいろと叩けば埃《ほこり》の出る身なんだ。役人とは会いたくねえのさ」

「まあ、そうだっしゃろけど……えらい目に遭いましたわ。やっぱり心中もんなんか引き上げるんやなかった。——けど、なんで戻ってきはりましたんや？」

「あ、ああ、まあちょっと気になってな……」

悪夢を見たせいだとも言えぬ。

「ふたりの素性はわかったのか」

「わてがお役人から聞いたところでは、男のほうは菅原町《すがはらちょう》で三味線の師匠をしとる新《しん》之介《のすけ》とかいうおひとでおます」

「稽古屋かあ……」

商売人の娘は、茶道、華道、書道、裁縫……だけでなく、踊り、琴、三味線などの芸ごとを身につけるため、日々、稽古屋に通うのが常であった。

「女のほうは、天満《てんま》の青物問屋高崎屋弥右衛門《たかさきややえもん》のひとり娘で、十六歳。お梅という名前やそうだす」

左母二郎は、娘の印籠と根付の意匠がどちらも梅だったことを思い出した。

「お梅は、新之介の稽古屋に通うて、三味線を習《なろ》うとったんやそうで……」

「じゃあ、娘にとりすがって泣いてやがるあの親爺が……」

「高崎屋だすわ」

「高崎屋といやあかなりの大店じゃねえか」

「そらもう、天満の青物市場でも一、二だっせ」

「てえことは、新之介の稽古屋に通ってるうちに娘が師匠に岡惚《おかぼ》れして、くっついちまったってわけか。それをあの親爺が引き裂こうとして、とうとういっそこの世で添えねばあの世で……てえやつだな」

「へえ、娘に無理な婿入り話を押し付けて、娘が嫌がると部屋に閉じ込めたそうでおます」

「ひでえやつだな……」

「けど、仕方ないのとちがいますか。あれだけの大きな身代を稽古屋の師匠に譲るというわけにもいかず、釣り合わぬのは不縁のもとと言いますがな」

「うるせえ、馬鹿野郎！」

玄太は、急に左母二郎が怒気をあらわにしたので驚いて飛びのいた。斬られる、とでも思ったのだろう。

「釣り合わぬは不縁だと？　高崎屋も、最初《はな》っからあの身上だったわけじゃねえだろう。好き同士ならたとえ釣り合わなくっても添わせてやりゃあいいじゃねえか」

「そらまあ……そうだすけどな。高崎屋が可哀そうやなあ、と思たもんで……」

「なにが可哀そうだ。えらそうなことを言って、あげくの果てに大事なひとり娘を殺しちまった。馬鹿な野郎だぜ」

「…………」

「ところで、おい、おめえ、あすこにいる野郎、どこのなに兵衛《べえ》か知ってるか」

「どいつでおます？」

「あの、黄色い頭巾をかぶった野郎の隣にいる……今、後家風の女の横に移った……」

「え？　どこだす？」

「じれってえな。赤ら顔で鷲鼻の男だよ。紙と筆を持って、見物人にいろいろききまわってるだろ？」

「ああ、わかりました。——知っとります。わても、道頓堀に住んどりますさかいな、芝居やら浄瑠璃にはちっとばかり詳しゅうおます」

「芝居の役者かなにかか？」

「あれが門左衛門《もんざえもん》だすわ」

「土左衛門？」

「土左衛門やおまへん。門左衛門……近松《ちかまつ》門左衛門、ご存じおまへんか？」

「知らねえなあ」

「京の都《みやこ》万太夫座《まんだゆうざ》で、名人の坂田藤十郎《さかたとうじゅうろう》と組んで歌舞伎狂言の大当たりを連発した狂言作者だす。『けいせい仏《ほとけ》の原《はら》』ゆうのがどえらい評判になりましたんや」

「ふーん……」

左母二郎は芝居や浄瑠璃に関心がなかった。そもそも金がなく、あってもそれは酒代に消えてしまうので見物のしようがないのだ。

「その狂言作者がこんなところでなにしてやがんだろうな」

「たぶん……世話狂言のタネを仕入れとるのやおまへんやろか」

「世話狂言……？」

玄太によると、今流行っている歌舞伎狂言、浄瑠璃などは大まかにいうと時代狂言と世話狂言に分かれる。時代狂言というのは、『太平記《たいへいき》』や源平《げんぺい》合戦やお家騒動……といった歴史上の事件に取材したものだが、世話狂言というのは庶民の日常を描いたものである。なかでも大当たりを取っているのは、世話物のうちでも、現実に起きた事件をいち早く取材してすぐに舞台にかける、というやり方のもので、

「その早いことと言うたら、事件があってから十日も経たんうちに芝居になっとりますのや。だーっ、と徹夜徹夜で台本《ほん》を書いて、座員に配って、大急ぎで何日も夜通しで稽古をして、そのあいだに道具方がこれも夜通しで大道具、小道具を拵《こしら》えて……とにかくみんなで必死にがんばって舞台にかけますのやが、なにしろついこないだ起きたことやさかい、評判を取ります。けど、よそよりちょっとでも遅れたら……」

「ウケねえのか。読売と同じだな」

「そういうことだす。せやさかい近頃は、なんぞあったら狂言作者連中が血眼になってタネを仕込みます。近松もその類やないかと……」

「なーるほど」

「たぶんしばらくしたらどこぞの小屋で近松門左衛門作の『なんとか心中』がかかりまっしゃろ。楽しみやなあ……」

左母二郎は内心舌打ちをした。ひとの情死を商売の材料に使う、ということが気に入らなかったのだ。だが、それは口に出さず、

「じゃあな」

「お帰りだすか」

「歌舞伎狂言にゃあなんの関心もねえ」

そう言うと左母二郎はその場を去った。

二

普段は昼まで寝ているのだが、早起きしたため、眠い。歩いているだけでも目がとろんとしてくる。昼寝でもしよう、と左母二郎はふたたび隠れ家に戻ってきた。

「おい、かもめ……」

入り口をくぐったところでそう言うと、

「かもめはいないよ」

女の声がした。船虫《ふなむし》という年増女だ。歳《とし》は二十五、六。太ももを丸出しにしただらし

ない恰好で、擦り切れた畳のうえに寝そべっている。細い眉に吊《つ》り上がった目、おちょぼ口に濃く紅を差している。茶碗が転がっているところをみると、今の今まで手酌で飲んでいたようだ。

「あいつ、どこへ失《う》せやがった」

「知らない。あたしが来たときにゃだれもいなかったよ」

左母二郎は、並四郎が芝居を観にいくと言っていたのを思い出した。

船虫は左母二郎と並四郎の悪党仲間で、暇さえあればここに入り浸っている。大胆な手口の悪事を得意とするが、目先の欲得に転び、自分さえよければいい、と仲間を裏切ることも平気である。しかし、いつのまにかしれっと戻ってきて、こうしてごろごろしている。左母二郎たちもそれを黙認しているのだから、よほど馬が合うのだろう。八房も、船虫の横にちょこんと座り、しっぽを振っている。すっかり慣れているのだ。

「昼間っから酒かよ」

「むしゃくしゃすることがあったんで、自棄酒《やけざけ》さ。左母二郎こそこんなに早くにどこに行ってたのさ。それとも夜通し飲んで、今お帰りかい？」

左母二郎は上がり込むと、船虫の隣にあぐらを掻き、

「ちいとばかり用足しに行ってた。昨日の夜からえれえ目に遭ってるんだ。というのもな……」

　左母二郎が話しはじめようとすると、

「ちょっと待った。左母さんの話はあとで聞くからさ、まずはあたしのむしゃくしゃを聞いとくれよ」

「ちっ。わかったよ。とっとと話しやがれ」

「あたしの昔っからの仲良しにお蝶《ちょう》ちゃんっていうのがいてさ、源蔵町《げんぞうまち》で髪結いをしてるんだ。器量よしで気立てがいいうえに独り者ってことで、店は繁昌《はんじょう》してるんだけど、このお蝶の間夫《まぶ》に新之介っていうやつがいてさ、なかなかの男なんだよ。苦み走った顔立ちで気っぷもいい。背がすらっと高くて……あたしも内心憎からず思ってたぐらいなのさ。お蝶ちゃんは三味線の師匠をしてる新之介にぞっこんで……」

「なにい?」

　左母二郎が目を剝《む》いたので、船虫はぎょっとして、

「なんだい、急に大声出して……びっくりするじゃないか」

「その新之介てえ野郎は三味線の師匠なのか」

「そ、そうだよ」

「棲み処は、菅原町だな」

「よく知ってるねえ。あんた、新之介と顔見知りかい?」

「俺がそいつの顔を知ったとき、そいつはもう死んでたぜ」

「えーっ！」

今度は船虫が大声を出す番だった。

「じゃあ、あんたも心中のこと知ってるんだね？　早耳だねえ」

「早耳もなにも、心中の死骸を川から上げたのは俺なんだ」

船虫はむくりと起き上がり、

「この世には奇遇ってことがあるもんなんだね」

「で、なんでおめえがむしゃくしゃしてるんだ」

「その心中一件さ。今朝、あたしが寝てたら、お蝶ちゃんが飛び込んできて、船《ふな》ちゃん、あたし、悔しいーって泣くのさ。さっきも言ったけど、お蝶ちゃんは新之介にぞっこんで、新之介も自分に惚れてる、って思ってたらしいのさ。たしかに新之介は稽古屋の若い師匠には珍しく浮いた噂ひとつないし、遊びにも行かない。お蝶ちゃんひと筋だって当人が言ってたのをあたしも聞いたことがあるよ。お蝶ちゃんもそれを信じて、せっせと働いた金を新之介にみついでた。それが、こともあろうにお梅とかいう弟子に手をつけて、心中までするなんて……今までだまされていた、って言うのさ。あたしも、お蝶ちゃんと新之介は相惚れだと思ってたから驚いちまって……。女心をさんざんもてあそんで、ほかの女と心中とは呆《あき》れるじゃないか。あたしゃお蝶ちゃんが可哀そうで……がっかりしちまったってわけ。むしゃくしゃもするさ」

「ふーむ……」

左母二郎は腕組みをして、

「お蝶って女は、新之介が自分の弟子と心中までする仲になっていたことにまるで気づかなかった、てえのか」

「そうらしいんだ。そんな素振りも見せなかったそうなんだよ。男なんて、しれっとした顔でいくらでも嘘《うそ》をつける、信用ならない生きものだねえ」

「まあ、そう怒るなよ」

左母二郎は苦笑いしながら、昨夜からの出来事をかいつまんで話した。

「それじゃあ手首と手首、足首と足首を扱《しご》きで結んであったんだね……」

「あの世でも一緒にいられるようにってこったな」

「可哀そうなお蝶ちゃん」

「当人同士も、お蝶って女も、高崎屋もみんな可哀そうだし、ひとりも喜ぶやつなんざいねえんだから、夫婦《めおと》にさせてやりゃあよかったんだ。——あ、ひとりだけ喜んでいそうなのがいたな」

「だれだい、そんな罰当たりは」

「近松門左衛門てえ野郎だ」

「ああ、あの狂言作者の……」

「おめえも知ってるのか。よほど名が知られてるんだな」

「あんたみたいな野暮天にはお芝居や浄瑠璃の良さはわからないさ」

「うるせえ！」

怒鳴った途端、左母二郎のふところから印籠が落ちた。

「なんだい、これ」

左母二郎が拾い上げるより早く、船虫がそれを手に取った。

「高そうな女ものの印籠じゃないか。なんであんたがこんなもの持ってるんだい」

「いや……その……なんていうか……たまたま……」

「梅にウグイスの細工……左母二郎、あんた、まさか……」

「へへへ……博打ですってんてんになって一文なしなもんで、つい……」

船虫は真顔で、

「いけないよ、これは。こんなことしたら……祟《たた》られるよ」

左母二郎は顔を歪め、

「どうすりゃいい。どこかの寺にでも持ってって、供養してもらうか……」

「そんなのダメだよ。ちゃんとそのお梅って娘さんに返してあげないと……」

「無理だろ。お梅は今頃あの世だぜ。今度の盆にでも返すか」

「あんた、洒落になんないよ。じゃあ、せめて高崎屋の主《あるじ》さんに渡してあげなよ」

「馬鹿言うな。そんなことしたら、俺が娘の死骸から印籠を盗んだてえことがバレちまわあ」

「直《じか》に渡さなくても、店んなかに放り込んでくりゃいいじゃないか。年頃の娘はそういう小間物には執着があるんだ。ましてや、心中したときに身に着けてたほどのお気に入りの品……早くしないと、マジでとんでもないことになるよ！」

「わかった……わかったよ。行くよ」

左母二郎の頭にあったのは、今朝見たあの夢だった。「恨みを申し上げに参りました」という言葉は今でもはっきりと覚えている。

「船虫、おめえも一緒に行かねえか」

「高崎屋へかい？　ご免だね」

「ちいっ」

左母二郎はふらりと隠れ家を出た。内心、

（昼寝するつもりで戻ったてえのに、俺ぁいったいなにをやってんだ……）

と思いながら。

◇

高崎屋は天満の青物市場の近くにあった。天満の青物市場は、堂島《どうじま》の米市場、雑喉場《ざこば》の魚市場と並ぶ大坂三大市場のひとつである。五十四軒もの青物問屋、乾物問屋が並び、大川《おおかわ》に面した浜には近郷近在の野菜が続々と水揚げされ、それを積み上げたベカ車が走り、競りが行われ、早朝から昼にかけては連日たいへんな賑《にぎ》わいっぷりである。しかし、すでに昼も過ぎているので、今は商いも一段落して落ち着きを取り戻している。網乾左母二郎はそこにやってきた。気が重い。

（あーあ……なんでこんなもの盗んじまったんだろうな……）

今更後悔しても遅いが、たしかに心中女の所持品を盗んだりしたら、化けて出られても文句はいえない。

高崎屋のまえに立ち、あらためて店構えを見る。たいそうな大店だ。

（手ぬぐいにでもくるんで放り込むか……。けど、死んだひとり娘が身に着けてたものが急に店のなかで見つかったら驚くよなあ。かもめのやつがいりゃあ、天井裏か床下から忍び込んで、こっそり仏壇のまえにでも置いてきてもらえるのによう……）

どうしたものか、と逡巡《しゅんじゅん》していると、店のなかから怒声が聞こえてきた。

「さあ、帰った帰った。うちは今、それどころやないのや。あんたにもわかるやろ。嬢《とう》さんが亡くなりはったのやで……」

「それはわかっとるが、こちらも急いどるのや。ここの旦さんに会《お》うて、いろいろききたいことがあるのや」

「あかんあかん。旦さんのご心情を察してもらいたい」

「旦那があかなんだら、番頭、あんたでもかまへんで。お梅ゆう娘が稽古屋の師匠とできてしもた経緯《いきさつ》、心中するまでに追い込まれたその理由《わけ》……全部教えてほしいのや」

「言えるわけがあろまい。だいたいうちの不始末を芝居なんぞに仕立てられたら、世間に恥をさらすようなもんや。やめてもらおか」

「こっちにもこっちの事情があるのや」

「やかましいわい。もしもうちの許しなく勝手に芝居にしやがったら、ただではおかんで。お上に訴え出るさかい、そう思てや」

「べつにかまへんやないか。店の名前も変える。高崎屋やのうて、そやなあ……低崎屋《ひくざきや》にするわ。お梅、やのうて……小梅《こうめ》でどないや」

「すぐわかるやないか。——おい、亀吉《かめきち》、薪《まき》ざっぱ持っといで。こいつのドタマカチ割ったる！」

「お、おい、やめんかい」

しばらくすると男がひとり、なかから頭を抱えて走り出てきた。それは、赤ら顔で、額が出っ張った鷲鼻の男……近松門左衛門だった。額から少し血が出ている。本当に殴られたらしい。門左衛門は高崎屋を振り返ると舌打ちをして、

「あの番頭、無茶しよる。けど、わしはどうあってもこの一件、芝居にするで。石にか

じりついてでもな。ケケケケケ……」

ひとり娘を亡くし悲しみにくれている主に対して、「無茶」をしているのは門左衛門だと思われるが、当人はまるでそういう気遣いはないようだ。憤激したような目つきで高崎屋の暖簾《のれん》をにらみつけると、憤然と歩き去った。その背中を見ているとき、暖簾のあいだから突然、丁稚《でっち》がひとり走り出てきて、左母二郎の顔面になにか白いものをぶちまけた。

「な、なんだこりゃあ！　ぺっ、ぺっ、ぺっ！」

口に入ったものを吐き出し、

「このガキゃあ！　なにしやがんでえ！」

丁稚は呆然《ぼうぜん》としてその場に立ち尽くしている。左母二郎はいつもの癖で、丁稚の腕を摑んで店に引きずり込み、

「てめえんところは間抜けなガキを飼ってやがるのか！」

番頭らしき男があわてて、

「す、すんまへん！　うちのこどもが粗相いたしまして……。わてが悪いんだす。今出ていった男……あいつに塩撒《ま》いとけ、てこどもに言いつけましたのや。この子はそのとおりにしただけだす。えらいすんまへんでした」

丸い鼻に眼鏡《めがね》をかけた番頭はへこへこと頭を下げている。

「俺に向かって塩を撒くたあ、俺が穢《けが》れてるってことか？　見過ごしならねえ。いくらか金を……」

という言葉が喉まで出かかった左母二郎だが、印籠を店に放り込んで逃げかえるつもりが、店のなかに入ってしまったことに気づいた。

「いや……いいってことよ。今の野郎、狂言作者の近松だろ？」

「へえ、ようご存じで……」

「心中の件でここにいろいろタネを取りにきたのか？　ひでえやつだな」

「そうだすのや。根掘り葉掘りきこうとしよるさかい断ってもすっぽんみたいに食いついて離れまへん。あんまりしつこいさかい、薪ざっぱで軽うどついて追い返しましたのや。——で、お侍さんはなんのご用で？」

番頭は疑うような表情でそう言った。左母二郎も近松の同類、あるいは心中の件についてこの店を脅していくばくかの金にしようというゆすり、たかりではないか、と思ったのだろう。

（まあ、日頃ならそれで大当たりってところだが……）

ここまで来たら、主に会って直に印籠を手渡してやろうか……と気が変わった左母二郎は顔を番頭にぐいと寄せ、

「俺も、主に用があるんだ。取り次いでくれねえか」

番頭は、やっぱり……という顔になり、

「お断りします。今は主はとても、ひとと会うような心持ちやないと思います。なにか用件ならこの一番番頭の太兵衛《たへえ》が承りますさかい、おっしゃっとくなはれ」

「いや、どうしても主に会いてえんだ。というのはな……」

左母二郎はふところから手ぬぐいに包んだものを取り出し、番頭のまえで開いてみせた。

「こ、これは……うちの嬢さんの……！」

「そういうこった。このことで主に話があるのさ。と言っても勘違《かんちげ》えするなよ。これを買い取れ、とか、そういった話じゃねえ。——どうだ、取り次ぐ気になったかい」

「ちょ、ちょ、ちょっと待っとくなはれ。亀吉、奥へ行ってな、旦さんに……いや、わてが行く」

番頭は印籠を持ったままどたどたと奥に走り込んだ。しばらくすると戻ってきて、

「主がお目にかかりたいと申しとります。どうぞ上がっとくなはれ」

番頭の先導で、左母二郎は悠々と廊下を歩き、主の部屋に至った。

「私が高崎屋の主、弥右衛門でございます」

弥右衛門は目を真っ赤に泣き腫らしていたが、さすがにしっかりとした態度で左母二郎に対した。左母二郎は、

「俺ぁ、行儀よく座るのが苦手なんで、あぐら搔かせてもらうぜ」

「どうぞお好きなように」

　左母二郎がその場に座ると、主は身を乗り出し、

「さっそくでございますが、番頭の話では、うちの娘の印籠をお持ちくださったとか。どういう経緯で手に入れなさった？」

「それがよ……言いにくいんだが、おめえんとこの娘の死骸を見つけたのは俺なんだ」

「えっ？」

　左母二郎は、顔見知りの船頭の船に乗せてもらったとき土左衛門に遭遇したこと、突き放そうとした船頭を説き伏せて、死骸を船に引き上げたこと……などを話した。

「そうだしたか……。てっきり玄太というあの船頭さん、ひとりでやってくださったもんやと思とりました」

「俺が、そう頼んだのよ。あんまり町奉行所の役人と関わりたくねえ身の上でな」

　主は両手を合わせて左母二郎を拝んだ。

「な、なにするんでえ」

「あんさんがおられまへなんだら、うちの娘はまだ堀に浮かんだままかもしれまへん。いろんな船の船頭の棹で突かれて、顔も身体も無事ではすまんかったかもしれまへん。魚や亀の餌《え》になってたかもしれまへん。あんさんが、あの船頭……玄太さんを説き伏せ

てくださったさかい、曲がりなりにも骸はきれいなまま陸《おか》へ上げてもらえたんだす。あんさんはお梅の恩人だす」

「そうじゃねえんだ。まあ聞きな。じつぁこの印籠はな……」

弥右衛門は右手のひらを突き出して左母二郎を制し、

「みなまでおっしゃいますな。だいたいのことはわかります。――けど、どうしてこれを返してくださる気になられましたのや」

「それがよ……」

左母二郎は左の鬢《びん》を爪でばりばり掻きながら、

「こうなったらなにもかも言っちまうが、おめえんとこの娘が夢枕に立ってな、俺に恨みごとを言うのよ。引き上げてくださったことはありがたく思うておりますが、そのあと、見捨ててお帰りになられたではありませぬか……とな」

弥右衛門は両目からぼろぼろと大粒の涙をこぼし、

「そうだしたか……。それにしても、よう返してくださいました。この印籠には娘の……お梅の魂が宿っとるような気がいたします。ありがとうございます。おおきに……おおきに……」

左母二郎は安堵した。同時に、セコい真似《まね》をせず主に直に渡すことにしてよかった、とも思った。

「それでよう、これもたままなんだが、おめえんとこの娘の心中相手……稽古屋の新之介てえ男が、俺のツレのまたツレのツレだったのさ」

「ほう……ツレツレツレ、だすか」

「ところが、俺のツレのツレに言わせると、新之介がお梅と心中するなんて信じられねえ……とこう言うんだそうだ。そのあたりの経緯を話してくれねえか?」

弥右衛門は涙を拭き、鼻をかんだあと、しばらく考えこんでいたが、

「よろしゅおます。ほかの御仁には決して洩らさぬことだすけど、あんさんにはお話しさせていただきます。じつは、私も解せんところがおますのや」

そう前置きして、主は話をはじめた。高崎屋弥右衛門がひとり娘の梅に三味線を習わせることにしたのは半年ほどまえである。これまでお茶、お華、琴、踊りなどは身につけさせたので、このあたりで少しくだけた芸ごとも知っておいたほうがよいのでは、と妻の九乃《くの》が勧めたのである。品のいいお師匠さん、ということであちこちつてをたどって探した結果、店からも近い菅原町の新之介という男の師匠が、腕もいいし、見た目がしゅっとしているわりに真面目《まじめ》で身持ちも堅いらしい……ということで、入門させることになった。

「あの先生、ほんまに優しいし、ええお方やわあ」

梅がそう言っているのを聞いて、弥右衛門夫婦も喜んだ。

はじめのうちはなにごともなかったのだが、二カ月ほどまえ、店に投げ文があった。

「当家の娘と稽古屋の師匠ができている」

という内容だった。紙からはほんのり鬢付け油の匂いがした。驚いた弥右衛門は梅を呼んで問い詰めたが、本人は知らぬ、身に覚えがない、と言う。嘘をつくな、と弥右衛門が怒鳴りつけても、九乃がなだめたりすかしたりしても、知らぬ知らぬとしか返答しない。困り果てた弥右衛門は、思い余って稽古屋の新之介と直に対面することにした。

「娘と別れてくれ。手切れ金は払う」

と申し入れたのだが、新之介は困惑した表情で、なんのことかわからない、と言う。

「とぼけなさんな。わしのほうには証拠がありますのや」

そう言って投げ文を見せても、知らぬ存ぜぬの一点張りである。その態度を見ていると、もしかしたらこの投げ文は悪い悪戯《いたずら》ではないか、という気もしてきたが、そのままにはしておけない。弥右衛門は梅が新之介のところに通うことを禁じた。しかし、ほかの稽古についてはそのまま通わせていたが、あるとき、踊りの師匠と道でばったり会い、

「お梅さんが近頃、稽古に来ない」

と文句を言われた。弥右衛門は梅をふたたび問い詰めたが、無言で下を向くばかりでなにも応えない。苛立《いらだ》った弥右衛門は、梅の稽古の供をしている丁稚を呼び出し、詰問すると、

「嬢《とう》やんはいつも、踊りのお稽古のときは、春峰《はるみね》神社の境内の茶店で待っててや、て言うてくれはります。待ってるあいだは、なんぼお茶と団子をお代わりしてもかまへんことになっとりますねん。せやさかい食べれるだけお腹《なか》に詰め込んで……」

「なんで稽古屋までついていかんのや。それではお供になってないやないか」

「すんまへん、嬢やんが、そうせえ、とおっしゃるもんだすさかい」

「お梅が……？」

「へえ、ひとりで行きたいのや、て……。そのかわり、終わったらいつも小遣いくれますねん」

弥右衛門の不安は膨れ上がっていった。春峰神社のすぐ裏には出合い茶屋があるのだ。そこで、踊りの稽古の度に新之介と密会していたのかもしれない。しかも、弥右衛門が帳簿を調べると、穴が開いていることがわかった。かなりの金額がなくなっている。百両、二百両ではきかない。

（これももしやお梅の仕業……）

弥右衛門は梅を部屋に閉じ込め、女子衆《おなごし》をひとり見張りにつけることにした。梅は泣いて謝ったが、新之介とのことは頑《かたく》なに語ろうとしない。

ある日、梅の姿が部屋から消えた。女子衆にたずねると、厠《かわや》に行くためにほんのわずかな時間その場を離れている隙にいなくなってしまったのだという。弥右衛門は女子衆を叱りつけたが、梅の部屋から外に出るには店を通るか、裏庭に出て、木戸から出るしかない。どちらも大勢のひとの目があるので大丈夫と思っていた、とのこと。たしかにそのとおりなのだ。しかし、どうやらだれにも見られず家を出る手引きをしたものがいたようだ。弥右衛門がやきもきしているところに丁稚が投げ文を持ってきた。読んでみると、

「娘は新之介と出合い茶屋でお楽しみ　蝶」

と書かれていた。

「なんだと……！」

左母二郎が大声を出したので、弥右衛門はびくりとして、

「蝶、という名に心当たりでも……？」

ツレのツレだとは言えず、左母二郎は話を続けるよううながした。

「いや、なんでもねえ。続けてくんな」

手紙を読んだ弥右衛門は当然激昂《げきこう》した。

一刻《とき》（約二時間）ほどで梅は帰宅したが、どこに行っていたのか言おうとしない。春峰神社裏の出合い茶屋に行っていたのか、と言うと、

「さあ……言えまへん」

と言葉を濁す。

「私にも言えんような恥ずかしいことをしでかしたのか」

と言うと、にらむような目で弥右衛門を見つめたので、思わず頰を張り飛ばしてしまった。梅は泣き崩れ、九乃までも、

「女子に手を上げるとは、ひどうございます」

と咎めるようなことを言う。

困り果てた弥右衛門は、九乃や親類と相談し、梅に婿を取ることにした。無理矢理にでも婿を取らせれば、素行も改まるだろうと思ったのだ。大家《たいけ》のひとり娘にふさわしい婿をゆっくり選ぶつもりだったが、そんなことは言うてはおれぬ。そんなときに、出入りの植木屋から、

「中富屋《なかとみや》さんが、うちの次男坊の浩太郎《こうたろう》を高崎屋さんの入り婿にどやろ、言うてはりますのやが……」

という話がもたらされ、弥右衛門は即決した。中富屋は干鰯《ほしか》問屋で、そこそこの規模の店である。正直、だれでもよかった。会ってみると、浩太郎はがさつで、気が荒く、太い割り木を腕でへし折るような真似を自慢するような男だったが、

「柔弱な若いもんが多いなかで、なかなか男らしい、たのもしいおひとや。お梅の婿にしたら、商売にも身を入れてくれるやろ」

そんな思いで、梅に相談もせず、話を決めてしまった。梅はあんなおひと嫌や嫌やと

ごねたが、その態度も、新之介に焦がれているため、と弥右衛門の目には映り、

「おまえがなんぼ嫌がったかて、この縁談は進めます」

そう言い放った。結納の日も決まり、やれやれ……と思っていた矢先、またしても梅が姿を消した。今回は、部屋を見張っていた女子衆に、

「悪いけど、小山堂《こやまどう》の大福食べたいさかい買《こ》うてきて」

と小遣いを渡し、お使いに行かせた。女子衆が朋輩《ほうばい》に代わりを頼んだのだが、その交代のわずかな隙をついて、いなくなってしまったのだ。それに気づいた女子衆が弥右衛門にご注進。蒼白《そうはく》になった弥右衛門は店のものや出入りのもの、手伝いなどに命じて梅を探させた。梅が立ち回りそうな場所をしらみつぶしに調べてみたが、どこにも見当たらない。新之介の稽古屋に行かせた丁稚が戻ってきて、

「新之介師匠もいてはりまへん」

「なんやと」

「お弟子さんが何人か来てはりまして、今朝から師匠の姿が見えん、お稽古の約束があったのに……てぼやいてはりました」

弥右衛門は、春峰神社裏の出合い茶屋「二《に》ノ重《じゅう》」にみずから足を運んだ。もちろん、そういう店では客の素性をぺらぺらしゃべったりはしない。口が堅いことが信用につながるのだ。しかし、弥右衛門は茶屋の女将《おかみ》が仰天するような大金を手渡し、梅と新之介

の容貌、外見などを告げたうえで、そういうふたりが来ていないか、と問いただした。

「そうだすかあ。こないにぎょうさんいただいたら、お土産《みやげ》なしでお帰しするのも悪いさかい、ひとつだけお教えしまひょ。あんさんのおっしゃるお梅さん……」

「えっ」

「に、よう似たお嬢さんがときどき来られます。ちらと見えた印籠が、あんさんの言うてはった梅の蒔絵だした」

「やっぱりそやったか……。ふしだらな真似をしよって……許せん!」

「ほほほ……今どきの若い娘さんはそれぐらいのことはなんぼでもなさります。知らぬは親ばかりなり、だすわ」

「で、相手は新之介やな」

「それはわかりまへん。男はんは編み笠《がさ》をかぶって入ってきはりますさかい、うちらも顔を見ることはほとんどおまへんのや。けど……あんさんの話聞いとると、背恰好からして、どうも新之介とかいうお師匠さんとはちがうような気もしますけどな」

「いいや、新之介に決まっとる。投げ文にもそう書いてあったし、稽古屋におらんのやから間違いない。あれだけお梅に近づくな、て言うたのに……。で、ふたりは部屋にいとるか」

「今は来てはりまへんで」

「お疑いなら、家探しでもなんでもしとくなはれ」

「嘘やないやろな」

そう言われて、弥右衛門はすごすごと帰宅した。日が暮れても梅は戻らなかった。はじめのうちは激怒していた弥右衛門だが、次第に心配のほうが強くなってきた。九乃も仏壇のまえで手を合わせて、

「どうぞ無事で戻りますように」

とそればかりを繰り返している。弥右衛門も同じ気持ちだった。とにかく戻ってきてほしい……そう願っていた。

「ご番所にお届けしたらどないだすやろ」

一番番頭の太兵衛がそう言い出したのは夜も更け、九つ（午前零時頃）を過ぎたころだった。

「いや……それは……やめとこ」

弥右衛門はかぶりを振った。町役人に届ける、ということは娘になにかあった、とみずから認めるのと同じような気がして怖かったのだ。しかし、丁稚、手代などからは朗報は届かない。弥右衛門はじりじりしながら待った。やがて、七つ（午前四時頃）になろうか、という時分に弥右衛門は深く嘆息した。町奉行所に届け出をする覚悟を決めたのだ。

「今月の月番は西のご番所やったな。あそこならなじみのある与力、同心衆もいてはる」

町年寄も務めたことのある弥右衛門は、町奉行所にも顔がきいた。

「それがよろしいで。なにごともない、とは信じとりますが、念のためにお届けだけはしといたほうが気が休まります」

「わかった。あんたもついてきておくれ」

ふたりが会所に赴く支度をはじめたとき、大戸が激しく叩かれ、

「西町奉行所盗賊吟味役与力滝沢鬼右衛門の使いの者である。主に至急知らせたき儀これあり。ここを開けよ」

それを聞いた途端、弥右衛門はへなへなと崩れ落ちた。最悪の報せが来た、とわかったのだ。

「ふーむ、そういう経緯だったわけか」

長い話を聞き終えた左母二郎は腕組みをしてそう言った。

「で、おめえの解せねえところてえのはなんなんだ」

「出合い茶屋の女将が、女はお梅やけど男は新之介やないと思う、と言うたのがひっかかっとりますのや。新之介は背ぇが高かったけど、お梅の逢引《あいび》き相手はどちらかいうと背の低い男やったそうで……」

「ほう……」

「けど、お梅が何人もの男を天秤《てんびん》にかけてた、とも思えまへん。私の目から見てもまだおぼこい娘で、とてもやないが男を手玉に取るような性質《たち》やない。それに、心中まででしょう、というのやさかい、お梅は新之介ひと筋やったはずだす」

「そりゃあそうだな」

弥右衛門は背中を丸め、

「私が無理な縁談を押し付けたばっかりに、大事な大事なひとり娘を死なせてしまいました。まさかそこまでするとは……と思うておりましたが、若いもんは無分別。この世で添えねばあの世で……と思い詰めよったんだすなあ。なにもかも私が悪うございますのや。けど……この先どないして生きていったらええか……。店を畳んで、家内とふたりで巡礼にでも出よか、と話をしとります」

弥右衛門は憔悴《しょうすい》しきった顔でそう言った。

「まずは、娘の葬式を立派に出してやりなよ。それが今のおめえの一番大事な仕事だろ。今後のこたぁそれからゆっくり考えりゃいい」

「そらそうしてやりたいところだすけど……心中はご法度だすさかい、正面切って大きな葬式はお上をはばかりますのや。うちうちでちんまりとやるしかおまへんわ」

「そんなこたあねえよ。ものを盗んだとかひとを殺《あや》めたとかいうんじゃあるめえし、与力、同心や町役にいくらか金を包んどきゃあ、目ぇつむってくれるさ」

「そ、そうだすな。お梅のせめてもの供養に、大きな葬式を出させてもらいますわ。お役人衆もお呼びして、手厚くご接待申し上げたら、見過ごしてくれますやろ。そのときは網乾さまもぜひともお参りを……」

「馬鹿言っちゃいけねえ。こちとら、役人は大の苦手だと言っただろ。じゃあ、俺は帰《けえ》るよ」

「あ、お茶も出しませんでとんだ失礼を……」

弥右衛門はあわてて手文庫を開け、丁銀《ちょうぎん》を紙に包み、左母二郎に手渡そうとした。

「おう、ありが……」

てえ、という言葉が口もとまで出かかったが、左母二郎は少し考えて、

「悪《わり》いがこいつは受け取れねえ」

「なんででおます。娘の恩人にお渡しするお金。いわば謝礼でおますさかい、どうぞお気になさらず……」

「ああ……そうしてえところなんだが、やめとくよ。その代わり……と言っちゃあなんだが、おめえんところに投げ込まれたっていうその投げ文てえやつを、俺に預からせちゃくれめえか」

「あんなもん、なにしますのや」

「ちいと、確かめてえことがあるのよ」

左母二郎は弥右衛門から数枚の紙を受け取り、それをふところに入れると立ち上がった。主と番頭は、店の表まで左母二郎を見送りに出ると、深々と頭を下げた。左母二郎はくすぐったい気分で歩き出した。実のところ、弥右衛門が差し出した金は喉から手が出るほど欲しかったが、受け取ったりするとまた娘が夢枕に立ち、恨みごとを言われるのではないか、という気がして少し怖かったのである。

「ちっ……」

左母二郎は舌打ちをすると、後ろを振り返った。主と番頭はまだ頭を下げていた。

◇

鴎尻の並四郎は、道頓堀にある「水無瀬座」の切り落とし（もっとも安い席）に座り、呆然として宙を見上げていた。場内は立錐《りっすい》の余地もないほどの満員で、入り切れなかった客たちが外にあふれ、席が空くのを待っていた。一日三度の入れ替えということで、並四郎も一刻ほど待たされ、やっと入場できたのだ。

（さぞかし儲かっとることやろうな……）

並四郎がそう思っていると、

「東西！　太夫《だゆう》楽屋内《うち》にて身支度整いますれば、ただいまより軽業興行執り行いまする。

どうぞ皆さま方の頭のうえをご覧くださりませ」

口上のあと、拍子木が打ち鳴らされ、でんでんでん……と太い三味線の音が聞こえてきた。

観客の頭上に斜めに張られた長い綱のうえに、黒装束に覆面をした小柄な軽業師が立っている。命綱などは身につけていないようだ。肩に千両箱を担ぎ、あたりを見渡して、

「こうして見ると、大坂の町も狭いものだわい。どれ、お宝もいただいたし、ずらかるとしよう」

甲高い声を上げた。そして、まるで地上を歩くのと同じように綱のうえをすたすたと進む。左右の均衡の取り方がよほど上手いのだろう。その軽業師が綱の半ばまで達したとき、

「我は東町奉行所同心、伏見《ふしみ》太夫と申すもの。天狗《てんぐ》小僧、御用だ！」

町奉行所の同心の拵えをした若者が綱を渡ってきて、十手を突き出した。こちらも命綱の類は見あたらない。

（一本の綱に同時にふたりとは、こりゃあ凄いわ……）

並四郎が感心していると、客席から、

「待ってました！　伏見！」

という声がいくつもかかった。

（なるほど、あれが今評判の伏見太夫か……）

たしかに女、それも評判どおりの別嬪である。同心に扮《ふん》した伏見太夫はすばやい足取りで縄上を走り、天狗小僧に追いつくと、

「ええいっ！」

叫ぶなり、十手でその顔面を叩く真似をした。天狗小僧の覆面がはらりと解けて、したから出てきたのは……。

「こっちも女か……！」

思わず並四郎はそう口にした。天狗小僧役の軽業師も、髪形を男のように整え、隈取《くまど》りをし、男の衣服を着ているが、なかなかの美形だ。

「ええぞ、旦開野《あさけの》！」

その掛け声を聞いて、並四郎は天狗小僧役の軽業師が「旦開野太夫」であることを知った。入り口の看板に、伏見太夫よりはやや小さいが名前が書かれていたのを思い出したのだ。

「えいっ、えいっ！」

伏見太夫は十手を右に振り、左に振り、容赦なく旦開野太夫を追い詰めていく。旦開野は後ろ向きに数歩下がった。

（ひええ……綱のうえで後ずさりとは……やりよるなあ……）

旦開野太夫は、ときどき足を滑らせて綱から落ちかけ、そのたびに客席から悲鳴が上がるのだが、並四郎はそれが客を驚かすための演技であることを見抜いていた。旦開野太夫の表情にはつねに余裕があった。

観客はふたりの美女が白い脛《すね》を見せながら頭上で戦う様子に見入っているが、並四郎はすっかりそのふたりの技術に魅せられてしまった。すると、もっと凄いことが起きた。旦開野太夫がいきなりトンボを切ったのだ。ふたりの裾にばかり目をやっていた観客も、これにはどよめいた。

（凄い……！　千両箱を肩に載せて、あんな高いところでトンボを切るとは……わてより一枚うえやな……！）

並四郎はすっかり度肝を抜かれてしまった。伏見太夫は、

「ううむ、小癪《こしゃく》なり、天狗小僧！　かくなるうえは……」

そう言うと、紙で作ったらしい十手を客席に放り投げた。客たちは争ってそれを摑もうとする。伏見太夫はふところから八つの水晶玉らしきものをつなげた数珠を取り出して、それを揉みながら、

「これなる水晶玉の法力は、悪鬼外道を調伏し、怨霊を成仏させ、諸悪疫病を封じ、未来を占う。コソ泥一匹退治するなど朝飯まえ。――ネンピカンノンリキ、トウジンダンダンエ、ネンピカンノンリキ、トウジンダンダンエ、ネンピカンノンリキ、トウジンダ

ンダンエ……喝！」

数珠を旦開野太夫に向けて数度鞭《むち》のようにびゅんびゅんとふるった。旦開野太夫は、

「ううむ、身体が……身体が動かぬ……ううう……ううう……あああああああああっ！」

と声を上げ、綱から落ちていった。並四郎を含む客たちは、あっ……！　と手に汗を握ったが、旦開野太夫は落ちるかと見せて両脚を綱にしっかりからめ、反動を利用してふたたび綱のうえに立った。ぐらぐらと揺れる綱のうえでふたりの太夫はなにごともなかったように対峙している。

（こりゃあ凄い。看板の伏見太夫よりも旦開野太夫のほうがうえかもしれん……）

そんなことを思っていると頭上の旦開野太夫は、

「法力を使うとはこの同心、味をやる。逃げるほかあるまい。退散、退散……」

そう言うと、綱のうえを走って逃げる。

「待て……これ待たぬか！」

伏見太夫の同心はそれを追いかけたあと、途中で綱のうえで見得を切り、

「またしても逃げられたわい。明日こそかならず捕らえてやる。——皆さま、明日もぜひお越しくださいませ」

客席に向かって頭を下げたあと、

「待てえ！　待てえ！」

ふたたび旦開野太夫を追って綱のうえを小走りに走り、最後にひらり、とあざやかにトンボを切り、幕のなかに消えた。

「日本一！」

「ええぞええぞ！」

「わしの嫁はんになってくれ！」

「もっかい顔見せてんか！」

観客は立ち上がってやんやの喝采を送ったが、伏見太夫と旦開野太夫は挨拶に出てこず、座頭らしい羽織袴《はかま》の男が現れ、舞台中央に座すと、両腕を八の字に開いて大仰に頭を下げた。目の細い、頬の肉付きのいい、顔の色が黒い人物である。

「本日はかかる大入りにて、ありがたく御礼《おんれい》申し上げますする。軽業宙乗り相務めましたるは、当一座自慢の伏見太夫と新参の旦開野太夫にござりまする。これより世話狂言一幕を上演いたしまする。先日、赤田《あかだ》稲荷の境内にて心中いたしました綿問屋せがれ万《まん》吉《きち》と曽《そ》根《ね》崎《ざき》新地《しんち》の女郎花山《はなやま》の一件をいち早く狂言に仕立ててお目にかけまする。題して『心中綿食虫《しんじゆうわたくいむし》』。このせがれは大店の跡取りでありながら、新地の女郎に入れあげて店の金を使い込み、あげくの果てに勘当され……」

そう言えば、そんな事件があったなあ……と並四郎は思い出した。客たちは世話狂言にも関心が高いらしく、座り直した。しかし、並四郎は軽業にしか興味がなかったので、水無瀬座を出た。

「凄かったなあ……。伏見太夫に旦開野太夫か。世の中にはどえらい技を持った連中がおるもんや。小さいころからよほどの修業をしたのやろな……」

歩きながらそんなことをつぶやいていたが、ふと立ち止まり、

「八つの水晶玉か。それに名前が伏見太夫……。もしかしたら……」

並四郎は水無瀬座の看板を振り返り、

「丶大法師《ちゆだい》に教えたろか」

だが、すぐにまえを向き、

「ま、わてには関わりないこっちゃ。そんなことより軽業や。宙乗りや。よし、今日から稽古するでえ」

そう言うと力強く歩き出した。

◇

家に帰って寝ようか、とも思ったが、ものにはついでということがある。左母二郎はその足で源蔵町の髪結いお蝶の家に向かった。高崎屋と源蔵町は目と鼻の先なのである。あちらでたずね、こちらでできき、やっと「髪結い」という看板が掲げられた長屋の一軒

にたどりついた。

「お蝶ってひとはいるか」

声をかけると、

「お蝶はいないよ！」

荒々しい声が戻ってきた。

「どこに行った」

「知るもんかね！」

「上がらせてもらうぜ」

左母二郎はのっそりとなかに入った。畳のうえに年増女がひとり、仰向《あおむ》けに寝転がっている。さまざまな櫛《くし》、鋏《はさみ》、かもじ……といった髪結い道具がぶちまけられたように散らばり、酒の徳利が何本も転がっている。左母二郎はさっきの船虫を思い出していた。

「おめえがお蝶だな」

左母二郎が言うと、女は面倒くさそうに右目だけをうっすら開いて左母二郎をにらみつけ、

「違うってばさ。あんた、だれ？　帰っとくれ」

「俺ぁさもしい浪人、網乾左母二郎ってもんだ。船虫のツレさ」

「ああ、あんたが左母二郎かね。名前は船ちゃんから聞いてるよ。あたしゃ今、だれと

も会いたくないのさ」

「新之介が心中したからか」

蝶はびくりと身体を震わせ、

「ああ……ああ、そうだよ。あのひとが、まさかよその娘と心中するなんて……あたしゃ今でも信じられないよ」

よく見ると、蝶の顔のまえの畳が涙でべとべとに濡《ぬ》れている。ずっと飲みながら泣いていたのだろう。左母二郎はふところから取り出した数枚の書状を蝶に突き出した。

「おめえ、こいつを書いた覚えはねえか」

「はあ……？」

蝶は両目を開け、

「こりゃ、なんだね？」

「『当家の娘と稽古屋の師匠ができている』とか『娘は新之介と出合い茶屋でお楽しみ蝶』……と書いてある。高崎屋に投げ込まれたもんだ。心当たりはねえのか」

「あるもんか！ これをあたしが書いたってことになってるのかい」

蝶は起き上がり、畳のうえに座り直した。

「そうさ。おめえは新之介とお梅のことを高崎屋に告げ口した……違うのか？」

「そんなことするわけないだろ。あたしは今朝まで、新さんがよその娘と付き合ってるなんて知らなかったんだよ。それに……それに……」

　蝶はしばらく口ごもっていたが、やがて吐き出すように、

「あたしは文字《もんじ》が書けないのさ。投げ文なんてできないよ」

「そうか」

　左母二郎は無精髭を爪で引っ掻きながら、しばらく無言で考えていた。蝶は残っていた酒をあおると、

「今日、新さんのお葬式なんだよ。あたしゃ、今から葬式に暴れ込んで、位牌《いはい》を投げつけて、仏壇をひっくり返してやろうと思ってるとこさ」

「そいつぁやめといたほうがいいぜ」

「どうしてさ」

「これにはなにか裏がありそうだな」

「裏……？　どういうこと？」

「そりゃあまだわからねえ。邪魔したな」

　出ていこうとすると、

「船ちゃんによろしく。あんた、船ちゃんのいいひとなんだろ？」

「馬鹿野郎。そんなんじゃねえや」

　左母二郎は柄にもなく照れてその長屋を出た。

三

「おう、おうおう、可愛いのう。犬や猫と申すものはなにゆえかように可愛いのかのう。人間なんぞよりずんと可愛いわい。人間は、くだらぬ世迷言《よまいごと》ばかり口にするが、犬はわんと吠《ほ》え、猫はにゃあ、ネズミはちゅう、雀《すずめ》はちゅんとしか言わぬ。そのことだけでも、余は人間より獣が好きじゃ」

五代将軍徳川綱吉は、膝にじゃれつくポチという愛犬の頭をくしゃくしゃくしゃくしゃと撫《な》でながらそう言った。そのうちに柴犬《しばいぬ》のポチは、あまりに心地よくなったのか綱吉の膝に顎を乗せてよだれを垂らしながら眠ってしまった。

「愛《う》いやつじゃ。できることならばおまえに一国を与え、大名に取り立ててやりたいところだがそうもならぬ。なによりおまえは国など欲しゅうなかろう。国や富を欲しがるのはあさましい人間ばかりじゃ。犬はよいのう」

またしてもくしゃくしゃ……くしゃくしゃ……と頭を撫でる。

「そういえば、おまえの友どちの八房は元気であろうか。そろそろ伏のこと、なにかわかってもよさそうなものだが……」

そんなことをつぶやきつつ、綱吉は日頃の政務の疲れからか、ついうとうとと居眠りをはじめた。半ば眠っているものの、手だけは動いている……そんな状態だった。

「上《うえ》さま……！」

ハッとして目を開けると、いつのまにか側用人《そばようにん》の柳沢出羽守保明《やなぎさわでわのかみやすあき》が目のまえに座していた。ポチを撫でている、と思っていた手は、保明の頭を撫でていたのだ。

「ポチ……」

「上さま、それがしはポチではございませぬ」

「わ、わかっておる。ポチはどこへ行ったか、と思うただけじゃ」

「ポチならば、さっきからあすこに座っております」

保明は広間の端を指差した。ポチはそこでぺろぺろと自分の脚を舐めている。

「おお、ポチ、こちらに参れ」

綱吉が手招きしようとすると保明が押しとどめ、

「それどころではございませぬ。水戸殿が上さまとのご面会所望とお待ちになっておいでです」

「綱條《つなえだ》殿が？」

綱吉は苦い顔をした。

「大方、先日の返事はまだか、ということであろう」

「どうなさるおつもりでございますか」

「決まっておろう。あのような頼み、断るよりほかあるまい。出羽、そのほうから綱條殿に申してくれぬか」

「そのような大事、上さまのお口から伝えねば、水戸さまは到底承知なさりますまい」

「む……余は会いとうないのじゃ。察せよ」

「お気持ちはわかりますが……」

「会いとうない、会いとうない、会いとうない」

保明はかぶりを振った。綱吉はこれ見よがしのため息をつき、

「わかった。綱條殿をお呼びいたせ」

まもなく水戸宰相綱條が現れた。背の高い、色白の人物であり、目つきが異様に鋭い。

「上さま……先日のお返事、承りとう存じます」

そら来た、と綱吉は思った。

「申し訳ないが、綱條殿のご希望には沿いかねる」

「ほほう……なにゆえ」

「大坂はあくまで公儀の直轄地でなくてはならぬと考える。大名家の領地にするわけにはいかぬ。大坂には日本中の富が集まり、大坂城は天下の要害にして徳川家威信の象徴でもある」

「それはわかっており申す」

「西国への押さえという意味もある。それゆえ大坂への国替えはあきらめていただこう」

「上さま、それがしは上さまが今おっしゃられたことをすべて承知のうえで申し上げておるのです。水戸家は御三家の一として、ご公儀に代わって責を果たす所存。それとも水戸家では務まらぬ、とでも……？」

　これだから嫌なのだ。

「いや……そうではないが……」

「先代光圀《みつくに》公以来、水戸家は朝廷を尊んでおりまする。大坂は、帝《みかど》のお住まいあそばす京の都にも近い。水戸から京までは遠いが、大坂ならば一朝ことあるときはただちに駆けつけ、帝をお守りすることができまする」

「それはそうだが……将軍家になにかあったときはどうされる」

「は……？」

「綱條殿は朝廷、朝廷と申されるが、徳川家の一員としてまず守るべきはこの千代田《ちよだ》の城ではないか。大坂から駆け付けるわけにはいくまい。紀州《きしゅう》も尾張《おわり》も江戸からは遠い。近くにおいでなのは水戸家のみじゃ」

「朝廷あっての徳川家でござる。征夷大将軍《せいいたいしょうぐん》の称号も朝廷から賜ったものでございますれば……」

「朝廷が徳川家よりも上位である、という意見は徳川家に属するわれらが口に出すべきではないと思うが……」

「では、朝廷は徳川家より下にある、と？」

「いや……そうは申しておらぬが……」

「では、どうあっても大坂への国替えは認めぬと……」

「それが余の考えじゃ」

「ご再考を賜りたい」

「熟慮のうえ返答しておる」

綱條は鋭い目を綱吉に向けていたが、

「上さまのお考えはようわかり申した。ならば、水戸家にも考えがござる」

「考えとは……？」

「ふふふ……それは申せませぬ。いずれ時が来たらわかること……」

綱條は不穏な笑みを浮かべたあと、

「ところで上さま……それがしが小耳に挟んだところによると、この城でお犬さまの世話をしていた金碗大輔《かなまりだいすけ》と申すお犬坊主がおりましたな」

綱吉はぎくりとした。

「そ、そうだったかのう……」

「お忘れとは恐れ入ります。上さま直属の家臣ではございませぬか」

「え？　え？　あっ、あー、あやつか。思い出した。そのカナマリがいかがした？」

「どうも見かけぬなあ、と思うておりましたら、近頃は、大法師《ちゅだい》と改名し、大坂と江戸をあわただしく往来しておると聞き及んでおりまする。大坂になにかあるのでござろうか」

「さ、さあ、余もようは知らぬのじゃ」

「さようでござるか。それがしはまた、上さまの密命を帯びて、大坂でなにやら動いておるのか、と思いましたのでな……はははは」

「どこでそのようなことを聞いたのじゃ」

「風の噂……ただの風の噂でござる。では、これにて失礼いたしまする」

そう言うと一礼し、部屋から退出した。襖《ふすま》が閉まったとき、綱吉は溜《た》めていた息をハウッと吐き出し、脇息《きょうそく》に寄り掛かった。保明が駆け寄り、

「ようご辛抱なさいました」

「むむ……綱條め、水戸家にも考えがある、と抜かしおった」

「なにを企《たくら》んでいるのでございましょう」

「わからぬ。わからぬが……唯一の救いは水戸家が今、手元不如意なことだ。なにかことを起こそうにも資金《もとで》がないはずだ」

「御三家のなかではもっとも格下とは申せ、それなりのお蓄えはございましょう」

「いや、先々代頼房《よりふさ》公、先代光圀公と二代にわたる失政の結果、水戸家はたいへんな困窮に陥っておると聞く。家中の士の俸禄《ほうろく》を借り上げて、借金返済に充てているとか……。公儀も再三にわたって金の無心を受けている。また、綱條殿は、紀州と尾州《びしゅう》に張り合う気持ちから、六尺三寸と定められている一間《けん》を水戸家の領内だけ一間六尺に改め、まことは二十八万石のところを三十六万九千石と公称しはじめた。見かけの石高《こくだか》を増せば、その分年貢の負担も増える」

「しかし、水戸さまのこと。どこからかひそかに資金を調達なさるおつもりかもしれませぬ。油断はできませぬぞ」

「うむ、水戸からは目を離せぬ」

綱吉は遠く西の彼方《かなた》に思いをはせながら、

「それにしても金碗大輔のこと、いずれで嗅ぎつけたのであろう」

「水戸さまも手飼いの忍びを各地に放っておられるのではありますまいか」

「油断ならぬやつじゃ。チクリ、と刺してきよった。――まさか、伏のことまで知られてはおるまいな」

「それは大丈夫でございましょう……たぶん」

「伏のことを知られたら、政争の道具にされかねぬ。八犬士に命じて、なんとしても一刻も早《はよ》う伏を見つけるよう申せ」

「承知つかまつりました。今は犬坂毛野《いぬさかけの》という犬士が探索に当たっておるはずでございます」

柳沢保明はそう言って頭を下げた。

◇

源蔵町の髪結い処《どころ》を出た網乾左母二郎は、春峰神社の裏にあるという出合い茶屋に足を延ばした。

(俺も酔狂だよな。一文の銭にもならねえことに首を突っ込んで……)

しかし、もしかしたらいずれは金になるかもしれない、という予感があった。この心中はどこか妙だ。その裏を探り当てられれば、

(ゆすりのタネにならあ)

左母二郎の小悪党としての勘が、この一件にはだれだかわからないが「悪い輩《やから》」が嚙《か》んでいる、と教えていた。これまで、その勘は一度もはずれたことはないのだ。

出合い茶屋「二ノ重」の女将は、左母二郎の風体をじろじろ見ながら、

「なんの用だすやろ。うちは、おひとりさんにお部屋はお貸しいたしまへんで」

「部屋ぁ借りにきたんじゃねえんだ。ここに、高崎屋の梅って娘が来たことがあるだろ

う。そのことで、ちっと話をききてえのさ」

女将はため息をつき、

「まただすかいな」

「また？　また、とはどういうことだ」

「さっきもそういうお方が来られました。近松門左衛門という狂言作者や、て言うとりましたわ。けど、うちみたいな商売、お客さんのことをよそでしゃべるようではだれも来てくれまへん。そう言うてお断りしたんだすけど、あきらめが悪いというか、ねちねちねちねち……お奉行所の吟味でもあんな風にしつこいことおまへんで。最前、ようよう帰ってくれたさかい、お茶飲んでたとこだすのや。あんたは狂言書きのようには……見えまへんけどなあ……」

「俺ぁ、ただの素寒貧の浪人だがな、梅って娘の心中にゃあ関わり合いがあるのさ。梅は、ここにだれとしけ込んでた？　高崎屋の話じゃ、相手は稽古屋の新之介じゃあねえ、とおめえは言ってたそうだな」

「そうやないか、と思ただけで、あてはその新之介というお方にお目にかかったことがおまへんさかい、ようわかりまへん。悪《あ》しからず」

「どんなことでもいいんだ。そいつの手がかりを教えてくれ。若いのか年寄りか、町人か侍か、どんな着物を着てたとか……」

「編み笠で顔を隠してはったさかいな−んにもわかりまへん。さあ、帰っとくなはれ。あんたみたいなひとに玄関先に立ってられたら、お客さんが入りづろおますがな」

左母二郎はいきなり刀を抜いた。

「ななにしますのや」

「しゃべらないならぶっ刺すまでよ」

「お役人呼びまっせ」

「勝手にしな」

「女に向かって刀突き出すやなんて、卑怯《ひきよう》やおまへんか」

「相手が男だろうと女だろうと、俺ぁ卑怯だぜ」

「あんた、めちゃくちゃやわ。こういうときはまず、それなりのお金を出すとかしてくれんと……」

「銭がねえんだ。仕方ねえだろ」

女将は、笑い出してしまった。

「わかりました。あんたには負けたわ。刀しもうて、こっちにおいなはれ」

左母二郎は刀を鞘に収めた。女将は左母二郎を、廊下を曲がったところにある狭い一室に案内した。だれにもはばかることなく密談ができる部屋なのだろう。襖をぴしゃりと閉め、

「お梅ゆう娘さんとうちで逢《お》うてた男はな……」

　女将は声をひそめると、

「あれ、訳ありだすな」

「なんだと」

「あれは好き合《お》うてる男と女やおまへんわ。あても長いあいだこの商売しとるさかい、わかる。男はあの娘を脅しとったみたいやな」

　思いがけぬ話に左母二郎は身を乗り出した。

「あんなおぼこい子が、なんでうちみたいなところに来るのやろ、男にだまされとるんとちがうか……と思て、よう見てたら、いつもあの娘は真っ青な顔して下向いて震えとる。あても気になって、廊下から立ち聞きしたりましたのや。そうしたら……」

　女将によると、

「金は持ってきたか」

「へえ……でも、もうこれぎりにしとくなはれ。お店のお金を持ち出してること、お父《と》っつぁんに知られたら叱られます」

「なにを言うとんのや。あのときおまえがやったことをおまえの父親《てておや》が聞いたら、叱られるどころではすまんのやで。これからも搾れるだけ搾ったるさかい覚悟しとけ」

　そんな会話が聞こえたという。

「ふーむ……娘はゆすられていたってわけだな」

「最後に来たときもな、娘は『もう来れまへん。踊りの稽古に行かんとこのお茶屋に来てることがお父っつぁんにばれてしもた。私は婿を取らされることになりました』……て言うのが聞こえたわ」

「相手がだれだかわからねえか」

「さあ、そこまでは……。あ、でも、そう言えば、右脚の脛に斜めにえらい傷があったように思いますわ」

「おう、ありがてえ。よく思い出してくれた」

「あてもな、うちのお客さんが心中した、て聞いて、可哀そうになあ、と思うてましたのや。心中やのうて、なんぞややこしいことに巻き込まれたのならよけいに可哀そうや。なんとか成仏させたっとくなはれ」

成仏という言葉を聞いて、左母二郎はまたもあの夢を思い出した。

「ほかになにか気づいたことはねえか」

「そやなあ……」

女将はもじもじしながら天井を向いた。その様子は、なにかを思い出そうとしているのではなく、言いたいことがあるのだが、言ってよいものかどうか考えているように左母二郎には見えた。怒鳴りつけてききだしてやろうか、と思ったが、左母二郎はそれを

我慢してじっと待った。やがて、

「ひとつだけ気になることがありますのや。――こういう店では、男女がいっしょに帰ることはまずおまへん。だいたい男はんが先に出て、女はしばらく間をおいて裏から出ていきます。あるとき、あてが留守してるときにな、お梅さんが来てはったみたいで、ちょうど裏口から出ていきはるところやった。あてと顔合わせるのは嫌やろと思て、あてはそこにあった柳の木の後ろにちょっと隠れたんだす。そうしたら、お梅さんのあとから、男がひとり、あとをつけてるやおまへんか」

「なにい？　その編み笠野郎じゃねえのか」

「ちがいます。背恰好でわかりますわ。あても、急いでたさかいそのまま店に入ってしもたんやけど……」

「どんな野郎だった」

「パッと見ただけやからはっきりとはわからんけど……黄色い頭巾をかぶってましたわ」

女将はそう言った。

◇

左母二郎は疲れ切っていた。朝早く隠れ家を出て心中の現場に行き、一旦帰ってから、また戻った。そこから高崎屋、髪結い処、出合い茶屋と回ったのだ。脚は棒のようになっているし、腹もぺこぺこに空《す》いている。普段、家でごろごろして酒を飲んでいる男にしては、たいへんな働きぶりである。

（俺としたことが……どうでもいいことに首を突っ込んじまったもんだ……）

そうは思ったものの、一方では、

（なんだか面白くなってきやがった……）

とも思っていた。

（よし、乗りかかった船、出かかった小便だ。もうひと働きするか）

どうせ家に帰る道筋である。左母二郎は道頓堀に寄ることにした。あいかわらず賑やかすぎるほど賑やかな界隈である。堀の南側にはいわゆる道頓堀五座が並び、北側の浜には大小の芝居茶屋（水茶屋）が無数に並んでいる。それだけではない。五座のほかにも歌舞伎、浄瑠璃、からくりなどの小屋がひしめいており、船で乗りつける客たちで通りはあふれかえっている。小屋のまえには名題役者の名前を書いた幟《のぼり》が風にひるがえり、呼び込みが声を嗄《か》らして叫んでいる。

芝居は早朝、日の出とともにはじまり、日暮れとともに終わる。今はもう切り狂言がはじまろうという時分であった。左母二郎は、芝居小屋のうちの一軒、「角《かど》の芝居」の木戸に歩み寄ると、台のうえに座って呼び込みをしていた若い男に、

「ききてえことがあるんだが……」

「切り落としやったら六十四文、平土間《ひらどま》やったらその倍いただきまっせ。さあ、入ったり入ったり」

　左母二郎は男の胸倉を摑み、台から引きずり下ろした。

「てめえ、芝居小屋に来たもんがみんな芝居を見物に来たとはかぎらねえんだ」

「そんな無茶な……」

　ひきつった顔で立ち上がった男に、

「近松門左衛門てえやつの居場所を知らねえか」

「それやったら橋向こうにある『鶴亀《つるかめ》』ゆう水茶屋の二階にいてはりますわ。けど……行っても会われしまへんで」

「どうして」

「今、山城座《やましろざ》ゆう小屋でかける芝居の台本《ほん》をものすごい勢いで書いてはるはずだす。飯も食わんと、徹夜徹夜で書き上げる、て言うてはりましたさかい……」

「そんなこたぁおめえが心配することじゃねえんだよ」

　そう言いながら左母二郎は男の頰を軽く二度叩いた。

「ああ、さよか。ほな、お気をつけて……」

　左母二郎は太左衛門橋《たざえもんばし》を渡った。「鶴亀」はすぐに見つかった。左母二郎は案内も乞わず、上がり込んだ。だれもいないのを幸いに、階段を上る。いくつかの客間が並んでいるまえを通り過ぎると、廊下の突き当たりの小部屋から灯りが洩れている。襖を開けると、後ろ向きの男がひとり、小机のまえに座ってなにやら書きものをしている。

「ああ……ううむ……ぐぐぐ……」

獣のように呻きながら男は筆を走らせている。

「そのとき小梅《うめ》は金之介《きんのすけ》の胸にひしとすがり、『父《とと》さまが押し付けたのは、あなたもようご存じの干鰯屋大富屋《おおとみや》の京太郎《きょうたろう》……』『なんと、彼奴《きゃつ》がそなたの婿とは……』」

女と男の声色を使いながら書き進めていく。

「『それでおまえはなんとする』『父さまの言いつけは聞くよりほかありますまい』『わしの気持ちを知りながら、なんともむごい言の葉じゃ』『私とて、そのような縁談、受けとうはない。京太郎さまは、身体中に干鰯の匂いが染み付いて、とても辛抱しかねます』……」

そこまで書いたとき、男は紙をくしゃくしゃと丸めると、

「ああ、あかん！　こんな筋の運びでは面白うない！」

そう言ってその紙を後ろに放り捨てた。よく見ると、部屋のなかは紙屑《かみくず》だらけである。

（もったいねえことをしやがる……）

左母二郎は呆れたが、なにも言わずに腕組みをし、男の様子を見つめていた。男は頭

を掻きむしり、

「書けん……書けん……書けん書けん書けん……あああああ！」

そう叫んだかと思うと、ふたたび筆を取り、

「そのころ小梅は出合い茶屋。嫉妬の炎がめらめらと、瞳のなかに燃えさかり、『なぜに来てくださらぬ、金之介さま。お兆《ちょう》とやらゆう髪結い女の手紙にだまされて、もしや今頃、お兆のところにおいでであろうか。ああ、一刻も早う対面して夜明けから晩まで恨みごとをば申したい……』……」

だんだんじれてきた左母二郎は、

「おい、おめえ」

「おまえさま、と虚空を見上げ……」

「聞いてるのか」

「聞いているやらいないやら……」

「こっちを見やあがれ」

「こっちを見やれと涙を流し……」

「後ろを向けってんだよ！」

「後ろを向いて、たがいに見かわす顔と顔……」

そう言いながら門左衛門は後ろを向き、

「あんたはだれや！」

酒を飲んでいるかのような赤ら顔で、額がもっこりと飛び出し、逆八の字眉毛に鷲鼻……あのとき見た近松門左衛門に間違いはない。しかし、髷《まげ》が切れて髪の毛はばさばさだし、着ているものもよれよれの浴衣《ゆかた》で、帯もほどけている。

「俺か？　俺ぁ網乾左母二郎ってえさもしい浪人さね。おめえにたずねたいことがあって……」

「それどころやないのや。この台本《ほん》を書き上げんとえらいことになる。あっちへ行ってんか」

「わざわざ来たのにそりゃねえだろ。ちいっとばかり話を聞いてくれてもよかろう」

「あかんあかん。ほんまに忙しいねん。今日から二日か三日徹夜して台本を書いたら、すぐに役者に稽古をつけて、大道具、小道具、囃子方《はやしかた》、長唄方、三味線方の稽古もせなあかんのや。あああああ、やることなんぼでもあるのに、まずはわしのこの台本が仕上がらんことにはどないもならん。帰った帰った帰った」

そこまで言うとふたたび机に向かい、

「どこから聞こえる三味の音か、北か南かはたまた西か東か、この音は金之介さまに相違なし、小梅はそうと信じ込み……」

左母二郎の存在など忘れたように執筆に没頭しはじめた。左母二郎はため息をつき、

「今日はこればっかりだな……」

そうつぶやいたあと、刀を抜いた。そして、門左衛門の右脇の下からそれを突き出した。しかし、門左衛門は驚くと思いのほか、刀をまるで無視して書きものを続けている。

「おい、刀が見えねえのか。書くのをやめねえと、ぶすりといくぜ」

門左衛門は筆を止めようとせず、

「刺すなら刺せ。今、言葉がどんどん出てるところや。やめたら出てこんようになってしまう」

「おめえ、馬鹿か。死んだら書けねえじゃねえか」

「死んでもええのや。命より狂言のほうが大事や。ケケケケケ……」

怪鳥が鳴くような声で笑う。

「近松よ、今朝の心中のことを芝居にするのはやめろ」

「あんたに指図される覚えはない」

「娘を失った高崎屋の気持ちがわからねえのか。ただでさえ悲しいのに、芝居にされて大坂中に知れ渡るんだぜ。やめてやれよ」

「わかってるわい。手塩にかけて育てた愛《いと》しい娘が心中した悲しみ……それをわしはみんなに伝えたいのや」

「わからねえ野郎だな。娘を晒《さら》し者にされる高崎屋が可哀そうだとは思わねえのか」

「可哀そうや。可哀そうやからこそ、大勢が観にくるのや。——あんた、高崎屋に頼まれて来たんか?」

「そうじゃねえ。俺ひとりの考えだ」

「それやったら黙っといてもらおか。あんたは目先のことだけ考えて、可哀そうやから書くな、て言うけどな、わしはいつも、おのれの書く狂言はわしが死んだあとも何十年も、いや、何百年も残る、と思て書いとる。高崎屋の娘も、何百年も名が残ったら、それはそれでうれしいはずや」

左母二郎はだんだん腹が立ってきた。

「勝手な理屈をこねやがる。マジでぶった斬るぜ」

「言うとるやろ、刺したかったら刺せ、て。ご浪人、わしは元侍や。両刀を捨てて芝居ひと筋に生きようと心を決めたとき以来、わしにとって狂言がすべてや。刀でビビらされたぐらいではやめへんで」

(ほう……)

左母二郎は半ば呆れ、半ば感心した。そして、この門左衛門という人物に興味を持った。左母二郎が刀を引っ込めると、門左衛門はなにごともなかったかのように執筆を再開した。武芸者が斬り合いに、商人が商いに命を賭けているように、この近松門左衛門という男は狂言に命を賭けているのだ。しばらくその背中を見つめていた左母二郎は、

(ちっとだけなら教えてやってもいいか……)

そういう気になった。

「おめえ、今朝の心中のことを芝居に仕立ててるんだろ。あの心中の死骸をはじめに見つけたのはこの俺なんだ」

門左衛門の筆がぴたりと止まった。だが、まえを向いたままだ。

「それについて面白《おもしれ》えタネがあるんだが……聞きたくねえか」

門左衛門はこちらを向いて座り直し、

「もっと早《はよ》うそれを言うてくれ。——で、どういうタネや」

「これだよ」

左母二郎がふところから数枚の書状を取り出すと、門左衛門はひったくるように手に取り、

「なるほど、新之介には色女《いろ》がいて、そいつが高崎屋に密告《さ》しよった、というわけか」

「高崎屋の主は怒って、娘を部屋に閉じ込めたが、たびたび抜け出して、出合い茶屋に行きやがる」

「おお、春峰神社の裏の茶屋やな……」

「堪忍袋の緒が切れた主は、とうとう出入りの植木屋の世話で、干鰯問屋の息子を入り婿にすることにしたんだ」

「それで心中か……。だいたいわかってきたで。おおきに。これでなんとか書けると思うわ」

左母二郎は、茶屋の女将が言っていた「あの娘が会っていたのは新之介ではなく、娘は脅されていた」という話は門左衛門にはしないでおこう、と思った。確証がないし、それを門左衛門に教えるのはさすがに高崎屋に悪いと思ったのだ。

「じゃあ、がんばって書きなよ」

「もう話は終わったんか？　それやったら悪いけど、急いどるさかい失礼するわ。とにかく三日で台本を上げて、稽古して……できれば半月以内に初演したいのや」

「半月だと？　そんなことができるのか？」

「やらなあかん。やってみせる」

門左衛門はおのれに言い聞かせるようにそう言った。

「わしはな、こないだまで京にいた。都万太夫座という小屋で坂田藤十郎というどえらい役者と組ませてもろとった。あのお方は『やつし』の名人や。当たり狂言もいくつか書くことができた。けど、坂田はんの身体の具合が悪うなったのと、わしがもうひとりの座付き作者の寛永右京《かんえいうきょう》という男といさかいを起こしてしもたがために住み慣れた京を離れ、大坂の山城座ゆう小屋のために世話狂言を書くことにしたのや」

「いいじゃねえか。大坂でもどんどん当たり狂言を書きなよ」

門左衛門は力なくかぶりを振り、

「それが、上手くいかんのや。あんた、水無瀬座ゆう芝居小屋知ってるか？　山城座同様、五座のうちには入ってないけど、大坂でいちばん大入りが続いてる小屋や」

「そういえば俺の知り合いがそんな名前を口にしてたな。軽業が評判らしいじゃねえか」

「軽業だけやない。世話狂言が大当たりしとるのや。今、ウケるのは、ほんまにあった事件のことをすぐに狂言に仕立ててできるだけ早う舞台にかける……そういうやつなんや。中身よりも早さや。わしはそういうもんでもなんとかのちのちに残るようなものにしたい、とは思とるけど、とにかくよそより遅れたらなんにもならん。ところが、近頃、わしが書こうとした事件を、山城座よりも先に水無瀬座が上演しよる」

「ほう……」

「どれだけわしががんばって台本を仕上げ、座頭から裏方、下座《げざ》が急ぎに急いで稽古しても、向こうのほうが早い。うちは二番煎じや。世話狂言は読売と同じで、一番だけが売れる。二番、三番にはなんの値打ちもない。だれも洟《はな》も引っ掛けよらん。近頃は水無瀬座に負けてばっかりでな……せやから今日の心中はかならずあっちよりも先にものにせなあかんのや。それでのうても、向こうはえらい別嬪の女子の凄い軽業が幕間《まくあい》に挟まるらしいから、せめて引き分けになと持ち込まんと、不入り続きの山城座は潰れてしまうのや」

門左衛門は熱のこもった早口でまくしたてた。

「わかったよ。邪魔したたな。せいぜいがんばりな」

「すまんな。せっかくええタネを教えてくれたのに茶も汲まんと……」

「へっ！」

左母二郎は階段を下りた。ひとの生き死にをタネにして金を儲けているろくでもない男、と確信していた近松門左衛門は、思っていたのとは異なり、なかなか面白い人物のようだった。

（世のなかは広い。芝居が命より大事てえ男がひとりぐらいいてもいい）

そう思いながら左母二郎が水茶屋の外に出たとき、
後ろから声がかかった。振り返らなくても、鴎尻の並四郎だとわかった。

「左母やん……！」

「なんや、左母やんも結局軽業観にきたんか」

「そうじゃねえよ。——で、どうだった？」

「めちゃくちゃ凄かったわー！　もうびっくり仰天や。さすがのわても度肝を抜かれたわ。しかも一日三回興行で満員札止めやで！」

並四郎は、水無瀬座で観たふたりの軽業師の技の数々を身振り手振りをまじえて左母

二郎に説明し、

「けど、わても負けへんで。家に帰ったら稽古、稽古、稽古や」

「えらく張り切ってるじゃねえか」

「わて、負けず嫌いやねん。——ところで、左母やんはなにしに来たんや」

「近松門左衛門てえ野郎に会ってきた」

左母二郎は歩きながら、今日一日のあれこれを並四郎に話した。

「なるほど。水無瀬座がそないに早う世話狂言を舞台にかけてるとは知らんかったわ。そら、あれぐらい満員になるはずやな」

「だから、門左衛門も必死で台本を書いてるってわけだ。でも、今回は山城座に軍配が上がるだろう。ひと月も経たねえうちに『心中東横堀』とかなんとかいった外題《げだい》の狂言がかかると思うぜ」

「もしかしたら左母やん役の役者も出るかもしれへんな」

「ちっ、よしやがれ」

「けど、『伏』見太夫という名前と、八つの水晶の数珠というのがちょっと気にならへんか?」

「そう思うなら、丶大法師か八犬士に教えてやれよ」

「どこにおるかわからへん」

「だったらほっときな」

ふたりは肩を並べて隠れ家へと戻った。

やることがなくなった左母二郎は、その日からまた昼酒を飲み、借りた金で博打を打つという自堕落な生活に戻ったが、並四郎は宙乗りの稽古をはじめた。これまでも、高い木の枝から屋敷の屋根まで綱を渡し、それをつたって忍び込む、ということは幾度となく行ってきたが、綱のうえを歩いたり、トンボを切ったりする……というのはむずかしい。隠れ家の二階の柱と柱のあいだに綱を張り、そのうえに立とうとするのだが、すぐに均衡を崩して落ちてしまう。並外れた体術の持ち主である並四郎も、伏見太夫や旦開野《あさけの》太夫の真似はすぐにはできないようだ。しかし、負けん気に火が点《つ》いた並四郎は懲りずに稽古を繰り返す。どしん、ずどん、どたん、ばったん！　二階から大きな音が響くたびに左母二郎は、

「やかましい！」

と怒鳴るのだが、並四郎はやめようとしない。二日が経ち、三日目、左母二郎が二階に様子を見にいくと、綱の半ばに立った並四郎がトンボを切ろうとするところだった。もちろんまだ未熟なので、並四郎は後ろ向きに回転しながら綱から外れ、左母二郎に向かって吹っ飛んできた。

「危ねえ！」

思わず左母二郎は両腕を伸ばして並四郎を受け止めた。つまり、並四郎を抱っこする恰好になったのだ。

「左母やん、おおきに」

「ちっ、おめえなんか抱いても仕方ねえ」

並四郎は床に下りると、

「綱のうえを立って歩くことはできるようになったんやけどな、トンボがでけへんのや。たぶん、なにかコツがある。——わて、今日、もっぺん水無瀬座へ行ってくるわ」

「好きにしなよ」

「左母やんは行かへんか」

「行かねえって」

「もしかしたらそのまま伏見太夫か旦開野太夫に入門するかもしれんから、そのときはよろしゅう」

そう言って並四郎は出ていった。そのうちに眠気を催してきた左母二郎は腕を枕にごろりと横になった。

◇

「辞める、やと？　どういうこっちゃ」

水無瀬座の座頭を務める水無瀬銀十郎《ぎんじゆうろう》は、小屋の三階にある座頭部屋で旦開野太夫と対面《たいめ》していた。銀十郎は分厚い座布団のうえにあぐらを掻き、太い鉈豆煙管《なたまめぎせる》を手にしている。その脇には伏見太夫ともうひとり、黄色い頭巾をかぶった四十がらみの町人が座っている。

「はい、こちらの小屋には私の探しているものがない、とようようわかりましたので……」

「おまえの探しているもの、とはなんや」

「それは申せませぬ」

「今、辞められたらうちは困るのや。——ほんまは余所《よそ》の小屋から引き抜きの話が来とるのとちがうか。給金は今の二倍、いや、三倍出そう。それでええな」

「いえ、お金の多寡ではござりませぬ。ここにない、とわかった以上、早う余所に探しにいかねばなりませぬゆえ……」

「ならば、その探しものとやらをわしらが手助けしてやろう。それなら、おまえもこの一座におりながら、探しものもでけることになる」

「お断りいたします。これは、ひとさまに手伝うていただけるような仕事ではありませぬゆえ……」

伏見太夫が目を吊り上げ、

「旦開野！　こっちがおとなしくしてりゃ調子に乗りやがって。足もと見ないで、三倍の給金で手を打ちな！　ぐだぐだ抜かしてたら、舌ぁくぎ抜きで引っこ抜くよ！」

銀十郎は細い目をいっそう細め、

「まあ怒るな。ここはわしに任しておけ」

伏見太夫は上目遣いで銀十郎を見ると、

「へえ……あんたがそう言うなら……けど、あんたはいい女には甘いから……」

銀十郎は旦開野太夫に向かって煙管を突き出し、

「あんたが入ってくれてから、伏見太夫とのふたり宙乗りで軽業の評判がますます上がり、連日大入りが続いとる。おまえも場末のしょうもない小屋で少ない人数《にんず》まえにして芸を披露するより、大勢のまえでやるほうが気が入るやろ。芸人や役者というのはそういうもんや。わしはな、世話狂言と軽業の二本立てでどんどん儲けて、そのうちにこの道頓堀の芝居小屋を全部わしのものにしたろ、と思とるのや。そうなったらおまえもどこかの小屋の座頭になれるかもしれんのやで」

それまで黙って聞いていた黄色い頭巾の男が、

「そやそや。今、この道頓堀で水無瀬座頭に歯向かえるものはおらんのや。おまはんも言うこと聞いといたほうが身のためやで」

しかし、旦開野太夫は小さくいやいやをして、

「なんと申されようと私はお暇をいただきます。どうぞお許しを……」

　太夫の言葉が終わらぬうちに銀十郎は煙管を火鉢の端に叩きつけ、

「おう、どうあってもわしの言うことが聞けんというならわしにも考えがある。おまえに余所の一座に行かれて、人気が出たら困るさかいな、辞めるならその脚……へし折らせてもらうわ。悪う思うなよ」

　伏見太夫はにやりと笑って、

「脅しじゃないからね。うちの大将は、やると言ったらほんとにやるんだ。謝ったほうがいいんじゃないかい？」

「謝るつもりなど毛頭ございません」

　伏見太夫は舌打ちをして、銀十郎のほうを向くと、

「この女、生意気だよ。脚を折るなんて生ぬるい。ぶち殺して、死体を道頓堀に放り込んでおくれ！」

　銀十郎は苦笑いして、

「そんなことをしたら、うちが世話狂言のタネにされてしまうがな」

「だって、いろいろ宙乗りの技を教えてやったのに、恩を仇《あだ》で返しやがったんだ。あたしゃ腹が立ってしかたないんだよ！」

　そのとき、旦開野太夫が顔を上げると、口もとに手を当てて笑い出した。

「おほほほ……ほほほほほ……申すことはそれだけですか？」

伏見太夫は眉間に皺《しわ》を寄せ、

「なんだと？」

「あなたの宙乗りの技は、田舎《いなか》の軽業小屋の匂いがいたします。私に技を教えた？　ほっほっほっ……それはおかしいですね。私こそ、あなたの不首尾をたくさん救うてあげたのに……」

「大将、この女《あま》、マジでぶっ殺してよ！」

銀十郎は立ち上がって匕首を抜き、

「野郎ども、出てこんかい！」

襖が開き、隣の部屋で一部始終を聞いていたらしい男たちが雪崩《なだ》れ込んできた。旦開野太夫はすっくと立ち、

「これはこれは大部屋の役者衆、おそろいで……ようよう、待ってました！」

「この女《あま》、軽口叩けるのも今のうちやで」

「私に指一本でも触れられたらほめてさしあげますよ。――いざ！」

そう言って身構えた。

「こんにゃろめ！」

殴りかかってきた先頭の男の頰を張り飛ばしてその場に這《は》いつくばらせ、その背中に

右足を乗せて、ぐい、と踏みつけた。ふたりの男が示し合わせて左右から襲ってきたのを、帯を摑んで引き寄せ、額と額を思い切りぶつけさせる。ふたりは伸びてしまった。

「こいつ、強いで」

「油断すな」

残りの連中は一斉に匕首を抜いた。旦開野太夫はあわてることなく、

「ひい、ふう、みい……あと四人か。左から順番に潰していきますからね」

そう言うと、いきなりいちばん右にいた男の眉間を人差し指で痛打した。男は涙をこぼしながら、

「左からて言うたやないか、嘘つき……」

「私から見て左ということです。役者ならわかるでしょう」

「そやったか……」

男は目を回して倒れた。

「ということは、つぎはわてか」

隣に立っていた男が自分を指差した。

「喜ぶな。気ぃ……」

つけえよ、とその隣の男が言い終わらぬうちに、飛び込んできた旦開野太夫は匕首をもぎ取ると、その柄を男の喉に叩きつけ、同時に隣の男の股間を蹴り上げた。

「あとひとり……」

最後のひとりを旦開野太夫が鋭く見つめると、男はそのまま後ずさりして逃げ出した。

「どいつもこいつも頼りにならんやつらや。――おい、鋏虫《はさみむし》」

「へえ……」

黄色い頭巾の男が立ち上がり、ふところから大きな植木鋏を二挺《ちよう》取り出した。それを、しゃきん、しゃきん、と鳴らしながら開閉し、

「へへへへ……これでおまえの白い白い喉をちょん切ったるわ」

「あなたは少しはできるようですね。これまでにも何人もひとを殺しているのではありませぬか?」

「へへへへ……この鋏はな、松の枝も切るけどひとも切るのや」

旦開野太夫はしばらく男を見つめていたが、

「えいっ!」

畳を蹴って宙を跳ぶと、鋏虫と呼ばれた男の頭上を飛び越した。そして、天井の梁《はり》に掴まり、後頭部に後ろ蹴りを食らわした。男は鋏をチョキチョキと開閉させながら前のめりに倒れた。

「お伏《ふし》、殺《や》ってまえ!」

水無瀬銀十郎が太い声でそう叫んだ。伏見太夫は棒手裏剣を右手に四本、左手に四本

持つと、それを旦開野太夫目掛けてつぎつぎと投げつけた。手裏剣はひと筋の糸のように旦開野太夫の胸もとを襲った。旦開野太夫は、倒れた男たちのひとりから奪い取った匕首で手裏剣を左右にひとつずつ払い落としていったが、最後のひとつを払い損ねた。手裏剣は、避けようと身体をねじった旦開野太夫の肩先に突き刺さった。

「ふふ……つぎはその白いお顔を血で染めてあげようねえ」

そう言った伏見太夫の両手には、四本ずつの棒手裏剣がまた握られていた。これも放《ほう》下師《かし》という軽業芸人の技だ。廊下に逃れようとした旦開野太夫を、いつのまにか起き上がっていた鋏虫が羽交い締めにした。

「さあ、お伏さま、早う……！」

「ありがとよ」

伏見太夫がにやりと笑って右手の手裏剣を振りかぶったとき、黒い影が伏見太夫と旦開野太夫のあいだに降りてきた。頰かむりをした町人だ。

「だ、だれや！」

水無瀬銀十郎が叫んだ。

「わてか？　わてはただの客や。おふたりの軽業を見物にきたのやが、舞台だけやのうて、小屋の三階でこんなおもろい出しものがかかってたとは知らなんだ。じっくり見せてもろたで」

言わずと知れた鴎尻の並四郎である。並四郎は鋏虫の脇腹を拳で突き上げ旦開野太夫を解放すると、後ろ手にかばった。

「経緯《いきさつ》がようわからんけど、お助けしまっさ」

「どこのどなたか存じませぬがありがとうございます」

銀十郎は顔を紅潮させ、

「鋏虫、こいつから片づけてくれ！」

「お任せを……」

鋏虫は鋏をもう一挺取り出した。並四郎は目にもとまらぬすばやい動きでその鋏を奪い取り、つぎの瞬間には鋏虫の帯を縦にちょん切っていた。

「ひええっ……！」

床に落ちた帯を見て鋏虫が悲鳴を上げている隙に、旦開野太夫は高々と跳躍し、空中で一回転して着地すると、水無瀬銀十郎のまえにあった火鉢から火箸を抜いてその先を銀十郎の喉に突き付けた。一瞬のあいだのできごとだった。

「な、なにをするのや。わしにこんなことして、道頓堀から無事に出られると思うなよ」

しかし、旦開野太夫は火箸をくるりと回し、尻の部分で銀十郎の喉ぼとけを強く押した。銀十郎は白目を剝き、泡を吹いて倒れた。

「だれか来とくれ！　うちのひとが……だれか！　だれか！」

伏見太夫の金切り声を背中に浴びながら、旦開野太夫と並四郎はゆうゆうと部屋から去った。

◇

「綱乾左母二郎さま……左母二郎さま……」

目のまえに、娘が立っていた。顔が暗くてよく見えないが、梅だと左母二郎は思った。起き上がろうとしたが、身体に力が入らない。

（これが金縛りってやつか……）

梅はゆっくり近づいてくると、

「ひどいではありませんか……」

「なにがひでえんだ。印籠はおめえの親父《おやじ》に返《けえ》したぜ」

「あのようなものに私の死にざまを狂言に仕立てさせるとは……あなたのせいです。お恨みいたします……」

「そいつぁ逆恨みってやつだ。書いたのは俺じゃねえ。近松門左衛門てえ野郎だ。恨むならあいつを恨め！」

「近松さまではございません。私が申しているのは……」

その瞬間、

「左母やん……左母やん！」

左母二郎はハッと目を開けた。そこには並四郎の顔があった。

「えらいうなされてたけど、大丈夫か？」

「な、なんでもねえよ。水無瀬座には行ったのか」

「今、帰ってきたところや。びっくりしたでぇ」

左母二郎は手ぬぐいで汗を拭きながら上体を起こし、

「軽業がそんなに凄かったのか？」

「そやないねん。世話狂言の出しものや。これ見てみ」

そう言って並四郎が差し出したのは水無瀬座の引き札（広告）だった。そこには、

本日までふた月に渡ってご贔屓《ひいき》いただいた切り狂言「心中綿食虫」に代わりまして、明日より新作狂言「心中糸切舟《いときりぶね》」を上演いたします。天満青物問屋の娘と稽古屋師匠の悲恋を当一座の座付き作者永楽左門《えいらくさもん》が描いた大当たり間違いなしの世話狂言です。

なお、一番狂言と切り狂言の合間にて、伏見太夫宙乗り軽業相務めます。

水無瀬座座頭　水無瀬銀十郎拝

という意味のことが記されていた。

「なんでえ、こりゃ。近松はまた水無瀬座に先を越されたってのか」

「そうらしいわ。永楽左門とかいうやつ、アホみたいに筆が早いんやなあ」

「そんな馬鹿な。心中があったのは三日前だぜ。台本ができたとしても役者の稽古や大道具、小道具はどうするんだ。そんなに早く上演できるわけがねえ」

並四郎が、

「けど、現にこうやって引き札が摺られとるやないか」

「こいつぁおかしいぜ。やっぱり水無瀬座には裏になにかあるな。——かもめ、おめえ、伏見太夫か旦開野太夫に入門してえって言ってたな。ちょうどいいや。入門して、ついでに水無瀬座のことをいろいろ探ってきてくれ」

「ところがそうせんでもええようになったんや。旦開野太夫さんはもう水無瀬座を辞めはったで。ここに呼んでもええか？」

「呼んでも、って……だれを？」

並四郎は表に向かって、

「お待たせ。どうぞなかへ……」

その言葉に応じて、表から入ってきたのは、ひとりの若い娘だった。しかし、月代を伸ばし、髪の毛を中間風《ちゅうげん》に結い上げており、着物も紺地の半纏《はんてん》に梵天帯《ぼんてんおび》、白い股引《ももひき》をはいている。きりりとした顔立ちは男のようにも女のようにも見えるが、そこに妖しい魅力があり、左母二郎はしばらくぼんやりと娘の顔を見つめていた。並四郎が、

「左母やん、このおひとが軽業の名人、旦開野太夫さんや」

「お、おう……」

予期せぬ珍客の入来に左母二郎は一瞬とまどった。娘は両手を突き、

「旦開野太夫……またの名を犬坂毛野と申します」

「い、犬坂毛野だと……？　じゃあ、おめえさんも……」

「はい、八犬士の一人《いちにん》でございます」

「はー っ……」

驚いたぜ、と言おうとして左母二郎はハッと気づいた。

「てえことは、おめえさんは……」

並四郎が、

「そやねん。毛野さんは男や。男が娘に化けて、その娘が男装した、ちゅうわけや」

「ややこしいな」

毛野は頭を下げ、

「ややこしくて申し訳ありません」

「で、どうしておめえさんは水無瀬座にいたんだ？　もしかすると、伏見太夫が持って

いるっていう……」

そのとき、戸の外から、

「それについてはわしから話そう」

そう言いながら現れたのは僧体に錫杖《しゃくじょう》を持った、大法師であった。八房が喜んでしっぽを振り、法師にじゃれついた。、大は八房を抱えながら履きものを脱ぎ、錫杖を脇に置くと左母二郎のまえに座った。並四郎が、

「水無瀬座でばったり会うたさかい、ふたりとも連れてきたのや」

、大法師はうなずき、

「大坂の水無瀬座なる芝居小屋に出演している伏見太夫なる女軽業師が、八つの水晶玉を連ねた数珠を使って芸を見せている、という噂が耳に入ったのでな、八犬士のうちでもいちばん体術に優れている犬坂毛野に旦開野太夫と名乗らせて女装させ、水無瀬座に送り込んだのだ……」

旦開野太夫は、伏見太夫に弟子入りをするという形で水無瀬座に潜り込んだが、伏見太夫はすぐに旦開野太夫の素質を見抜き、ふたり同時に綱のうえに立って芸をする、という提案をした。結果、たいそうな評判となり、水無瀬座は連日大入りが続くこととなった……。

「けどよ、宙乗りなんてすぐには会得できるもんじゃねえだろ。おめえさんはどこで習

ったんだ?」

　左母二郎が言うと、毛野は少し顔を赤らめ、

「私は、伊賀《いが》の郷士《ごうし》の出なのです」

「それがどうした」

　並四郎が、

「鈍いなあ、左母やん。忍びのものや、て言うてはるのや。服部半蔵《はっとりはんぞう》親方の一門かいな」

「はい、服部半蔵親方は大名になり、ほとんどの中忍、下忍はその家臣として江戸に出て士分になりましたが、私たち一部のものは伊賀に残り、物心つかぬころから修行しておりましたので、綱を渡るぐらいは朝飯前。ときには男として、ときにはくノ一《いち》としてあちこちの大名家の手先になって働いておりましたが、先だって図らずも上さま直々のお声がかりによって八犬士に選抜されたのです」

「ふーん……」

　ゝ大法師が、

「伏見太夫は、水無瀬座の座頭銀十郎の妾《めかけ》だな。田舎の軽業小屋上がりらしくて、技では毛野には遠く及ばぬ。水無瀬座は、今ごろ困っているだろう」

　毛野はかぶりを振って、

「もともと水無瀬座は世話狂言が大当たりして客を集めているのです。軽業は狂言のあいだの添えもの。しかも、伏見太夫おひとりでも宙乗りはできるのですから、人気は衰えますまい」

左母二郎は毛野に、

「水晶玉はどうなったんだ？　伏姫ってのはまだこどもだってえが、もしかしたら伏見太夫は案外若《わけ》えのかもしれねえぜ」

毛野は笑って、

「伏姫さまはまだ八つか九つ。見間違えようがありませぬ。私も、水無瀬座に入ってこの目で見るまではそのような疑いを抱いておりましたが、すぐにそれはありえぬこととわかりました。それに……伏見太夫が伏姫さまではない動かぬ証《あかし》がございます」

「ほう、なんでえそいつは」

「伏見太夫は、まことは『男』でございます。つまり、私と同じ……」

「なんだと？」

「私はこのとおり、着物も化粧も男でもあり女でもあるように拵えておりますが、伏見太夫は日頃から女として振る舞い、まわりのものにもそう思わせているようでございます。知っているのはおそらく銀十郎ただひとりかと……」

「なるほどね」

「なかなかしっぽを摑ませませんでしたが、昨日、宙乗りの途中で向こうの手首を摑んだときにわかりました。男ならば、伏姫さまではございませぬ」

「そりゃそうだ」

「水晶玉も、なかなか見せてくれなかったのですが、今朝、思い切って伏見太夫の部屋に忍び入り、荷物を探ってみたところ、がっかりいたしました。水晶玉にあらず、ただの安もののギヤマン玉。文字も、墨で『観世音菩薩普門品《かんぜおんぼさつふもんぼん》』と書かれているだけでした。ただの芝居の小道具だったのです。それゆえ、私は水無瀬座を辞めたのですが、辞めるときにひと悶着《もんちゃく》あり、並四郎殿にお助けいただきました。もう二度と道頓堀界隈には参れませぬ」

並四郎が、

「伏見太夫も旦開野太夫もおらんさかい、小屋のなかをあちこちさまよってるときに、この毛野さんが座頭の銀十郎、伏見太夫、鋏虫とかいう男、それに大部屋の役者衆を向こうに回して大立ち回りしてる場に出くわしたんでな、つい手ぇ出してしもた」

「鋏虫たあ妙ちきりんな名前だな」

「鋏を武器にしとるさかいな。黄色い頭巾をかぶってたわ」

「黄色い頭巾だと……？」

左母二郎は、「黄色い頭巾」という言葉に記憶を刺激されたが、それがなんであるか

までは わからなかった。そのとき、

「顔ぶれ、揃《そろ》ってるね」

そう言って船虫が入ってきた。一升徳利をぶら下げている。船虫は毛野を見つめている左母二郎に、

「嫌だねえ、男ってのは、別嬪がいると鼻の下伸ばしゃあがって……」

「そんなんじゃねえやい」

左母二郎はぷいと横を向いた。並四郎が、

「あのな、このお方は男なんや」

「えーっ！」

船虫は瞠目《どうもく》して、毛野に不躾《ぶしつけ》な視線を送った。並四郎が、

「ここへ来る道々、毛野さんにいろいろ聞いたのやけど、伏見太夫の一件とは別に、なかなかおもろい話があるのや。毛野さん、それを言うたってくれ」

「はい……。私が籍を置いていたしばらくのあいだに水無瀬座で見聞きしたことをひとおり、お話しいたしましょう。とにかく座頭の水無瀬銀十郎はお金儲けがなにより好きで、客を集めるためならどんなあくどい真似でもする男でございます」

そう前置きして、犬坂毛野が話し始めたのは水無瀬座の裏側についてだった。

毛野は伏見太夫と水晶玉のことを探るために水無瀬座に入ったが、彼の優れた体術を

見て、銀十郎はすぐに伏見太夫の相方に抜擢《ばってき》し、ふたりで宙乗りをするよう命じた。しかし、毛野の腕ならば稽古する必要もないほどの内容だったうえ、出番も短かったので、一日の大半は暇だった。伏見太夫は出番以外は銀十郎と座頭部屋に籠っていて、なかなか会うことができない。しかたなく毛野は毎日、舞台裏をぶらつき、あちこち見て回った。

大道具、小道具たちが朝から晩まで必死になって作業をしている。役者たちも、つぎに掛ける狂言の稽古に余念がない。全体を仕切っているのはもちろん座頭の水無瀬銀十郎だが、実際に細かい指図をしたり、ダメ出しをしたりしているのは、狂言作者の永楽左門という男だった。

「今度の出しものの舞台は大川やないで。羽女《うめ》と信之介《しんのすけ》は道頓堀で心中するのや。これでは道頓堀に見えんやないか。しっかり拵えてや。もうひと月もかかっとるんやで。——漢十郎《かんじゅうろう》、おまはんの役は稽古屋の師匠やで。もっと粋にできんか？　壇兵衛《だんべえ》、あんたはそのへんの長屋の娘とちがうで。大坂でも一、二という青物問屋のひとり娘や。箱入り娘が稽古のときだけのびのびできる。そういう雰囲気は出せまへんのか。——義《ぎ》右衛門《えもん》さんは干鰯屋の次男坊やというても若旦那やない。悪役やさかい、そういう顔を作って、声ももっとドスの利いた風に……そうそう、それでええ。ほな、もっぺんはじめからやりまっせ」

これが噂に聞く世話狂言というものか、と毛野は思った。実際にあった事件を取材して、できるだけ迅速に舞台にかけるのだそうだ。おそらくひと月ほどまえにこういう心中沙汰があったのだろう、と毛野は思っていた。

しかし、二、三日まえに客たちが話しているのを聞いて驚いた。昨日、道頓堀で心中があった。女は高崎屋という青物問屋のひとり娘梅で、男は梅が通っていた稽古屋の師匠新之介だという。梅は、親から干鰯屋の次男坊との縁談を押し付けられ、それを苦にしたらしい……。

毛野は耳を疑った。二、三日まえの心中を芝居に仕立てたものを、ひと月もまえから稽古することなどありえぬはずである。

「その永楽左門とかいう狂言作者は、未来を見通す『天眼通《てんげんつう》』の力でも持ってるんじゃないのかい？」

船虫がそう言った。毛野も、

「そうとしか考えられません」

丶大法師が、

「毛野、たしか伏見太夫の台詞のなかに、水晶玉の法力のひとつとして『未来を占う』というのがあったたな。もしやあの八つの玉にはまことに未来を見通す魔力が宿っていたのではないか」

「私が見たところでは、ただの安もののギヤマン玉でございましたが……」

並四郎が、

「どないする、左母やん」

「そいつらがマジで法力があるのか、それともなにかからくりがあるのか、まずは探りを入れねえと……」

ゝ大法師がからかうような口調で、

「ほほう、いつものおまえなら、一文の銭にもならぬことには手を出さぬ、と言うはずだが……」

「うるせえやい。いろいろあるんだよ」

左母二郎の頭に去来していた光景は、夜の道頓堀に浮かんでいる男女の死骸だった。当人たちの意思による入水《じゅすい》だと思っていたが、あれにもなにか裏があったのだとしたら……。

（魔が差したとはいえ、印籠なんかいただいちまって……悪かったな……）

そうは思ったものの、口では、

「銭にならねえ、とはかぎらねえぜ。いい脅しのタネじゃねえか。水無瀬銀十郎てえ野郎をゆすれば、かなりの金をふんだくれると思うぜ」

船虫がうなずいて、

「あたしもお蝶ちゃんのためにひと肌脱ぐよ」

左母二郎は並四郎と船虫に、

「かもめ、おめえは水無瀬座に忍び込んで、銀十郎たちがしゃべってるのを盗み聞きしてくれ。船虫はお蝶に、なにか思い出したことはねえかたずねてきてくれ。俺ぁ、近松に会って水無瀬座のことをもっと詳しく聞いてみらあ」

犬坂毛野が身を乗り出し、

「私にも手伝わせてください。並四郎殿には恩義がござりますれば……」

ヽ大法師は、

「ということは、わしは八房のお守り役ということかな。皆の上首尾を待っておるぞ」

船虫が、

「ただ待つだけじゃなくて、酒の肴《さかな》でも買って待っててよね」

そう言った。

四

初日を開けるやいなや、水無瀬座の新作狂言は大当たりとなった。ほんの数日まえに起きた心中を役者が演じるということで興味をそそられた客たちが、押すな押すなの大入りである。入りきれぬ客が道頓堀を埋め尽くし、ほかの小屋のまえにまであふれかえった。男も女も、羽女と信之介の悲恋に涙を絞り、道行きに喝采した。水無瀬座以外の小屋は閑古鳥が鳴いていた。とくに、同じ演目を準備しようとしていた山城座の客席はガラガラだった。

天満の高崎屋のまえには、主の高崎屋弥右衛門を非難するものたちが押しかけ、

「娘に無理な縁談押し付けよって……」

「可哀そうなことすな！」

なかには店に石を投げ込むものも現れ、危なっかしくて仕事にならない。とうとう町奉行所の役人が出張るという騒ぎになった。

「ひひひひひひ……」

水無瀬銀十郎は、小屋の三階にある部屋でその日の売り上げを数えていた。

「ボロ儲けや。こんなに当たるとは思わんかったな。ひと月ほどはこれで稼げるわい。羽女・信之介で儲けられるだけ儲けてこまそ」

銀十郎の膝にしなだれかかっている伏見太夫も銭函《ぜにばこ》の銭をじゃらじゃら弄びながら、

「そうだねえ。お金ってやつはさ、儲かれば儲かるほど、もっと儲けたい、という気になるんだろうねえ。ここで打ち止め、ということがないんだもの」

「ふふふふふ……そのとおりや。これからも儲けて、儲けて、儲けて、そのうちに道

頓堀の芝居小屋をみな買い取ったる。あとは……もうひとり、男でもかまへんさかい、宙乗りができるおまえの相方が欲しいところやけどな……」

「あのふてぶてしい娘……旦開野《あさけの》太夫が辞めても、軽業はあたしの人気だけで十分評判を呼んでるからねえ」

「わしがそう言うたやろ？　もともとはおまえひとりでやっとったのや。おまえはこの一座の看板やで」

銀十郎はヤニさがった。

「けどさ、おまえさん……旦開野太夫を助けにきたあの頰かむりの男……」

「ああ、あいつなあ……」

「もしかしたら盗人かもしれないよ。うちが大儲けしてることを知ってこのお金を盗みに来たのかも……。用心したほうがいいんじゃないのかい」

「ふふふ……わしもそう思うたさかい、この水無瀬座の出入りを厳重にしたのや。開演中は入り口に、木戸番のほかに用心棒を常時ふたり立たせとる。梯子段《はしごだん》は、使わんときは取り外して奈落（地下）にしまうさかい、客席から二階、三階へは行けん。夜中に外の壁を登ってくるやつがおるかもしれんと思て、パッと見てもわからんような忍び返しをぎょうさんつけた。それから……」

「もういいよ。あんたがあたしとこのお金を守ろうとしてくれてることはよーくわかった。これからもあたしのために儲けてね」

「へへへ……もちろんや」

そのとき、廊下に足音がした。銀十郎はあわてて銭函の蓋を閉めて、部屋の戸棚の下にある隠し扉のなかに押し込んだ。

「だれや」

「わてだす」

ぬう、と顔を出したのはこの一座の座付き作者永楽左門だった。ひょろ長い顔の左門はにやにや笑いながら銀十郎と伏見太夫のまえにどっかと座り、

「えらい大入りだすなあ。これもわての台本《ほん》あってのこと。感謝しとくなはれや」

銀十郎は舌打ちをして、

「ひと月も日数《ひかず》があれば、だれでも書けるやろ」

「そうでもおまへんで。やっぱり腕がないと……」

「おまえにはあるんか」

「客の数見てわかりまへんか。今度もまた、近松の鼻を明かしてやった。ええ気味や」

「そんなに近松が嫌いなんか。わしは、近松もなかなかええ狂言を書くと思とるのやが……」

「アホなこと言いなはんな。あんなやつ、クソだすわ」

「それはそうと、なにしに来たのや」

「へっへっへっ……これだけ大入りが続いとりますのや。わての給金、そろそろ値上げしてもらえまへんか」

「またか。このまえ上げてやったばっかりやないか」

「そう言いなはんな。今の水無瀬座の儲けのほとんどはこのわての筆先が拵えたようなもんだっせ」

「そんなことはない。もとの筋立ては六輔《ろくすけ》の思いつきやし、大道具、小道具、下座、役者衆、木戸番、それにわしも含めた座元……皆で拵えたもんや」

「せやけど、わての台本がなかったら道具方も役者も動きようがおまへんがな。わてはもっと給金もろてもええはずだす」

「今はあかん。わしは儲けた金で余所の小屋を買い取る算段をしとるのや。それが終わったら考えてもええ」

「頼んますわ。新町《しんまち》のコレに……」

　永楽左門は小指を突き出し、

「えろう金がかかっとりまんのや。高《たこ》うつく女子でな……あれ買うてこれ買うて、て贅《ぜい》沢《たく》な好みしとりまんねん。わかりまっしゃろ」

　伏見太夫が横合いから、

「あんた、その女にだまされてるよ。やめときな」

「あんさんは引っ込んでなはれ。あの女はわてにベタ惚れだすのや」

「あんたの顔で女にもてるわけないよ」

「なんやて？　ほっといとくなはれ。だいたいあんたは……」

銀十郎は太い鉈豆煙管を火鉢に打ちつけ、

「ええかげんにせえ！　とにかく今は給金の値上げ、まかりならん！　そんなことより、つぎの台本を支度せんかい」

「えー、当分は『心中糸切舟』でいけますやろ」

「アホか。世話狂言はな、とにかく新しいもん新しいもん、と掛けていかんと飽きられてしまう。つぎの趣向を考え」

「つぎの趣向ゆうたかて、心中もんはもうやりつくしましたさかい、そろそろべつのもんをやらんとあきまへんで」

「言われんでもわかっとる。もっとでかい、どえらい趣向や。色里《いろさと》の女とどこぞの商家の手代《てだい》が情死する、とか、そんなしょうもないやつやのうて、何十人とひとが死ぬような、大坂はおろか、京、江戸にまで評判が轟《とどろ》くような大事件が起きて、それを数日で芝居に仕立て上げることができたら……これはウケるで」

脂ぎった額をテカテカ光らせた銀十郎は、永楽左門に向かって「にっ」と笑いかけた。

左門はその笑顔にぞっとした。

◇

「そこのお役人……」

西町奉行所盗賊吟味役与力の滝沢鬼右衛門は、不意に後ろから声を掛けられ、職業柄、そっとふところの十手に着物のうえから手を当てながら、

「どなたかな」

振り返って、眉根を寄せた。その人物が男性であるか女性であるかが咄嗟《とつさ》にはわからなかったからだ。侍風の恰好をしているが、顔は女性のようである。しかし、男が女装している、というわけではなく、きりっとした雰囲気だ。まつ毛が長く、色白で、鼻筋が通っているが、口もとにはほんのりと紅をつけている。

（噂に聞く女武芸者というやつか……？）

その不可思議な魅力に鬼右衛門はとらわれた。

「わけあって姓名は申せぬのだが、卒爾《そつじ》ながらものをおたずねしたい。そこもとは西町のご番所盗賊吟味役与力滝沢鬼右衛門殿に相違ござらぬか」

高からず低からずの声であった。

「いかにも拙者、滝沢鬼右衛門だが……？」

「数日まえ、道頓堀で心中があった折、検分をなされたとお聞きしておる」

鬼右衛門はいぶかしげにその人物を見た。見れば見るほどよくわからない。男か、女か。町人か、武士か。

「私は稽古屋師匠新之介にゆかりのもの。高崎屋のひとり娘梅と新之介が情死したそうだが、あれはまことの心中であったのか」

「心中だろう。ふたりは手首、足首を扱《しご》きでつないでいた。すでにあの一件の片はついておる」

「さようでござるか。――ほかになにかお気づきになられたことは？」

「吟味の中身は洩らせぬ」

「心中と決まったのであれば、かまわぬではないのか」

犬坂毛野は鬼右衛門に身体を近づけ、鼻と鼻が当たるほどに顔を寄せると、上目遣いに鬼右衛門を見上げた。

「い、いや……そういうわけには……」

鬼右衛門の鼻腔《びこう》に、白粉《おしろい》の匂いがぷん……と漂った。

「私にはあのふたりが心中したとはどうしても思えぬのだ。もし、お奉行所の眼鏡違いで……」

「なにっ」

「お怒りになられては困る。万が一、ほかに下手人がいると明らかになったときは、真っ先に滝沢氏にお知らせするゆえ、御身《おんみ》の手柄となさってくだされてよい」

鬼右衛門は釣り込まれるように、

「気づいたことがない、こともない」

「教えてくだされ。お願いいたす」

毛野のうるんだような目で見つめられ、つい鬼右衛門は口を開いた。

「じつは……拙者もひとつ、不審に思うたことがある」

「いかなることでござる」

「新之介の身体に刺し傷がいくつかあったゆえ、無理心中かとの疑いを抱いたのだ。しかし、傷の場所からしてそれは致命傷ではなく、投げ文や高崎屋の主の話などから、やはり情死であろうという結論に至った」

「その刺し傷とは、刀によるものでござったか。それとも匕首か剃刀《かみそり》、もしくは包丁や鑿《のみ》……」

鬼右衛門はかぶりを振り、

「あの傷口から考えて、おそらくは……鋏かと」

毛野はにこりと笑い、

「かたじけない」

「拙者の話、お役に立ち申したか」

「はい、とても。かたじけのうござった」

「他言無用でお願いいたす」

「もちろん。御身と私だけの秘密にいたす。――吉報をお待ちくだされ」

毛野は剛毛の生えた鬼右衛門の右手を両手で包み、ぐっと握った。

◇

「おう、近松……」

左母二郎は水茶屋「鶴亀」の二階に上がり、勝手知ったる奥の小部屋のまえで声をかけた。返事はない。

「いねえのか？　くたばっちまったか？」

「ぐぐぐ……」

ガマガエルのような呻き声が聞こえてきた。左母二郎がなかに入ると、門左衛門は机のうえに突っ伏している。酒臭い。あたりには一升徳利が何本も転がっている。自棄酒を飲んでいたようだ。

「まだ、くたばってねえみたいだな」

「けど、そろそろくたばりそうや」

門左衛門は左母二郎に顔を向けた。目がどろりとしている。

「ああ、あんたか。――わしはもうあかん。わしだけやない。山城座はもうあかんわ」

「水無瀬座の一件か？」

「わしも必死でがんばった。あの心中があった朝からタネ取りに走り回り、その日の夕方にはもう台本書きに取り掛かっていた。それと並んで、すぐに道具も作り始めた。今度ばかりは水無瀬座に勝った、と思た。けど……あかんかったわ。あいつら、なんぼなんでも早すぎる。心中があってから四日目に初日やなんて……めちゃくちゃや。まるで……事件が起きるまえから台本があったみたいや」

門左衛門はため息をつき、

「近頃、水無瀬座はどんな狂言も、事件が起きてから半月ほどで舞台にしとる。わしも死ぬ気でやったらなんとかなるのとちがうか、と思た。けど……四日は無理や。台本も大道具・小道具も、役者の稽古もまえまえから支度してあったとしか思えんのや」

「じつは俺もそのことで来たんだ」

左母二郎は、水無瀬座はひと月もまえから稽古していた、という犬坂毛野の見聞を門左衛門に伝えた。

「やっぱりそやったか……」

「このからくりはどういうもんだと思う？　信じたくはねえが、俺ぁ、永楽左門てえ水無瀬座の狂言作者に、未来を見通す力がある、としか考えられねえ」

「そういう不思議な力を持ったものがおる、という話は聞いたことがあるわ。たとえば聖徳太子《しょうとくたいし》は大昔の人間やけど、『兼知未然《けんちみぜん》』というて、まだ起きていないことをあらかじめ知っとった、と言われとる。『太平記』にも、楠木正成《くすのきまさしげ》が四天王寺《してんのうじ》にある『聖徳太子の未来記』を読んで、後醍醐《ごだいご》帝が復位することを知る、と書いてあるさかい、ほんまもんかもわからん。一遍上人《いっぺんしょうにん》や日蓮《にちれん》上人……といった有徳の高僧もいろいろ予言をしたらしい。西洋でも、わしはよう知らんけど、切支丹《キリシタン》の神の息子の耶蘇《ヤソ》というやつは、自分がいつ、どんな風に死ぬか言い当てた、とか……」

「それはみんな、聖徳太子とかナントカ上人とか耶蘇とか……修行を積んだえらい連中だろ？　どうして水無瀬座の狂言作者ごときがそんな力を持ってるんだ？」

「それは……よう知らんけど、もしかしたら永楽左門というやつも一宗を開くほどの凄い法力を持ってるのかも……」

「凄腕の占い師とか陰陽師《おんみようじ》とかに頼んでるのかもしれねえな」

「そやなあ、そうとしか思えんわ。まさか、先に台本を書いといて、そのとおりに事件を起こしてるわけでもないやろし……」

「なんだと？」

左母二郎は門左衛門の胸倉を摑んで、引き寄せた。

「痛い痛い痛い……なにするのや！」

「おめえ、今、なんて言った」

「せやから台本を先に書いといて、そのとおりに事件を起こした、て言うたのや。まさかそんなことはせんやろけど……」

「いや……そうは言いきれねえ。水無瀬座の座頭銀十郎も軽業師の伏見太夫も、みんな金の亡者らしいぜ」

「ほな、高崎屋の娘と稽古屋の師匠の仲をでっちあげて、そのあと心中に見せかけて殺した、ちゅうことか。いや……いやいや、なんぼ評判を取るためでもそこまではやらんやろ」

「そう思うか？」

　門左衛門はしばらく考えていたが、

「わからんな。わしはやらんけど、やろうと思うやつがいてもおかしくはない。こうしたらよその小屋より当たりを取れるやろ、客が来るやろ、と思たら、没義道《もぎどう》なことに手ぇ出してしまう……興行ものにたずさわる人間の業《ごう》やな。――あんた、どないするつもりや？」

「まだ、たしかな証拠を握ったわけじゃねえ。今から、それを摑もうと思う。おめえさんも手伝ってくれねえか」

「そらもう、なんぼでも手伝うで」

「水無瀬座に負けた恨みを晴らそうってわけだな」

「それもあるが、もしほんまに水無瀬座の連中がそんな真似をしとるとしたら、それは芝居に関わるものがぜったいにやってはならんことや。ここでやめさせせんと、これからも犠牲になるものが出る。――で、わしはなにをしたらええ？」

「そいつはこれから考えるのさ」

左母二郎はそう言った。

◇

「左《ひだり》の旦那、また来はりましたんかいな。しばらく来んといて、て言いましたやろ」

舐め猫の寅吉はそう言って顔をしかめた。

「今日は博打をしにきたんじゃねえんだ」

「さよか。これは失礼《ひつれい》しました。溜まってるツケを払いにきてくれましたんか」

「ちがう」

「ほな、なんの用だす」

「ききてえことがあるのさ。――右脚の脛に斜めに傷のあるヤクザを知らねえか」

「ああ、古雑巾の松五郎《まつごろう》だす」

　寅吉はあっさりと言った。

「ヤクザというか、ええとこの若旦那や娘に因縁つけて、金を脅し取ることをもっぱらにしとる卑怯なやつだす。あいつがなんぞやらかしよりましたか」

「どうやら、こないだの道頓堀の心中の片割れ、高崎屋の娘から金をゆすってたみてえなんだ」

「あいつならそれぐらいしよりますやろ。目ぇつけた相手からはとにかく搾りまくりますからな。古雑巾は搾れるだけ搾れますやろ」

「なるほど。その古雑巾のねぐらを知ってるか？」

「たしか、松屋表町《まつやおもてちょう》だすけど……あいつになにかききたいのやったら無理だっせ」

「どうして」

「死によりました。長屋のおのれの家で、腹を刺されてなあ。近所のもんがたまたま様子を見にいったら、下手人らしい男がそいつを突き飛ばしてあわてて逃げていったそうだす。なんでも、血まみれの鋏が一挺、落ちてたそうだす」

「口封じか……」

「その娘は、松五郎にゆすられた金が積もり積もってとうとう心中することになりましたんか」

「うーん……どうもそうじゃねえらしい。あの心中はな……」

左母二郎は声をひそめて、

「心中に見せかけた殺しじゃねえかと思ってるんだ」

「えーっ！」

さすがの寅吉も驚いたらしい。

「ありがてえ。いい話を聞けたぜ。——邪魔したな」

左母二郎が帰ろうとすると、

「なんぞ儲け話だすか」

「まあな」

「儲かったら借金、払とくなはれや」

「わかってらあ。耳揃えて返してやるよ」

「へへ……あてにせんと待ってまっさ」

左母二郎は賭場を出た。

◇

（これは……やっかいやなあ……）

鴎尻の並四郎は、腕組みをして考え込んだ。七方出の技を使って、どこかの大店の隠居風に変装している。水無瀬座の周囲をぐるっと回り、入れそうな場所を探す。小屋の壁を手で触る。くまなく油が塗ってある。

（登ろうとしたらツルツル滑って落ちる……ゆうことか。単純やけど、こういうのが一番効くなあ……）

しかも、あちこちに忍び返しが隠されているらしく、うかつに這い上ろうとすると大《おお》怪我《けが》をしそうだ。座頭の部屋は三階である。てっぺんにある明かり取りのための大きな天窓以外はどの窓も小さく、そこから入ることはできない。

（カラスや鳩《はと》みたいに空が飛べたらなあ……）

外壁を登るのが無理だとすると、内側から……ということになるが、一階の木戸から入り、客席から二階、三階に向かうには梯子段が必要だ。しかし、使っていないときはいちいち取り外して奈落に収納してあるらしく、梯子段を使うには客席から出て、一旦奈落に下りねばならない。どうしてもひとの目に触れる。

どうやら以前に来たときにくらべて警戒が段違いに厳重になっているようだ。

（あのとき、ちょっと大暴れしすぎたか。困ったな……）

そんなことを考えていると、

「おい、そこの爺《じい》さん」

ふたりの男がやってきた。

「はいはい、わしかのう」

「そや。勝手にそっちへ行ったらあかん。客は客席から出るな、て木戸で言われんかったか?」

「そやったかいな。歳取って、さっき聞いたこともすぐに忘れてしまうよって、堪忍やで。ちょっとお手水《ちょうず》に行こうと思てな……」

「小便やったら向こうや。『厠』と書いてあるやろ」

「歳取って、目ぇも疎《うと》なってきたさかい、堪忍やで」

「とにかくあっち へ行った行った」

「ぐずぐずしとったら踏み殺すで!」

「へへへへ……すんまへん」

並四郎はしかたなくその場を離れた。

◇

「なんやと? 山城座を買う、ゆうんか」

近松門左衛門は、急に訪ねてきた水無瀬銀十郎をじろりと見上げた。

「そや。まあ、立ってるのもなんやさかい、座らせてもらうわ。これは手土産の菓子や」

銀十郎はその場にあぐらを掻くと、袱紗《ふくさ》に包んだ菓子を門左衛門のまえに置いた。

「山城座の景気が悪いことはわしもよう知っとる。つぶれたら大勢の役者、裏方が路頭に迷う。わしはそれが心配なんや」

「なに抜かす。うちの景気が悪いのは、みなあんたのせいやないか」

「商売は商売。興行ごとは勝ち負けの世界や。それはおまはんもわかっとるやろ。けど、山城座がつぶれるまえに、わしが買い取ったろ、とこう言うとるのや。悪い話やないと思うで」

「それやったら座頭のところに行ったらええやないか。なんでわしのところに言うてくるのや」

「それは……もう行った」

「それで？」

「けんもほろろに断られた」

「そやろな」

「あの男はアホや。わしは、山城座を救うてやる、て言うとるのに、つまらん見栄張って、座員をつらい目に遭わせる。わしの話を飲んだほうがええ、ておまはんからもあいつに言うたってもらお、と思てここに来たのや」

「それやったらわしも座頭と同じ返事しかできんわ。帰ってんか」

「ほんまにそれでええのか？　わしはおまはんの狂言作者としての腕を高く買うとる。

おまはんにもうちに移ってもらおうと思とるのやで」

「わしは、ほんまに歌舞伎や浄瑠璃のことをわかってる座頭のために狂言を書きたいのや。悪いけど、あんたみたいな、芝居を金儲けの道具としか思てない腐った連中のためには、百万両積まれてもひと文字も書くことはでけんな」

「な、なんやと? あのな、わしも芝居のことはちゃんと考えとる。道頓堀で、わしほど芝居を好きな座頭はおらんで」

「あははは……あんたに狂言のなにがわかる。わしは芝居に命賭けとるのや。あんたが賭けてるのはせいぜい今夜の夕飯代ぐらいやろ」

「そんなことをほざけるのも今のうちやで。おまはん、醬油《しょうゆ》問屋の三兼屋《みつかねや》知っとるやろ」

「もちろんや。うちのいちばんの金主《きんす》やがな」

「あそこの女主《おんなあるじ》は、わしも懇意にさせてもろとる。山城座にえろう金を貸し付けとるらしいな」

「そら、まあ……」

「あの後家がその金を、全部返せ、と言うてきたら、どうなるやろな」

「そんな…… いきなりは言うてこんやろ」

「ふふふ……そうやろか」

「あんた、汚いやり口を使うつもりか」

「さあて、おまはんらの出方次第や。あとで悔やんでも知らんで。——これは返してもらうわ」

そう言うと、持ってきた菓子をひっ摑み部屋から出ていった。

◇

「ダメだったよ、左母二郎」

隠れ家に戻ってきた船虫が肩を落として言った。

「お蝶ちゃんはたいしたことはなにも覚えてないってさ。ただ、お梅と新之介が心中じゃなくて殺されたのかもしれないって教えてやったら、えらく喜んで、自分もそうじゃないかと思ってた、新さんの仇《かたき》を討ちたいって言ってたよ」

「そりゃそうだろうな。おのれの色男《いろ》をよその娘と心中に見せかけて殺されたうえ、それを芝居に仕立てて世間に喧伝《けんでん》されたんじゃたまったもんじゃねえだろ」

「あ、そうそう、ひとつだけ……新之介は死ぬまえに、『近頃、だれかに見張られてるような気がする』と言ってたそうだよ」

「どんなやつに？」

「そこまでは……。お蝶ちゃんも一度それらしいやつを見かけたことがあって、一所懸命思い出そうとしてくれたんだけど、やっぱり新さんが死んだことがあまりにつらくて、今は無理だってさ」

左母二郎が唇を嚙んだとき、

「あかんわ、左母やん」

入り口をくぐった並四郎は力なく言った。

「隙がねえのかい」

「ああ。なかからも外からも無理や」

犬坂毛野が、

「どこから綱を張って、それをつたって屋根に移ればよいのでは？　私ならできると思いますが……」

並四郎はかぶりを振り、

「綱を張るには、小屋の三階を越えるような高さの木がまわりにないとあかんやろ？　あのあたりに高い木ゆうたら、道頓堀を越えて北側の土手にしかないのや」

「大丈夫。私ならできます」

「えっ？　川を越して張った綱のうえを渡る、て言うんか？　落ちたら死んでしまうかもしれんで。それに、向こうに気づかれて、途中で綱を切られたら……」

八房の頭を撫でていた、大法師《ちゅだい》も、

「毛野、おまえには伏姫さまを探す、という大事なお役目があるのだぞ。それを忘れたか。お役目と関わりないことで危険を冒すことはわしが許さぬ。それに、おまえの顔は向こうに知られておるではないか」

「ですが、並四郎殿には命を助けられた恩がござります」

「ダメだ」

　左母二郎が、

「いいってことよ。どうせ今度の仕事は俺の道楽みてえなもんだ。――よし、わかった。かもめ、おめえ、軽業師に化けろ」

「なんで？」

「水無瀬座は、旦開野太夫に代わる軽業師を探してるはずだ。宙乗りができるてえ触れ込みならすぐに雇ってくれるだろうぜ」

「えーっ！　わてが？　わても身は軽いほうやし、これまでも綱をつたって盗みを働いたことはある。けど、それは綱にぶら下がって猿みたいに動いただけや。とても毛野さんみたいにはいかん」

「だから、コツを毛野に習うんだよ。――坊主、それぐらいならかまやしねえだろ」

　、大法師はうなずき、話は決まった。その日から犬坂毛野による「しごき」がはじまった。

◇

それから十日ほどが過ぎた。並四郎は二階でどたんばたんと稽古を重ねていた。綱から落ちるたびに埃が天井から降ってきて、手枕で横になっている左母二郎はくしゃみを連発する。しかし、急に騒音が途絶えたと思ったら毛野が二階から下りてきて、

「もういいでしょう」

「いい、とは?」

「さすがに並四郎殿は呑み込みが早い。幼いころから修行した忍びでも、並のものなら半年もかかる技をたった十日で身につけてしまわれた。たいしたものです」

「ほう……」

そのあと並四郎が顔をしかめながら現れた。

「痛《い》ててて……。さっき顔をしたたか柱にぶつけてしもたわ」

「毛野が太鼓判を押してくれたぜ。免許皆伝てえことだな」

「そやねん。けっこう上手なったんや。まあ、毛野さんに比べたらまだまだやけどな」

並四郎はうれしそうに言うと、冷めた茶をひと息に飲み、

「ほな、支度するわ」

化粧道具を取り出して、念入りに顔を作りはじめた。みるみる顔の形が変わっていく

のを毛野が驚嘆の目で見つめている。

「すごいですね。私も忍びの出として、多少の七方出の心得はございますが、これはちょっと真似できませぬ」

そのとき、船虫が入ってきた。上がり込んでいきなりその場にあぐらを搔き、

「今、お蝶ちゃんのところに寄ったんだけどさ、やっとこさ思い出してくれたよ。新さんを見張っていたらしい男のことをさ」

「おう、耳よりな話じゃねえか。どんな野郎だ？」

「それが、今日、よく似た男を町で見かけたって言うんだよ」

「どこで？」

「芳忠《よしちゆう》っていう醬油問屋のまえだとさ。植木屋みたいな恰好をしてなかに入っていったらしいよ」

「それだけか？」

船虫はうなずいた。

「まるであてにできねえ話だな」

左母二郎はそう言って苦笑いした。

◇

「宙乗りのでける軽業師というのはおまはんか」

先日立ち回りをしたばかりの三階の部屋で、銀十郎と相対した並四郎は何食わぬ顔で、

「へえ、笑い茸《だけ》の豆市《まめいち》と申します。こちらで宙乗りの太夫がひとり辞めた、というのを聞いたもんで……」

銀十郎の隣には伏見太夫が座っている。

「たしかに宙乗りが得意の軽業師を探してはおるのやが……腕はたしかやろな」

「腕は……まあまあだす」

それは本音であった。横から伏見太夫が、

「どんなことができるんだい？　綱渡りをするだけかい？」

「綱のうえで立ち止まることも、後ずさりすることもでけまっせ」

銀十郎は相好を崩し、

「そりゃたのもしい。早速試しに綱に上がってもらおか」

「おおけに。――これは手土産でおます」

並四郎は、ふたつ持参した薦被《こもかぶ》りのうちのひとつをまえに出した。銀十郎は舌なめずりをして、

「酒か。なによりやな。――手付けを渡しとこか。よろしゅう頼むで」

銀十郎が並四郎に渡した額は、酒なら二合も飲めば消えてしまうほどのわずかなものだった。並四郎はそれを押しいただいてふところにしまうと、

「おおきに。ほな、綱に乗らせてもらいます」

三人は部屋を出た。すでに今日の芝居は終演しており、見下ろす客席にひとの姿はない。三階の端から客席のうえを通ってもう一方の端まで張られた太い綱を並四郎はじっと見つめていたが、

「えいっ」

気合いとともに飛び乗った。綱は上下にうわんうわんと揺れたが、並四郎は両腕を真横に伸ばして均衡を保った。やがて、綱の揺れは収まった。並四郎は息を止めると、まっすぐまえを見つめながら一歩を踏み出した。二歩、三歩……。

（こんなもんか……）

並四郎はそう思った。隠れ家での稽古のほうがずっと難しかったからだ。綱の半ばまで来ると、並四郎は立ち止まり、あとずさりをはじめた。そして、綱から落ちそうになるが落ちない……という芝居をしながら、股で綱を挟み、反動でふたたび綱のうえに立つことを繰り返した。

「ええやないか」

銀十郎の声がかかった。並四郎はそちらを向いて、

「及第だすか」

「もちろんや。——お伏、おまえはどう思う?」

「まあまあだね」

「ほな、決まりや。明日から伏見太夫の相手役、よろしゅう頼むで」

並四郎は胸を撫で下ろした。

三人は座頭部屋に戻った。銀十郎は茶碗を三つ出すと、並四郎の持ってきた薦被りを開け、

「思てた以上にええ腕や。入座の前祝いにいっぱいいこか」

「へえ、おおきに」

並四郎は酒を飲んでいるふりをしていたが、実際にはほとんど飲んでいない。しかし、銀十郎と伏見太夫は鯨かウワバミのように腹に流し込んでいる。そこへ、狂言作者の永楽左門が入ってきた。左門は胡散臭《うさんくさ》そうに並四郎を一瞥《いちべつ》した。銀十郎が、

「今度、新しく入ることになった軽業師で、笑い茸の豆市や」

「そうだすか。わては永楽左門というもんだす。よろしゅう」

左門はぶっきらぼうな口調でそう言った。

「左門、なんぞ用か。おまえは作者部屋にこもって台本《ほん》書いとったらええのや」

「こないだの給金上げる話、あれどうなってます？　新町のコレが、来てくれ来てくれ、てうるそうてなあ」

「そんなもん約束した覚えはないで。おまえはごちゃごちゃ言わんと、新作を仕上げんかい。万事はそれからや」

「もうだいたいはできあがりましたで。あとは皆に配って、そのとおりに事件を……」

銀十郎は並四郎を横目で見ながら、

「おい……！」

左門はあわてて口を押さえ、

「すんまへん、ちょっとうっかり……」

「気ぃつけい！　決行の日は決まっとるのや。それまでに台本ができなんだら承知せんで！」

「わかっとります。わても一所懸命書きますよって、その……なんぼかお金を……」

「ならん！　書き上げてからや！」

銀十郎は並四郎に向き直ると、

「おまえも今後、あんまりこの部屋には出入りせんようにな。用があるときはわしのほうから出向くさかい……」

「へえ……。ほな、わてはこれで帰らせてもらいます」

「うむ。明日は寅《とら》の刻（午前四時頃）に来てくれ。伏見太夫とふたりで、出しものを合わせてもらうさかい……」

左門と並四郎は同時に座頭部屋を出た。もうひとつの鷹被りを手に廊下を歩きながら並四郎は左門に言った。

「新作書いてはりますのか。いろいろたいへんだすなあ」

「おまえには関わりのないことや」

「水無瀬座の世話狂言は毎度毎度大当たりだすさかいなあ。わても、観せていただくの楽しみにしとります」

「おまえは軽業のことだけ考えとれ」

「どないしたら事件が起きて間ぁなしに芝居にできるんか、不思議でならんのだす。いやあ、たいしたもんや」

「あのな……」

左門は立ち止まると、

「忠告しといたる。はじめからあんまりこの一座のことを根掘り葉掘り詮索せんほうがええで」

「なんでだす？」

「なんでもや」

そう言うと左門は作者部屋に入っていった。並四郎はにやりと笑い、

（入り込んだ甲斐《かい》があったみたいやな……）

そして、座頭部屋の近くまで戻ると聞き耳を立てた。なかでは銀十郎と伏見太夫が顔を近づけてぼそぼそとしゃべっている。銀十郎はがぶがぶと酒を飲み、

「なかなかええ酒や。伊丹《いたみ》の下り酒やな。豆市のやつ、張り込みよったなあ」

「あんなやつに前金まで渡すやなんて、そんなことまでしてやらなくてもいいのに」

負けずに茶碗酒をあおりながら伏見太夫が言うと、

「けどな、宙乗りのでける軽業師は唾つけておきたいやないか」

「あたしがいるじゃないか。あたしの人気だけで十分だよ」

「おまえ、豆市に焼きもち妬《や》いてるのやないやろな。旦開野太夫ならともかく、豆市は男やで」

「あたしだって男だよ」

「あ、そやったな……。とにかく、もしも豆市がほんまに腕っこきの軽業師やったら、余所の小屋に取られるのも困るがな。――それよりもつぎの芝居のだんどりを決めなあかん」

「また心中ものかい？」

「そういうこっちゃ。今の狂言が馬鹿当たりしてるのも心中ものやさかいや」

「あれは上手くいったねえ。高崎屋の娘と稽古屋の師匠のあいだにはなんの色恋沙汰もないのに、そういう噂をでっちあげたうえ、心中に見せかけて殺しちまうなんて、あんたもひどいひとだよ」

「わしやない。筋書きを書いたのはいつもどおり、あの六輔や。高崎屋の娘はな、ひとりで出かけたときに万引きしよったのや」

酔いが回ってきただけではない。並四郎は薦被りのなかにあらかじめ「なにもかもぺらぺらしゃべる薬」を入れておいたのだ。知り合いの馬加大記《まくわりだいき》という無頼医者にもらったもので、これを飲むと隠しておかねばならぬことほど口にしてしまう。薬の効能で銀十郎はつるつるとおのれたちの行状をしゃべりはじめた。

高崎屋ほどの大店の娘が供も連れずに外出することはまれであるが、たまたまそういう日があったのだろう。梅は、ひとりでいる解放感からか、はじめての小間物屋に入り、簪《かんざし》を手に取った。何本かを髪に差し、試しているうちに、思いのほか時間が経っていることに気づき、そのまま店を出てしまったのだ。応対していた手代も気づかなかったが、気づいたものがたったひとりいた。古雑巾の松五郎である。毎日毎日朝から晩まで、ゆすりのタネになりそうなことを探し歩いているような男である。松五郎は、帰宅を急ぐ梅にすり寄り、

「あんた、さっき、そこの小間物屋から簪を盗んだやろ」

髪に手をやった梅はハッと気づき、

「すんまへん。すぐに返しにいきます」

「あかんあかん、今更遅いわ。もう町奉行所に届けが出てるはずや。あんたが返しにいったら、お役人に捕まるで」

世間知らずの梅は、松五郎の言葉をすっかり信じてしまい、

「どないしたらええやろ……」

と泣き崩れた。

「さいわい今のところはわてさえ口を噤《つぐ》んでたらだれもあんたの素性は知らん。そのかわり、わてに小遣いをくれるか」

「小遣いて、なんぼほどだす」

「そやなあ、銀《しろがね》六十匁《もんめ》ということにしとこか」

つまり一両ということだが、親にバレぬようになんとか工面できぬ額ではない。春峰神社の裏にある「二ノ重」で後日再会し、そのときに「小遣い」を支払うことになったが、梅はそこが「出合い茶屋」であることを知らなかった。

「ほな、これで……」

梅は手切れのつもりで金を渡したが、それをふところにしまった松五郎は、

「おおきにありがとうさん。――つぎはいつにしよか」

「つぎ？　これで終わりにしとくなはれ」

「そうはいかんで。これからもたびたび小遣いをいただきまっせ、お嬢さん」

梅は蒼白になり、

「そんなアホな……。これ以上は出せまへん」

「へへへ……そんなこと言うてよろしいのか？　あんたが万引きして、その口止めに金を払《はろ》た、と知ったら、親御さんはさぞかし悲しむやろなあ。ましてやあんたがお役人に捕まったら、店から縄付きを出したことになる。下手《へた》したら高崎屋は身代《しんだい》かぎりになるで」

梅は震え上がった。それから松五郎は何度も梅を「二ノ重」に呼び出し、金をせびった。要求額はしだいに増していき、しまいにはとても梅がちょろまかせる額ではなくなったが、松五郎はいちど捕えた鴨《かも》を手放すことはけっしてなかった。

そこに目をつけたのが六輔という男である。彼はもともと腕のいい職人だったが、ひとを傷つけ、遠島になった。そののち恩赦があって大坂に戻ってきた。

放免後、銀十郎と知り合いになった六輔は、先に世話狂言の台本を書いておき、それに合わせて実際に事件を起こす……という悪だくみを持ちかけた。その思いつきに感心した銀十郎は、さっそく座付き作者の永楽左門に台本を書かせた……というわけなのである。

　あちこちの屋敷に出入りの職人として入り込みながら、なにか台本のタネはないか、と鵜《う》の目鷹《たか》の目で探しているところだった六輔にとって、梅と松五郎の件はまさしく美《お》味《い》しい餌であった。高崎屋の娘の様子がおかしい、と気づいた六輔は、ひそかにあとをつけると、梅が松五郎にゆすられていたことがわかった。六輔は、松五郎を殴る蹴るの目に遭わせて梅の件を聞き出した。ヤクザと大店の娘では心中事件にならぬ。そこで、梅と、梅が通っていた稽古屋の師匠との色ごとをでっちあげることにしたのだ。

　新之介の身辺を探り、高崎屋に新之介の色女《いろ》であるお蝶の名で投げ文をすると、高崎屋の主はすっかり信用してしまい、梅を部屋に監禁した。六輔はダメ押しに、知り合いの干鰯屋の次男坊でいかにも梅が嫌がりそうな男を婿にどうか、と仲介した。その段階で、永楽左門は台本をすっかり書き上げており、役者衆の稽古もはじまっている。

　あとは締めくくりである。六輔は、梅と新之介をべつべつに呼び出し、なにも知らぬふたりを殺して、その死骸を扱きでつないで川に放り込んだのである。そして秘密が洩れぬよう、松五郎の口を封じてしまった……。

（めちゃくちゃや……）

　並四郎は、水無瀬銀十郎たちの悪行におののいた。

（銀十郎も悪いけど、六輔とかいうやつも悪いやっちゃなあ。これではお梅も新之介も浮かばれんやろ。高崎屋もお蝶も可哀そうすぎる。それに、もう新作の台本が上がりそうになってる、て言うとったな。なんとかせんと……）

薬入りの酒を浴びるように飲みながら、銀十郎はおのれの所業を得意げに言い立てている。並四郎はそっとその場を離れた。行き先は座頭部屋と同じ三階にある座付き作者部屋だ。今、永楽左門が書いている台本をなんとかして盗み見ることはできないか、と思ったのだ。しかし、部屋のまえまで行ってみたが、左門は戸を固く閉ざしており、入り込むことはできなかった。それに、左門の部屋の天井と屋根のあいだには、並四郎が移動できるような空間はない。

（夜中まで待つのや。焦ったらあかん……）

警戒されるとなにもかも水の泡なので、並四郎は作者部屋に入ることをあきらめ、同じく三階にある大部屋に向かった。大部屋には下回りの役者たちが板の間に座り、片づけをしている。並四郎が入っていくと、歌舞伎役者とも見えぬ人相の悪い連中がじろりと彼を見、

「なんじゃい、おまえは」

「へえ、今日からこちらでお世話になることになりました軽業師で、笑い茸の豆市と申します。お近づきの印にこれをどうぞ」

そう言って薦被りを差し出すと、皆のあいだから歓声が上がった。

「新入り、気ぃ利くやないか」

「こういう手土産がいちばんありがたいのや」

「ここの座頭はしぶちんやさかいなあ、酒もろくろく口にできん」

「よっしゃ、おまえの仲間入りの祝い酒や。飲も飲も」

　大部屋役者たちは並四郎のまわりに集まり、酒を飲み出した。ひとりが、

「ええのか？　座頭は、芝居がはねたら早う帰らんとうるさいで。油代が高うつく、言うてな」

「かまへん。たまのこっちゃ。わしはこの樽《たる》を空にするまでは帰らんで」

「わしもや。えーと、豆市やったな。一杯いこ」

「へえへえ」

　皆は急速に酔っぱらっていった。

「わては軽業師で、役者衆のことはわかりまへんのやが、こちらの世話狂言、えらい大当たりが続いてるようだすな」

「そやねん。そのわりに給金が安うてな、往生しとるのや」

「なんでも、ほんまに起きた事件を即座に芝居にして、舞台に掛けてるとか。皆さんも、短い日数《ひかず》でお稽古たいへんだすなあ」

「へへへ……それにはからくりがあるのや。じつはたっぷりと稽古もできるねん」

「おい、あんまりしゃべるな」

「ええやないか。豆市も今日からわしらの一味や」

「しばらくは様子を見てたほうがええ」

並四郎は、その会話には気づかぬふりをして、

「ところで、つぎの狂言はもう決まってますのか」

「いや……まだや」

「けど、だいたいはできてますのやろ。さっき、狂言作者の永楽左門というおひとにきいてみたんだすけど、言うてくれまへんのや。わてはもう楽しみでなあ……。ちょっとでも知ってたら教えてもらえまへんか」

「それは無理や。まだ台本ももろてないし……」

「まあまあ一杯飲んどくなはれ。もし、樽が空いたら、わてが小遣いでもうひと樽買うてきてもよろしいで」

「へへ……新入りにそんなに金使わせてすまんなあ。う-ん、わしらもあんまりきちんとは知らんけど、大道具、小道具はもう作りはじめてて、その様子ではどうやらどこかの芝居小屋が舞台になるみたいやな。あと、醤油問屋の場もあるらしいわ」

「そうだすか」

醤油問屋、という言葉をどこかで聞いたなあ……と思いながら、並四郎は役者衆の湯呑みに酒を注《つ》いでいた。

◇

やがて夜が更けた。芝居関係者は役者も裏方も朝が早い。芝居は、日の出とともにはじまり、日の入りとともに終わるのだ。酔っぱらった大部屋役者たちはすっかり並四郎を信用し、三々五々帰っていった。並四郎も一旦廊下に出たが、気づかれぬようそっと大部屋に引き返した。皆がいなくなるのを待ってから、ふたたび廊下に出る。目指すは作者部屋だ。戸が開いている。なかをのぞき込むと、永楽左門の姿はない。あたりは書き損じの紙屑だらけだ。並四郎は周囲にひとの目がないことを確かめたうえで部屋に入ったが、書きかけの台本のようなものは見あたらない。何枚かの紙屑に目をとおしてみたが、どれも黒く墨で塗りつぶしてあって、読むことはできない。

ふたたび廊下に出、座頭部屋に向かう。なかから話し声がする。

「ようよう書き上がりましたで！」

「そうか、思てたより早かったな」

ぺらぺらと紙をめくる音がして、

「うむ、これでええわ。早速明日、書き抜きを作って、夜から稽古にかかろ。ようやった。しばらくはのんびりせえ」

「それでなあ、座頭……こうして書き上げたこっちゃさかい、例の給金のほうはなんとかしてもらえますやろな」

「なにい？」

「書き上げてからのことや、て言うてはりましたがな。昼間、新町のコレから手紙が来てなあ、今夜、なんとか顔見たいと思て必死でがんばったんだす。ああ、えらかったわ。――さあ、払てもらいまひょか」

「じゃかあしい！」

怒声が廊下にまで響き渡り、並四郎はびくりとした。

「勝手なこと言いさらすな。おのれには、よその座付き作者以上に給金払とるはずや。おまえの代わりに、近松を雇うてもええのやぞ」

「いや……それは……」

「出て失《う》せい！」

永楽左門は部屋から転がり出た。並四郎は咄嗟に柱の陰に隠れたので、左門は並四郎に気づかなかった。

「ちっ……ケチ野郎！」

左門は小さくそう言うと、廊下の床に唾を吐き、作者部屋へと戻っていった。

（そうか……もうできあがったんか……）

欲しいものが目と鼻の先にある。しかし、いま手に入れるのは無理だ。並四郎は涙を呑んで、大部屋に引き返した。灯りを吹き消し、暗いなかでじっと気配を殺している。盗人である彼はこういうことには慣れたものだ。

もう、皆、寝入っているはずである。並四郎はふたたび行動を起こした。抜き足差し足で座頭部屋に近づく。だれもいない。鼻をつままれてもわからぬ暗闇である。なかに入った並四郎は、紙燭《しそく》に火を灯《とも》すと台本を探した。

（これか……！）

どうやら台本らしいものを探り当て、か細い灯りで読みふける。

（うわあ……どえらいこと企んどるなあ……）

並四郎はその内容に衝撃を受けた。何度か読み返して、だいたいの中身を頭に入れたとき、だれかが部屋に近づいてくる気配がした。並四郎は紙燭を吹き消し、台本をもとの場所に戻した。足音はまちがいなく座頭部屋に向かっている。

（しもた……）

銀十郎か伏見太夫か、それともあの鋏虫か……。並四郎が、身体を固くしていると、

「あのケチんぼ……銭のありかはわしもようわかってるのや……」

永楽左門の声だった。左門は、戸棚の下にある隠し扉を開けようとしているようだ。

カチャカチャ、カチャカチャ……と音を立てながら左門が銭函を引っ張り出したとき、

「だれや！」

廊下から声がかかった。銀十郎だ。並四郎は弾《はじ》かれたように跳躍した。銀十郎の脇をすり抜けて廊下に出ると、張ってある綱にぶら下がり、客席のうえを通って反対側に渡り、そこから二階、一階……と下っていった。うえから声が降ってくる。

「左門……おのれ、金を盗もうとしとったな」

「ち、ちがいます。わてはたまたまこの部屋のまえを通りがかって……」

「嘘つけ！　銭函から銭ひっつかんで、新町に行くつもりやったのやろ。そうはいくかい」

「すんまへん、座頭。ついふらふらとそんな気になって……ひえっ、堪忍しとくなはれ……！」

「こいつめ！　こいつめ！　なめた真似さらしやがって……」

殴る蹴るの音、悲鳴、怒号……などを聞きながら、並四郎は小屋をあとにした。

◇

船虫が隠れ家に走り込んできた。

「ちょ、ちょっと、たいへんだよ」

ひとりであぐらを掻き、酒を飲んでいた左母二郎は、酔眼をそちらに向けた。

「どしたい。まあ、一杯飲めよ」

「それどころじゃないんだ。あたしゃ、今日一日、醤油問屋の芳忠のことを調べてたのさ」

「芳忠？」

「お忘れかい？　ほら、お蝶ちゃんが、自分たちを見張っていたらしい植木屋風の男が入っていくのを見かけたっていう……」

「ああ、思い出したぜ。なにがわかった」

「芳忠も高崎屋ぐらいの凄い大店なんだけどさ、あたしも気になって、調べてみたんだけど、そこにもお弓《ゆみ》ちゃんていう十六歳になる可愛らしい娘さんがいるんだよ。芝居見物に凝っててさ、ご贔屓の役者はなんと沢谷鹿右衛門《さわたにしかえもん》」

　左母二郎は苦笑いして、

「なんと、って言われてもわからねえよ」

「知らないのかい？　山城座の二枚目さね」

「山城座だと？」

「そのうえ、投げ文が放り込まれて、大騒ぎになったんだってさ。旦那さんはカンカンに怒って、座敷牢《ろう》を作れ、と言い出したらしいよ。しかも、座敷牢がいい、と旦那に進言したのは店に出入りの植木屋だそうだよ」

「なんだと？」

「植木屋って鋏を使うだろ？　もしかしたら、かもめや毛野さんが戦った鋏虫ってのがそいつかもしれないよ」

「うーん……」

左母二郎は、高崎屋弥右衛門から聞かされた話を思い出していた。弥右衛門は、「中富屋さんが、うちの次男坊の浩太郎を高崎屋さんの入り婿にどやろ、言うてはりますのやが……」という話が「出入りの植木屋」からもたらされた、と言ったのではなかったか……。

「その植木屋のことで、ほかにわかったことはねえのか」

「なんでも、名前は六輔っていうらしいよ。でも、どうせ偽名だろうねえ。いつも黄色い頭巾をかぶってるんだって」

「黄色い頭巾だと……？」

左母二郎は目を細めた。出合い茶屋の女将が言っていた梅を尾行していた男、そして、並四郎が水無瀬座で対峙した鋏虫も黄色い頭巾をかぶっていたそうではないか……とその途端、左母二郎の脳裏にある記憶が蘇《よみがえ》った。

（そうだ、あのとき……）

左母二郎が心中の場に戻ったとき、野次馬のなかに黄色い頭巾の男がいたことをようやく思い出したのだ。

（あいつだ……！）

間違いない。黄色い頭巾の男こそ、鋏虫と呼ばれている植木屋なのだ。鋏虫ははじめから左母二郎のまえに姿をさらしていたのだ……。

「よく一日でそれだけ調べられたな。てえしたもんだ」

船虫は顔を赤らめて、

「あんたにほめられると気味が悪いよ。芳忠の丁稚をたらし込んで聞き出したのさ」

そこへ並四郎が戻ってきた。すでに子《ね》の刻（深夜零時頃）を回っていたが、長屋から犬坂毛野と、大法師も呼び寄せる。

「水無瀬銀十郎、伏見太夫、永楽左門だけやない。わてはまだ会《お》うたことないけど、六輔ゆうやつがワルのなかのワルやな」

と並四郎は唾を飛ばしながらそう言った。

「座頭の銀十郎もワルやけど、なにもかもお膳立てしとるのは六輔らしい」

「まさか本名だったとはな……」

左母二郎は、船虫が調べてきたことを皆に伝えると、並四郎は興奮して、

「全部つながったな……！」

そして、彼は盗み読みしてきたという新作狂言の中身について話した。

「由忠《よしちゅう》という醬油問屋にひとり娘がおる。夕実《ゆみ》という名前やけど、芝居が大好きで、

ことに川城座《かわしろざ》の佐和谷丑右衛門《さわたにうしえもん》という役者がご贔屓なんや」

船虫が空中に指で文字を書きながら、

「由忠は芳忠のことだろうね。ということは、夕実ちゃんは弓ちゃんのこと。佐和谷丑右衛門は沢谷鹿右衛門だね」

左母二郎が、

「やっぱり狙いは山城座か……」

並四郎の話によると、台本の筋書きはつぎのようなものであった。

醬油問屋由忠の娘夕実は、川城座の佐和谷丑右衛門という役者と人目を忍ぶ仲となっていた。だが、そのことを座員の某《なにがし》が由忠の主に密告したため、夕実は座敷牢に入れられる。一方、佐和谷丑右衛門を贔屓にしているものがもうひとりいた。由忠と同じ醬油問屋の三鐘屋《みつかねや》の女主吉江《よしえ》であった。吉江は後家で、出しものが替わるたびにかならず総見を行うなど、川城座の贔屓筋のなかでもその筆頭だった。吉江は大金を丑右衛門に贈り、自分のものになれ、と迫った。夕実と言い交わしている丑右衛門は拒絶したが、川城座の座頭は、これまでにも小屋継続のためにたびたび大金を借りている吉江の機嫌を損じては一大事と思い、頼みを聞いてやれ、と丑右衛門に因果を含めた。それが耳に入った夕実は、座敷牢を抜け出して川城座に赴き、嫉妬のあまりあとさきを考えずに小屋に火を点けた。大勢の座員が焼け死んだ。ようよう火事は消し止められたが、夕実と丑右衛門は自分たちの犯した罪の大きさにおののき、将来を悲観して大川で心中するのだった……。


「今やってる狂言と中身はあんまり違わねえな」

左母二郎が言った。船虫が、

「けどさ、本当にあった事件だ、となると重みがあるよ。火事の場面もあるんだろ？　大坂中のみんなが観にいくだろうね」

毛野が、

「付け火とは考えましたね。狂言のタネにもなるし、山城座にも痛手を与えられます」

丶大法師が、

「まことに『大勢の座員が焼け死ぬ』と書かれていたのか？　そこまでやるつもりとは……」

毛野が擦り切れた畳を叩き、

「やつらには血も涙もない！　なんの罪もない男女を芝居の客入りを増やすために殺すような連中です」

左母二郎は酒を立て続けに何杯も飲み干すと、

「許せねえ。俺もずいぶんとあこぎなことをしてきたが……水無瀬座の連中はあくどすぎらあ。——叩っ斬ってやる」

、大法師が、

「しかし、なんの証拠もなく、いきなり叩き斬る、というわけにもいくまい。それに、ひと殺しはいかん。なんとかして連中の愚行をとめるのだ」

「けど、どうやって……」

「やつらが山城座に火を点ける……その決行の日に現場でやつらを捕まえるのだ。そこに町奉行所の役人を呼び寄せておけば、お上も納得するだろう」

左母二郎は、

「かもめ、その決行の日ってのはいつだ?」

「さあ……そこまでは……」

船虫が、

「ああ、じれったいねえ。かもさん、なにか手がかりになりそうなことは書いてなかったのかい?」

並四郎はしばらく考えていたが、

「そう言えば、『空に雲なく月もなし』ゆう台詞があったな」

「そいつだ」

左母二郎は膝を叩いた。

「雲がねえのに月も出てねえ。晦日《みそか》に間違いあるめえよ」

一同はうなずいた。月末から翌月はじめにかけての三日間ほどは新月で、月は出ない。今は二十日を過ぎているから、今月の終わりから数日間が要注意ということである。

五

翌日、左母二郎は水茶屋「鶴亀」の二階に近松門左衛門を訪ねた。門左衛門は執筆中だったが左母二郎の顔を見ると、

「よう来るなあ。よほど暇なんやな」

「おめえは忙しそうだな」

「そういうわけやないが、わしはこないだのことで吹っ切れた。そろそろ芝居やのうて操り芝居（人形浄瑠璃）のほうに戻ろかと思とるのや。竹本座《たけもとざ》という小屋がこの近くにあってな、今、そこのための台本《ほん》を書いとったところや」

「忙しいときになんだが、ちいと頼みごとがある」

「水無瀬座のことやな。あんたの頼みやったら聞かなしゃあない」

門左衛門は筆を置き、左母二郎に向き直った。

「水無瀬座のからくりがだいたいわかったぜ。こないだの心中は、心中に見せかけた殺しだった」

左母二郎は、高崎屋の梅と新之介の偽装心中がどのようにしてでっちあげられたか、を門左衛門に語った。

「ふええ……とんでもないワルやな。けど、できあがった狂言より、裏のほうがずっと面白いやないか」

「ひとが三人死んでるんだ。面白い、てえ言いぐさがあるかよ」

「あのな、わしは芝居や浄瑠璃の面白さは虚と実、つまり、嘘とほんまのあいだにある、と思うとるのや。ほんまにあったことをそのままそっくり舞台にかけても客は喜ばん。と言うて、一から十まで拵えごとでも嘘臭い。作りものの心中、その裏にあった真実……まさに虚と実やないか。だれがなんと言おうと、おもろいもんはおもろいのや」

左母二郎は、近松門左衛門の言葉にゆるぎない信念を感じた。

「で、あいつらがつぎに芝居にしようとしてる狂言の中身がだいたいわかってきたのさ。今度もどえらいことをしでかすつもりのようだぜ」

門左衛門は、並四郎が盗み読んできた新作狂言の内容を聞いたが、今度は「面白い」とは言わなかった。

「それは……あかんな」

「だろ？」

「芝居小屋というのはただの建物やないで。役者、裏方、座付き作者、座元……何百という人間の思いがこもっとる。それに火を点けて、何十人も焼き殺すやなんて……許されることやない」

「どうせ、火事を起こした日に芳忠の娘と沢谷鹿右衛門を心中に見せかけて殺し、三日もしたらまたぞろ舞台にかけるつもりだろうぜ」

「なんとかせなあかんな。晦日……あと七日か」

「できれば、今は泳がせておいて、付け火をする寸前にそいつらを押さえてえんだ。そうすりゃあ動かぬ証拠になるだろ？」

「そやけど、万が一、あいつらやけくそになってむりやり付け火されたら……」

「そこなんだが……こういうのはどうだ」

　左母二郎は門左衛門の耳に口を近づけて、なにやら吹き込んだ。門左衛門はにやりと笑い、

「これこそほんまに『おもろい芝居』や。この近松、一世一代の台本を書かせてもらうで」

　自信ありげにそう言った。

◇

　翌日から、鴎尻の並四郎は水無瀬座の一員として宙乗りを務めた。もちろんその目的

は、彼らの行動を見張るためである。軽業の出番が終わると大部屋の役者たちに毎日のように酒をふるまう。下っ端役者たちはすっかり並四郎に心を許すようになった。

「すまんな、散財させて。けど、ありがたいわ」

「豆市どん、おまえもなかなかの芸達者やなあ。あんな高いところで、毎日、跳んだりはねたり……ようやるわ」

「へへへ……おおきに」

「けど、おまえのまえにしばらくおった旦開野《あさけの》太夫という女はもっと凄かったでえ」

「ほんまだすか」

「ああ、ここだけの話やけど、伏見太夫よりも上手かった。そのうえ、えらい別嬪や」

「なんで辞めたんだすやろ」

「なんかようわからんけど、急に『辞める』て言い出して、座頭が、それは困る、て引き留めたときにひと悶着あったのや。わしらも、座頭の言いつけで、旦開野太夫を痛めつけようとしたのやが、変な男が飛び込んできてなあ」

「変な男？」

「ようわからんけど、突然現れて旦開野太夫に加勢しよった。もしかしたら旦開野の色男《いろ》かもわからんな。あいつさえおらなんだら、旦開野太夫なんぞちょちょいのちょいとやっつけられたんやが、残念なことしたわ」

「へえ、そうだすか」

その「変な男」が目のまえにいるのに、と思うと、並四郎はおかしくてたまらなかった。

「座頭は、あのふたりが、金を盗みにきた盗人やと思とるみたいや。あの一件のせいで、水無瀬座の出入りがえらい厳しくなってしもた。二階、三階に上がるのに、いちいち奈落に下りて、梯子段を出さなあかん。めんどくさいわ」

もうひとりが、

「永楽左門、知ってるやろ」

「ああ、狂言作者の……。そう言えばしばらく顔見まへんなあ」

「座頭の金を盗もうとしてえらい目に遭わされたのや。怪我が治るまで当分出てこれんらしいわ」

「ここにはそんなに金がおますのか」

「あるある。座頭のところには金が唸《うな》っとる。けど、わしらには回ってこん。アホらしゅうてやってられんで」

「なんでそんなに金儲けしたがっとりますのやろ」

「座頭と伏見太夫は、この道頓堀の芝居小屋をみな買い取って、道頓堀の主《ぬし》になりたいのやそうな。まあ、山城座だけはべつやけどな。あそこは、潰してしまうつもりらしいわ」

「そんなことがわかってますのか」

「ああ、書き抜きにそう書いてあった」

「書き抜き？」

べつの役者が、

「おい、そのことは言うたらあかんやないか」

「かまへんやろ。こいつもそろそろわしらの芝居の裏を知ってもええころや」

「裏？　裏てなんだす？」

「じつはやなあ……」

ひとりが言いかけたとき、

「おまえら、いつまで酒食ろとるのや。新作狂言の稽古、はじめるで」

入ってきたのは黄色い頭巾の男だった。並四郎はびくりとした。それはまさに先日伏見太夫とともに対決したあの鋏虫だったからだ。それまでたるんでいた大部屋役者たちはかしこまって座り、

「すんまへん。今すぐに下りますさかい……」

「おい、おまえはだれや」

鋏虫は並四郎に顔を向けた。べつの役者が、

「新入りの軽業師だす。おまえ、ちゃんと挨拶せんかい」

「へえ……宙乗りやらせてもろとります笑い茸の豆市と申します」

並四郎は男の疑い深そうな視線が自分の顔に突き刺さってくるようで、心地が悪かった。

（こいつ、わてのこと見破ってるのやないやろな……）

並四郎は顔を伏せた。

「笑い茸？　しょうもない名前やな。まあ、ええわ。せいぜいしっかりやってくれ」

「へ……」

鋏虫が肩を怒らせて出ていくのを皆は見送った。並四郎が、

「なんであのひとにそないにビビりますのや。今のお方はどなただす？」

素知らぬ顔できくと、

「六輔はん、というてな、ただの植木屋や」

やっぱりあいつが六輔か……！

「ただの植木屋がなんであんなにえらそうにしてますのや」

「あのな……うちの小屋でいちばん怖いのはあのお方や。座頭なんぞよりよほど怖いで。あのお方の言うことはなんでもはいはい、て聞かなあかんぞ。どんな無理難題を言われても逆らうなよ」

男の話によると、六輔は腕のいい植木職だったが、仕事仲間といさかいになり、鋏で相手を半殺しの目に遭わせて遠島になった。恩赦で戻ってきたが、そのときには鋏を武器がわりに操る技を会得していた。島でこっそり稽古したらしい。もともと残虐なことを好む性癖があり、ちょっとした喧嘩《けんか》でも血を見なくては収まらず、水無瀬座に出入りするようになってからはいっそうその傾向が強まった……。

「怒らせたらなにされるやわからんで。鋏で喉切られて死んでも知らんぞ」

「へえ、わかりました……」

並四郎は頭を下げた。

◇

「どうやらあいつら順調に働いてるらしいな」

左母二郎は、隠れ家に戻ってきた並四郎にそう言った。並四郎は近所で買ってきた串団子をその場に出して、茶を淹《い》れながら、

「あいつらって……？」

「おめえのお仲間、水無瀬座の連中さ。今日、近松に聞いたんだが、山城座の沢谷鹿右衛門のところに、三兼屋の女主文江《ふみえ》から、大金と手紙が届いたらしいぜ」

二階から下りてきた船虫が、

「美味そうな団子じゃないか。ひと串もらうよ」

返事も待たずに団子を手にしてぱくりと食らいついた。

左母二郎の話によると手紙には、出合い茶屋でふたりきりで会いたい、会ってくれぬなら、山城座への援助を今後一切やめるうえ、これまでに貸し付けていた金をすぐに全額返せ、と書かれていたという。鹿右衛門は断ろうとしたが、山城座の座頭は、大事な客や、望みを叶《かな》えてやれ、と言って聞かないらしい。

「たぶんその後家さんは、手紙なんか出してないんだろうね。名前を使われた、ってやつだ」

船虫が団子を頰張りながら言った。並四郎が、

「六輔が糸を引いとるに決まってる。高崎屋の婿養子の世話と同じや。座敷牢から娘が抜け出す手引きも、どうせ六輔がやりよるのやろな」

「けど、女主の件は、座敷牢の娘の耳に入るんだろうねえ。六輔が耳打ちして……」

壁にもたれていた左母二郎は、小鬢を爪で掻きながら、ふところから紙の束を取り出した。

「こいつが、さっき近松が書き上げたばかりの新作狂言の台本だ。かもめ、あとは頼んだぜ」

「へっへー、まかしとき！」

並四郎は胸を叩いた。

◇

「お役人……」

西町奉行所盗賊吟味役与力滝沢鬼右衛門は、質屋の看板の陰から現れた人物にハッと足を止めた。それは、先日会った女武者とおぼしき人物だったのだ。鬼右衛門は急に心の臓の高鳴りを覚え、幾度も咳払《せきばら》いをした。

「いかがなされた。お風邪《かぜ》でも召されましたか」

「い、いや、なんでもない。——おまえたち、先に行っておれ」

鬼右衛門は、一緒に町廻《まちまわ》りをしていた長吏《ちょうり》や若いものたちと別れると、毛野と肩を並べて歩き出した。毛野は一通の文書を取り出して鬼右衛門に渡し、

「じつは、かような書き付けを入手いたした。もしや滝沢殿の御用になんぞ役立つかと思い、持参した次第でござる」

「それはかたじけない。拝見つかまつる」

鬼右衛門は立ち止まると、それに目を落とした。はじめは他人の恋文でも読むような気持ちで薄笑いを浮かべていたが、次第に顔が引き締まっていき、

「これは……まことであろうか」

毛野はうなずき、

「はい。それがしの調べでは……」

「調べ……お手前はいったいなにもの……？」

「ほほ……それは言わぬが花。ここに書かれたることを信じるも信じぬも御身の勝手次第。なれど、その場に足をお運びなされればまことかどうかおわかりになられるはず」

鬼右衛門は書き付けを再読しながら、無言でうなずいた。

◇

そして、晦日になった。朝から水無瀬座の役者たちは皆、そわそわと落ち着きがなかった。

「今日、なにかありますのか」

並四郎が、親しい大部屋役者にきくと、

「まあな……」

「ええことだすか悪いことだすか」

「悪いことやな。付け火は大罪や」

「えっ？　付け火？」

「い、いや、なんでもない。ツケが利く飲み屋で一杯やりたいなあ、ゆうただけや」

べつの役者が暗い顔で、

「せやけど、ほんまにやらなあかんのやろか。なんぼなんでもやりすぎとちがうか」

「わしもそう思う。座頭、金儲けのことばっかり考え過ぎて歯止めがきかんようになっとるのや」

「汚れ仕事をわしらに押し付けて、おのれの手は汚さんからなあ……」

「今度ばかりは断ろ、と思うのやが、どうや」

「断りたいけど、あの植木屋が怖いさかい……」

そこまで言ったとき、大部屋の外で、ちょきん、という音がした。皆、ぎょっとして話をやめた。入ってきた六輔は皆を見渡して、

「今、断りたい、という台詞が耳に入ったけど、だれが言うたのや」

全員、貝のように口を閉ざしている。

「だれが言うた、てきいとるのや。はっきりと、『断りたいけど、あの植木屋が怖い』て聞こえたで。たしか、鷺右衛門《さぎえもん》、おまえの声やった」

名指しされた役者はかぶりを振り、

「わ、わしやない……」

「嘘つけ！」

六輔はその役者の顔にびんたをかまし、床に倒れたところを馬乗りになると、

「下っ端でも役者やさかい、顔は堪忍したろ。けど、首から下やったらええやろ」

そう言うと、男の胸をはだけさせ、鋏の先端でその胸から腹にかけて、きゅーっと傷をつけた。

「やめ、やめてくれっ！」

「おまえみたいなこと抜かすやつがひとりでも出てきたら、皆の士気にかかわるのや。おまえらの代わりはなんぼでもおる。裏切り者は、川に浮くことになるで」

「すんまへん、二度と申しまへん」

「わかったか、カス！」

六輔は、男の顔のすぐまえで鋏をちょきんと鳴らすと、男は気絶した。六輔は、ほかの役者たちに向かって、

「今夜やで。ぬかるんやないぞ。わしに逆ろうたらどうなるか……わかっとるな」

一同はうなずいた。並四郎が、

「今夜、なんぞおますのか」

そのときはじめて並四郎に気づいた六輔は、

「おまえもおったんか。——おまえはまだ知らいでもええ」

「そんなん言わんと教えとくなはれ。わても仲間ですがな」

「座頭は気ぃ許してるようやが、わしはまだ仲間と認めたわけやない」

「悲しいなあ。早う仲間入りしたいなあ」

「出過ぎたことを言うな！」

並四郎を怒鳴りつけると、六輔は大部屋を出ていった。皆はあわてて、気絶した男を介抱しはじめた。

◇

月は出ていない。生温かい東風が吹いている。水無瀬座の大部屋では大勢の役者たちが集まって酒を飲んでいる。

「こういうときはなんぼ酒飲んでも酔わんなあ」

ひとりがそう言ったとき、どこかの寺の鐘が聞こえてきた。亥《い》の刻（午後十時頃）を告げる鐘である。

「そろそろ行くか」

「そやな……」

一同は重い腰を上げた。ぞろぞろと虱《しらみ》が這うように梯子段を下りていく。銀十郎がうえからそれを見下ろして、

「しっかりやってこいよ。わしはここで戻りを待っとる。上首尾を頼むで」

「へえ……」

六輔が後ろから顔を出し、

「なんや、その気のない返事は。気合い入れていかんと、火傷《やけど》するぞ」

「へーい」

全員が水無瀬座を出たのを見届けて、銀十郎と六輔は座頭部屋に入った。

「やっと行きよりましたわ。今度ばかりは断りたい、とか抜かすやつが出てきたさかい、昼間、ぎゅっと締めてやりました」

伏見太夫が銀十郎の杯に酒を注ぎながら、

「さんざん悪さしてきた連中でも、さすがに火付けは気が差すんだねえ」

銀十郎が鼻で笑い、

「今度の芝居は評判を取るでえ。火事の場面でさんざん盛り上がったあとに道行きやからな」

六輔が、

「さ、わしもそろそろ行きますわ。芳忠の弓を座敷牢から出さなあかんさかい」

「鹿右衛門のほうはどうするのや」

「そっちはここの用心棒ふたりに言うて、家に行かせました。もうちょっとしたらここに連れてくると思いますわ」

伏見太夫が、

「まさか知らない娘と心中させられるとは思ってないだろうね。醤油問屋の後家さんと逢引きするほうがずっとよかったのに……」

そう言うと白い喉を見せて笑った。

◇

「嬢《とう》さん、嬢さん……」

暗闇のなかで声がした。

「だれ……？」

「わてだす。出入りの植木屋の六輔だす」

「ああ、あんたか。なにしにおいでやの？」

「しっ。大きい声出したらあきまへん。けど、嬢さんもえらいことになりましたなあ。こんな座敷牢に入れられるやなんてひどすぎますわ」

「そやねん。うちはただ山城座の鹿右衛門さんのお芝居が好きで観にいってただけやのに、お父ちゃんが『役者とくっついた』とか言い出して……なんぼ言うても聞き入れてくれへんのや」

「こちらの旦さん、ええお方やけど、一度言い出したら聞きまへんからなあ。ま、わてが折を見て、旦さんにとりなしますさかいご安心を……」

「おおきに」

六輔は錠をがちゃがちゃ言わせはじめた。

「あんた、なにしてるの？」

「鍵を開けてますのや。今、出したげますから……」

「そんなことしてええの？　お父ちゃんに叱られへんか？」

「わてはかましまへん。ご不自由な目に遭《お》うてはる嬢さんを少しのあいだでも外に出したげようと思いましてな。そのかわり、朝になるまえにまたここへ戻ってもらわなあきまへんで」

「それはうれしいけど……なんであんた、ここの鍵持ってるんや？」

「え……、それはまあ、そのなんと申しますか……」

大工に座敷牢を作らせたときに、二本ある鍵の一本をくすねておいた、とは言えぬ。

「さ、出てきなはれ」

「ありがとう。久しぶりにのびのびできるわ」

そう言って手足を伸ばした弓に六輔は当て身をくらわした。気を失った娘の身体を担ぐと、六輔は廊下をそっと歩き、外しておいた雨戸のところから庭に下りた。

「だれもおらんようやな……」

つぶやきながらそのまま裏口から抜け出し、数歩進んだところで、

「娘は置いていきな」

闇のなかから声がした。

「だ、だれや……！」

「さもしい浪人、網乾左母二郎」

同時に、行灯《あんどん》が灯った。その灯りに浮かび上がったのは、闇に半ば溶け込んだような黒い着流しの浪人だった。

「しもた……はめられたか」

六輔は娘を放り出すとふところから鋏を二挺取り出した。

「そいつで稽古屋の師匠を傷つけ、古雑巾の松五郎を殺したんだな、鋏虫さんよ」

「そこまで知ってるとは……なにものや」

「おめえらの所業が許せねえセイギノミカタさ」

「正義？　冗談やろ。どう見てもわしらと同類やで。こっちへ来んか？　ええ儲け話があるのや」

「じゃかましいやい！　いくら腐ってもな、おめえらみてえな屑と一緒にされちゃたまったもんじゃねえや」

左母二郎は刀を抜いた。それを見た六輔は、両手に持った鋏をカニのようにかしゃかしゃと開閉しはじめた。

「俺ぁ植木じゃねえ。鋏でちょきちょき切られてたまるかよ」

「おまえの喉笛がわしには松の枝に見えるのや。上手に剪定《せんてい》したるで」

六輔は軽口を言いながら左母二郎の隙をうかがっていたが、

「きえええっ」

右、左、右、左……と交互に鋏を突き出してきた。

「馬鹿か。鋏と刀の長さ比べたら、どっちが有利かわかりそうなもんだ」

「そう思うか」

「思う」

左母二郎は刀を振り下ろした。ガキッ、という音がした。六輔は二挺の鋏の刃を開き、左母二郎が振るった刀を挟んで受けとめたのだ。鋏は梃子《てこ》の原理で強い力を発揮することができる。左母二郎は刀を引こうとしたが、鋏を振り払うことができない。

「ちっ……！」

つぎの瞬間、左母二郎が取った行動は六輔を驚かせた。刀を放り出したのだ。六輔は自分が鋏で挟んでいる刀とともにその場に尻もちをついた。すかさず左母二郎は六輔の顔面を雪駄で踏みつけた。

「ぎゃあっ！」

六輔は悲鳴を上げ、鋏を捨てて地面をごろごろ転がった。左母二郎は刀を拾い上げると、再度斬りつけたが、六輔はふところから小さな鋏を取り出し、左母二郎の顔面目掛けて投げつけた。左母二郎がそれを叩き落としているあいだに六輔は立ち上がり、その場を逃げ出した。

「待ちゃあがれっ！」

あとを追おうとした左母二郎だったが、そのまえに立ちはだかったものがいた。芳忠の娘、弓だ。弓はうるうるした目で左母二郎を見つめ、

「お侍さま、危ないところをお助けいただきありがとうございました！」

「礼は今度にしてくれ。あいつを逃すと……」

「どうぞ今からうちに来てください。お父ちゃんもお礼を……きゃあっ」

左母二郎が弓を乱暴に押しのけたとき、すでに六輔の姿はなかった。

◇

山城座の裏手に蠢《うごめ》く影があった。

「ここまで来て言うのもなんやけど……やっぱり気が進まんなあ」

「そやなあ……。なんぼ敵ゆうたかて、焼き殺すというのはちょっと……」

「しゃあないやないか。座頭の言いつけや。守らんとわしらが殺される」

燃えやすい藁《わら》くずや布切れなどを建物に沿って積み重ね、そこに油を撒いて火をかけ

るよう彼らは指図されていた。

「ぐずぐずしてたらだれかに見つかる。こんなこと、早うはじめて早う終わらせて、帰って酒飲んで寝よ」

「そやそや」

そのとき、闇のなかから彼らに早足で近づいてくる足音が聞こえてきた。一同は身構えた。なかにはふところに吞んでいる匕首に触れるものもいた。提灯《ちょうちん》らしい灯りが揺れながら大きくなってきた。息を殺していた皆は、現れ出た人物の顔を見て大きく吐息を洩らした。

「なんや、豆市どんかいな。びっくりさせんとってくれ。おまえはまだ連れていかれへんのや」

並四郎は、

「よかった。間に合うたみたいだすな」

「なんのこっちゃ」

「狂言の筋書きが変わりましたのや。これが新しい書き抜きやさかい、ここに書いてあるとおりにしとくなはれ」

大部屋の役者たちは、並四郎に渡された書き抜きを読んだ。

「おい、ほんなら山城座に火ぃ点けるのはやめになったんか」

「そうらしゅうおます」

「けど……ここには……水無瀬座に火ぃ点ける、と書いてあるで。なんでそんなことせなあかんのや」

「わてにはわかりまへん。座頭から、くれぐれもこのとおりにさせるように、と言いつかってきとります」

「おのれの小屋に火ぃ点けるやなんて、座頭もなに考えてはるのや」

「ここ読んでみい。道頓堀川城座の二枚目役者丑右衛門は、醤油問屋由忠の娘夕実と二世《ふたよ》を約束していたが、鯔背座《いなせざ》座頭の妾お兼《かね》に言い寄られ、もし鯔背座に来れば今よりよい役をつけてやる、と言われてその気になり、鯔背座の座頭楽屋でお兼と逢引きすることを承知してしまう。それを聞いた夕実は、嫉妬のあまり、あとさきを考えずに鯔背座に火を点けた……」

「なるほど……。せやけど、自分らの小屋に付け火する、というのはなんか気が引けるなあ」

並四郎が、

「六輔さんが、もし裏切るやつがいたら、わしは容赦せん、と言うてはりましたで」

一同は震え上がり、一散に水無瀬座に向かって駆け出した。

◇

月のない夜。道頓堀の水はいつもより黒々としていたが、それでも芝居茶屋や屋形船の灯りでときおりきらめいていた。そんななかにたたずむ水無瀬座は静まり返っている。水無瀬座の大部屋役者たちはその塀に沿って藁やボロ切れがすでに積まれているのを見て、

「もう、だんどりできてるやないか」

「だれがやったんや」

「わしや」

暗がりからにゅうと顔を出した男に、役者たちは見覚えがなかった。

「あんた……だれや」

「わしは、舐め猫の寅吉ゆう博打打ちや。ここの座頭に頼まれて、手配りしといた。はい、これは火種と火打石。あとは頼んまっせ」

寅吉は役者のひとりの肩をぽんと叩いて、颯爽《さっそう》と歩み去った。皆はぼんやりとそれを見送っていたが、我に返ると、

「ええか……やるで」

「やれ」

「ほんまにやるで」

「せやから、やれ」

「うーん……ええんかなあ」

「六輔に殺されとうなかったら、やるしかないやろ」

「わかった」

先頭の男が火種をボロきれや藁のうえに置いた。ふうふうと吹くと、じわじわ白煙が上がっていく。

「ああ……やってしもた」

「バレたら、わしら、火付けの罪で火あぶりやで」

「大丈夫。バレへん」

「なんでわかる」

「おのれでおのれの小屋に火付けするアホがおるかいな。わしらを疑うもんはおらんはず……」

そこまで言ったとき、

「西町奉行所与力滝沢鬼右衛門である。神妙に縛につけ!」

「うわっ、もうバレたがな!」

「早すぎるーっ!」

皆は大あわてになったが、御用提灯が一斉に灯され、自分たちがいつのまにか大勢の捕り方に囲まれていたことを知って、へなへなとその場に崩れ落ちた。鬼右衛門の隣に立つ犬坂毛野が、

「いかがでござる。なにもかも私の申したとおりでござろう」

「あの書状を読んだときは、まさか、という思いもあったが、念のため、沢谷鹿右衛門の住居に張り込んでいたところ、書状に書かれていたとおり、水無瀬座の手のものがふたり現れて、鹿右衛門をかどわかそうとした。ふたりのものを捕縛することができたのも、そのあと水無瀬座への捕りものをお頭《かしら》に進言することができたのも、すべてそこものおかげだ。礼を申すぞ」

そう言って鬼右衛門は毛野に頭を下げた。

「礼には及ばぬ。ひととして当然のことをしたまで」

「じつはお頭に、水無瀬座に付け火をしようとしているものがいる、と申し上げたるところ、お頭は半信半疑であった。だが、このものたちが動かぬ証拠。これで水無瀬座の悪行を明らかにすることができよう」

捕り方たちは大部屋役者たちに縄をかけていたが、突然、一陣の風が吹き、積み上げられた藁から高々と火の手が上がった。鬼右衛門は、

「いかん。火を……火を消せ！」

しかし、炎は竜が天上するかのようにうねりながら上昇していき、水無瀬座の建物を包んだ。捕り方たちも手の出しようがない。

「道頓堀の水を使うのだ！」

鬼右衛門の言葉に、川に向かって七、八人が土手を駆け下りていった。それを見ていた犬坂毛野は、

「ご免！」

ひとこと言うと、身を翻して炎のなかに突入していった。

◇

「な、なんや……なにごとや！」

座頭部屋で酒をたらふく飲み、伏見太夫とともに熟睡《うまね》していた銀十郎は、ぱちぱちとなにかが爆《は》ぜるような音にうっすら目を開けた。遠くにちらちらと赤いものが見える……。銀十郎はがばと跳ね起きた。

「か、火事や。お伏……お伏……起きんかい！」

「もう飲めないよ……」

「寝ぼけてる場合やないで。火事や。まごまごしてたら焼け死ぬで」

やっと伏見太夫も目を覚まし、

「おまいさん、どうしよう！」

「とにかく金や」

銀十郎は隠し扉を開けて銭函を取り出した。

「こんなもの持って、逃げられないよ」

「やかましい！　金はわしの命や。ここまで苦労して貯《た》めたのや。死んでも手放さんで」

「わかったよ。あんたはお金と心中しな。あたしは逃げるよ」

「勝手にせえ」

伏見太夫が部屋から出ようとしたとき、

「逃がすわけにはいかんのや」

そこに立っていたのは鴟尻の並四郎だった。

「豆市、邪魔なんだよ！　そこをおどき！」

伏見太夫は棒手裏剣を一本抜くと、いきなり並四郎目掛けて投げつけた。並四郎が身体をのけぞらせて避けると、その後ろに立っていた男が刀で手裏剣を撃ち落とした。

「だれや！」

「俺ぁ網乾左母二郎ってもんだ」

左母二郎はすでに抜刀しており、じりじりと銀十郎との間を詰めていった。

「俺もたいがいおとなしいほうだが、おめえらだけは勘弁ならねえ」

「痩せ浪人風情《ふぜい》がなに抜かす！」

銀十郎は、部屋の隅に置いてあった長脇差《ながわきざし》を手に取り、抜き放った。

「おめえがいくらあがいても、この小屋は町奉行所の捕り方に囲まれてるんだ。あきらめて往生しな」

「なんやと！」

銀十郎は斬りかかってきたが、左母二郎は刀の柄でその眉間を強く一撃した。銀十郎は目を回して倒れた。その隙に伏見太夫が廊下に飛び出した。

「逃がすか！」

並四郎が追う。伏見太夫は逃げ切れぬと覚《さと》り、そこに張られていた綱のうえに飛び乗った。伏見太夫は宙乗りをしながら反対側へと渡っていく。並四郎もつづいて綱に乗った。綱の揺れでそれと気づいた伏見太夫は振り返りざまに棒手裏剣を数本、並四郎目掛けて投げつけた。並四郎はしゃがんだり、身体を左右に揺らしたりしてそれをかわす。舌打ちをした伏見太夫は、ふたたびまえを向いて綱を進む。座頭部屋からその様子を眺めている左母二郎は感心したようにつぶやいた。

「なかなかの見ものだぜ。あいつら、やりゃあがるな」

綱のうえでは伏見太夫と並四郎の追いつ追われつが続いていた。伏見太夫は汗を拭きながら何度も振り向き、手裏剣を投げるのだが、綱が揺れてなかなか狙いが定まらない。

「まあ、いいさ。あっち側まで渡り切ればこっちのもの……」

そう言って、まえを見た瞬間、伏見太夫の顔色が変わった。前方からもうひとりの人物が綱を渡ってきたのだ。

「おまえは……旦開野！」

「お久しぶりでございます。ここは綱のうえの関所。一歩も通しませぬ」

「味な台詞を……」

伏見太夫は残った棒手裏剣を毛野に投げつけたが、毛野は続けざまにトンボを切り、手裏剣を避けながらみるみる伏見太夫に近づいていった。そして、伏見太夫が手裏剣を匕首のように握って斬りつけてくるところを、姿勢を低くしてかわし、その足首を手で払った。

「ぎゃああっ！」

伏見太夫は綱から足を踏み外し、そのまま一気に一階まで落下していった。ごーん……という音がかすかに聞こえてきた。毛野はにっこりと並四郎に微笑《ほほえ》みかけた。その一部始終を見ていた左母二郎は刀を鞘に収めると、

「どんな軽業よりすげえものを見せてもらったぜ……」

そうつぶやいたとき、だれもいないはずの座頭部屋から物音がした。戻ってみると、

船虫がなにかを運び出そうとしているところだった。

「おめえ、なにしてる」

「見りゃわかるだろ。銭函をいただくのさ」

「馬鹿！　そんなもの持ってたら焼け死んじまうぞ！」

左母二郎は船虫の手から銭函を奪い取ろうとした。

「やだよ！　あたしゃ、この金がこの世から消えちまうってのが我慢ならないのさ」

船虫は銭函にしがみついたまま放そうとしない。そんなことをしているあいだに、なにかが爆発したような轟音《ごうおん》が立て続けに響いた。一階から三階までの吹き抜け部分を炎が渦を巻きながら噴き上がってきた。炎の先端は座頭部屋にまで到達し、障子や襖はたちまち燃え上がった。

「いけねえ……！」

左母二郎と船虫は部屋から走り出た。炎が波のように押し寄せてくる。船虫の手から銭函が落ちた。廊下にぶつかった拍子に蓋が開き、なかの大判、小判、丁銀、小粒などが炎に照らされ、きらきらと輝きながら一階に落ちていった。

「きれいなもんだな」

左母二郎が言うと船虫は、

「きいーっ。骨折り損じゃないか。あたしゃ先においとまするよ」

船虫は背中に背負っていた大きな番傘を広げ、三階から吹き抜けに向かって飛び降りた。

「どうやって？」

「いい度胸してやがる……」

うえからのぞき込んだ左母二郎の顔面に、地獄の業火のような熱風が噴き上がってきた。左母二郎には、飛び降りる根性はない。そもそも傘の用意がない。足もとの廊下の板がめくれあがってきている。あたりに煙が充満しはじめた。左母二郎は覚悟を決めた。綱のうえの並四郎に向かって、

「おう、かもめ……！」

「左母《さも》やん！」

「ここはもうダメだ。おめえらは向こう側に逃げろ。じゃあな。短いあいだだったけど、面白かったぜ」

「アーホー！　左母やんも綱を渡れ！」

「馬鹿言うねえ。俺にそんな真似ができるわけ……あちちっちっちっ……！」

左母二郎の立っているあたりに火が回り、天井が崩れてきた。着物の裾からも煙が出ている。

「わてと毛野さんでなんとかする！　とにかくこっちに来い！」

しかたなく左母二郎は綱に右足を乗せた。

「いや……できねえ。俺には無理だ」

「でけるって。目ぇつぶって……」

「そんなことしたらなおのことできねえ」

「ややこしいやっちゃなあ。わてになにもかも任せたらええねん」

並四郎は笑いながら左母二郎のすぐそばにまで来ると、左手を出した。しかし、その笑いはすぐに消えた。

「左母やん、危ない！」

並四郎が叫んだ。左母二郎が後ろを見ると、そこには大火傷をした瀕死の六輔が蜘蛛《くも》のようにうずくまり、三人が乗った綱を鋏で切ろうとしていた。左母二郎が斬りつけようとすると、六輔は、

「へへ……地獄へ道連れや」

そう言うと、ちょきん、と綱を切った。瞬間、六輔のいる場所を紅蓮《ぐれん》の舌がなめとった。床が崩壊し、六輔は炎とともに墜落していった。

伏見太夫と並四郎は片側が切れた綱を間一髪で掴んだ。しかし、左母二郎はそのまま落ちていった。そうと見るや、並四郎は綱から手を放して空中を泳ぎ、左母二郎を追った。そして、右手で左母二郎の腕を掴むと同時に、両脚を綱の端にからめるようにして、

ふたたび綱にぶら下がった。綱は振り子のように大きく弧を描き、一階の床が近づいたときに三人は飛び降りた。毛野と並四郎はふわりと着地したが、左母二郎は床に叩きつけられた。そこにはさっき船虫が落とした小判や丁銀がばらまかれていた。左母二郎は思わずそれらをかき集めてふところに入れた。

「なにしとんのや。左母やん、急げ」

「痛ててて……」

三人は命からがら水無瀬座から脱出した。

外に出ると、町奉行所と道頓堀の町人たちによる決死の消火作業が行われていた。水無瀬座は濛々《もうもう》と立ち上る白煙と黒煙に包まれており、そこに複数の龕灯《がんどう》の灯りが当てられて、まるで稲妻が光っているように見えた。大坂中から集まってきた大勢の野次馬たちのあいだを縫うようにして、三人は姿をくらました。

◇

水無瀬座の大火事から三日が経った。火災は夜のうちに消し止められ、心配された類焼はなかった。水無瀬座の外観は保たれたが、内部は黒焦げに近く、芝居の再開は当分無理のようだった。座頭の水無瀬銀十郎以下、役者たちの大半が西町奉行所に捕縛されてしまっているのだ。当夜は、小屋に寝泊まりしている役者もなぜかほとんどおらず、用心棒や寝ずの番も不在だった。ただ、軽業師の伏見太夫の死体だけが見つかったという……。

「もうし、狂言作者の永楽左門さんのおうちはこちらかね」

女の声がした。しかし、応《いら》えはない。女はもう一度繰り返した。

「狂言作者の永楽……」

「左門はおらんで」

長屋のなかから声がした。

「どちらへ行かれた?」

「知らん」

「あんたは永楽左門さんの知り合いかね」

「…………」

「入れてもらうよ」

女は返事も待たずにその家に入っていった。なかにはふたりの男がいた。ひとりは黄色い頭巾をかぶっており、あちこちに大火傷を負っている。もうひとりはひょろ長い顔の男、永楽左門である。

「だれや、おまえは」

黄色い頭巾の男が言った。

「あたしは蝶。あんたたちが新さんを殺したんだね。許しちゃおかないよ！」

女は髪結いで使う剃刀を摑んで、ふたりに飛びかかった。

「うわ、やめろ！」

女はしゃにむに剃刀を振るい、男たちは狭い長屋の部屋のなかを逃げ惑う。

「この女《あま》！　ぶっ殺してやる！」

黄色い頭巾の男が鋏を摑んだとき、

「懲りねえ野郎だな」

入ってきたのは網乾左母二郎だった。その後ろにはもうひとりの男がいる。

「わしは山城座の座付き作者で近松というもんや。永楽さんとやら、ようも毎度毎度、卑怯な手を使《つこ》うてわしの鼻を明かしてくれたな。おかげでわしの評判は地に落ちた。わしはもう歌舞伎から足を洗《あろ》うて人形芝居に戻るが、そのまえにひとことおまはんに……あっ！」

永楽左門は顔を隠そうとしたが遅かった。近松門左衛門は叫んだ。

「お、おまえは寛永右京やないか！」

左母二郎が、

「知り合いか？」

「こいつは、わしが京の都万太夫座という小屋にいた時分、さんざん悪さを仕掛けてきた男や。坂田藤十郎さんが、わしのほうが正しい、と軍配を上げてくれはったのやが、それを根に持ったらしく、わしが書く狂言をことごとく邪魔するようになった。わしもとうとう腹に据えかねて、ある酒の席でいさかいになり、お互い刃物を抜いた。京都町奉行所はこいつに所払いをお命じになったけど、結局、わしも京にはおれんようになって大坂に出てきたのや。――おい、右京、なんであんなことしたのや」

　永楽左門はぺっと唾を吐き、

「わてよりええもんを書くさかいや」

　左母二郎は顔をしかめ、

「くだらねえ」

　吐き捨てるように言った。火傷を負った六輔は、それでもなんとか鋏を振りかざしたが、左母二郎が刀の鯉口を切った瞬間、その鋏は真っ二つになっていた。左母二郎は六輔の首筋に峰打ちを食らわせると同時に、永楽左門の鳩尾《みぞおち》に刀のこじりを叩き込んだ。ふたりは折り重なって倒れた。左母二郎は、家の外で待っていた高崎屋弥右衛門に、

「おう……あとはおめえとお蝶に任せらあね。ずたずたにして恨みを晴らすもよし、町奉行所に届け出るもよしだ。俺ぁ行くぜ」

　蝶と高崎屋の主が頭を下げるなか、左母二郎と門左衛門は長屋をあとにした。

「くだらねえ……ああ、くだらねえ。マジでくだらねえ！」

吐き捨てるように言う左母二郎に門左衛門が、

「くだらんことはない。あんたがしたことは、世のためひとのためになったのやさかい……」

「世のためひとのためだあ？　俺ぁ銭のため酒のために生きてるんだよ」

「へへへ……それでええのや。わしも芝居を書くために生きとる。けど、あんたもおもろいおひとやなあ。いつか、あんたを主役にして狂言を書いてみたいもんや」

「ごめんこうむるね。俺ぁ主役より脇役が似合ってるのさ」

そう言いながら隠れ家に帰った左母二郎だったが、その夜、夢を見た。

「おおきに」

ひとりの娘が両手をついて頭を下げている。顔は見えなかったが、おそらく梅だろうと思われた。その日から左母二郎の夢に梅が現れることは二度となかった。

左母二郎が水無瀬座から持ち帰った小判や丁銀は、翌日舐め猫の寅吉によって回収されたことは言うまでもない。

◈第二話

眠り猫が消えた

一

骨まで凍り付きそうな寒い晩だった。網乾左母二郎《あぼしさもじろう》は久々に、二ツ井戸《ふたいど》にある「弥々山《ややま》」という煮売り屋を訪れ、深夜までひとりで飲んだ。ここは屋台を葭簀《よしず》で囲っただけの床店《とこみせ》で、突風が吹けばばらばらに壊れてしまうほど簡易な造りだが、その分、毎晩組み立てては片づけることができる。蟇六《ひきろく》と亀篠《かめざさ》という老夫婦がふたりきりで切り盛りしているが、酒も安いし、肴《さかな》もそれなりに美味《うま》いのでなかなかの繁昌《はんじょう》ぶりである。しかし、左母二郎がここでちょいちょい飲み食いするのは、大坂で唯一ツケがきく……というだけではない。好々爺然《こうこうや》としている蟇六だが、かつては亀篠とともに西国を荒らしまわった強面《こわもて》の盗賊なのである。鮮やかな盗みっぷりが評判だったが、引退した今でも「隠居、いるか?」「叔父貴《おじき》、昔話でも聞かせてえな」と訪れる盗人《ぬすっと》仲間も多い。もちろんほかの客はそのことを知らぬ。

「おい、隠居、もう一合頼まあ」

左母二郎が正一合入る空の湯呑《ゆの》みを振るとヒキガエルに似た面相の蟇六が、

「かなり飲んださかい、勘定もかなりなもんやで。ふところ具合はええんか？」

「ツケだ」

「ええかげんにせえよ。そろそろ溜《た》まった分、払《はろ》てもらわんとおまえがツブレるまえにこっちが潰れてしまうわ」

徳利ごと燗《かん》をつけた酒を蟇六が湯呑みに注ぐ。それを亀篠が盆に載せて左母二郎の座っている床几《しょうぎ》まで運んできたが、湯呑みを置いたあと腰を伸ばし、

「ああ、痛《い》たたた。腰がめりめりいうわ」

「今日は右衛門七《えもしち》は休みか？」

右衛門七というのは矢頭《やとう》右衛門七。浅野《あさの》家旧臣のひとりだが、縁があって、左母二郎がこの店の仕事を紹介したのだ。（第二巻収録の「仇討《あだう》ち前の仇討ち」参照）

「近頃、いろいろ忙しいらしいわ。二日に一遍ぐらいしか来れんそうや」

「俺《おら》ぁ暇だが、手伝う気はねえぜ」

「あんたに手伝われたら客が逃げる」

左母二郎は酒を飲み干すと「弥々山」をあとにした。

隠れ家に戻る道の途中に小さな池がある。三日月が水面《みなも》に映って揺れている。寒風が吹き過ぎ、左母二郎はぶるっと震えて袂《たもと》を合わせせた。魚が跳ね、水面の月は千々に砕け

たが、すぐまた元通りになった。そこを通りかかった左母二郎がふと池のほとりに目をやると、だれかが座っている。

（こんな夜更けにだれだ……）

近づいた左母二郎はぎょっとした。座っているのが、おかっぱ頭の少女のように見えたからだ。

（おかっぱ……まさか、河童《かっぱ》じゃあるめえな……）

左母二郎はぶるっと震えたが、なおもじりじりと近づいていく。月光を受けて、少女の手もとでなにかがキラリと光った。刃物……包丁か？　左母二郎は刀の柄《つか》に手をかけた。もう子《ね》の刻《こく》を過ぎている。こんな時刻に、女の子がたったひとりで池のほとりに座っているだけでも異常なのに、刃物を持っているとはただごとではない。

（やはり妖怪か……！）

左母二郎は刀の鯉口《こいぐち》を切った。少女は左母二郎の接近に気づかず、一心不乱に手を動かしている。ようやく左母二郎にも、少女がなにをしているのかがわかった。刃物を砥《と》石《いし》で研いでいるのだ。しかも、包丁ではなく大量の鑿《のみ》だった。普通の鑿だけでなく、細いものや幅広のもの、丸いものなど全部で二十本ぐらいある。少女はそれらを一本ずつ、丁寧に研いでいる。ときおり池から汲《く》んだらしい桶《おけ》の水をかけたり、月に刃の部分を透かして研ぎ上がりを確かめたりしている。

（ちっ……脅かしやがるぜ！）

腹が立った左母二郎はわざと足音を立てて池に下りていくと、

「おう、そこのガキ……」

と声をかけた。少女は振り返った。もとは花柄だったのだろうが、擦り切れて模様がほとんどなくなってしまった着物に黄色い帯を締め、足は素足である。

「だれが『ガキ』やねん」

少女は左母二郎を一瞥《いちべつ》すると、不愛想きわまりない声で応えた。

「こんなとこでなにしてる」

「おっさんに関わりないやろ。ほっといて」

「このガキゃあ、おとななぶりしてたら痛《いて》え目に遭うぞ。池のなかに蹴り込んでやろうか！」

少女は舌打ちをして、

「どうしてもうちに相手してほしいんか。おとなはみんな、暇なんかなあ……」

「なにい？」

「うちを痛い目に遭わせる、ゆうけど、おっさんは刀一本、うちは鬣二十本。どっちが勝つやろなあ」

「刀は長《なげ》えぜ」

「長いのが勝つんやったら、侍はみんな槍《やり》持つはずやのに、なんで刀差しとるんや」

左母二郎は、この勝ち気な少女に興味を持った。

「おめえ……鑿を研いでるのか」

「見てわかるんやったらきかんといて。うち、忙しいねん」

「お父《と》っつぁんが大工で、その手伝いってとこか？」

少女は露骨なため息を左母二郎に聞かせ、

「あのなあ……ほっといて、て言うたはずやで。いっぺん言うたらわかるやろ。あっち行って。——ははあん、わかった……おっさん、子盗《こと》りやな。うちが可愛《かわい》さかい、かどわかして売りとばすつもりか？」

「おめえみてえな小生意気なジャリのどこが可愛い。俺ぁただの通りすがりだ。——こんなところで夜中に研いでたら寒いだろう。昼間に家でやりゃあいいじゃねえか」

「ああ、もう！」

少女は左母二郎の方を向いて、

「うちは、研ぎながら月を見てるんや。月は夜しか出えへんやろ。せやから夜中にやってるねん。わかった？　わかったら向こう行ってんか」

「月だと……？」

空を見上げた左母二郎に少女は、

「ちゃうちゃう。こっちの月や」

そう言って、池の面《おもて》を指差した。

「ほほう、おめえ、風流人だな」

「そんなんとちゃうねん。うちは、水に映った月を鑿で切りたいだけや」

「はあ？」

「大工が鑿を研ぐときの心構えや。砥石が使えん大工にろくなもんはおらん。まずは鑿研ぎがしっかりできんと、木彫りの修業ははじめたらあかんのや。それも、ただの研ぎようやのうて、鑿の刃で水に浮かんだ月が切れるぐらいの切れ味でないと、自在に彫りものはできん、ておとんが言うとった」

「じゃあ、おめえは月が切れるのか」

少女はうなだれた。

「あかんねん、なんべんやっても……。まだまだ研ぎが甘いんや」

「お父っつぁんに教えてもらえよ」

少女はかぶりを振り、

「おとんにはもう教われん。その……病気やさかい……」

左母二郎はますます少女に関心を持った。

「おい……一度、切ってみせてくれ、その……水面の月をよ」

「無理や、て言うてるやろ。うちに恥かかす気か？」

そうは言ったものの、少女は鑿を構え、池を一心に見つめた。水に映った月はゆらり、ゆらり、とゆらめいている。少女は息を止め、しばらく目を閉じていたが、やがて、両目を開き、

「えいっ！」

気合いとともに鑿をふるった。鑿の先端は水面の三日月の中央に突き刺さった。しかし、月は無数の細かい光の破片になったかと思うと、すぐにもとの三日月の形になった。

少女はため息をつき、

「——な？」

同意を求めるかのように左母二郎に向き直った。

「ほんまに月なんか切れるんかなあ。おとん、ええかげんなこと言うたんとちがうやろか……」

左母二郎は無言のまま池に向かって二、三歩進み、やおら刀を抜いた。しかし、そのまま目を閉じて、じっとしている。

「おっさん、どないしたんや。かっこだけつけててもしゃあないで」

少女の呼びかけにも応じない。そして、線香なら一本が燃え尽きるほどの時が経過したころ、

「えいっ」

つぎの瞬間。

水面の三日月は真っ二つになっていた。ばらばらになることなく、きれいにふたつに切れていたのだ。ふたつの細い月はしばらく並んで漂っていたが、そのうちにふたたびひとつになった。少女はあんぐりと口を開けて、

「おっさん、凄《すご》いやないか！」

「まあ、こんなもんだ。うつるとも月も思わず、うつすとも水も思わぬ広沢《ひろさわ》の池……ってな。今のは曲芸みてぇなもんだが、おめえもあきらめずに続けてりゃそのうちできるだろうぜ」

「けど、おっさんは刀の斬れ味やのうて腕で切ったんやろ？」

「そうかもしれねえが、水に浮かんだ月が切れることはわかっただろ？　雑念があると月は切れねえ。無念無想になるこった」

「無念無想、てなんや？」

「さあな……俺にもわからねえ。若えころ、剣術を教わってたときにそんなことを言われたっけな」

「なんや、おっさんにもわからんのか」

少女は鑿と砥石を片付けはじめた。

「おっさん、ただの貧乏浪人かと思てたけど、なかなかやるやんか」

少女は風呂敷を背負うと、

「おっさん、なんちゅう名前なん？」

「俺ぁ網乾左母二郎てんだ。おめえは？」

「うちは初《はつ》」

「お父っつぁんは病気だと言ってたな。お母ちゃんは達者なのか？」

「おかんは死んだ」

初と名乗った少女はあっけらかんとして言った。左母二郎は眉根を寄せ、

「家族はほかにいるのか？」

「おっさん、今日はじめて会《お》うたばっかりやのに根掘り葉掘りきくなあ。おとんとうちのふたり暮らしや。せやさかい、三度のご飯拵《ごしら》えも炊事、洗濯、掃除も……ぜんぶうちがやっとるんや。酒飲んで博打《ばくち》してる暇なおとなと一緒にせんとって」

図星である。いつもなら怒るところだが、左母二郎は思わず笑ってしまった。

「へへへ……じゃあ毎日たいへんだな」

「もう慣れた。おとんが病気や、て言うたやろ。あれ、嘘《うそ》やねん。おとんはほんまに腕のええ大工で彫りものの名人やったんやけど、おかんが病気で急に死んでしもたんでがっくりきて、それからずっと酒浸りなんや。うちも、おかんが死んだのはこたえたけど、

おとんほどやない。──男はあかんなあ」

「そ、そうか？」

「ほな、うち、行くわ。月切ってくれておおきに。またな」

そう言うと初はすたすたと行ってしまった。

左母二郎は、

（どうも調子がくるうぜ……）

そう思ったが、悪い気分ではなかった。

◇

隠れ家に戻ると、鴎尻《かもめじり》の並四郎《なみしろう》と船虫《ふなむし》が酒を飲んでいた。子犬の八房《やつふさ》がとことこと左母二郎に近づき、くーん、と鳴いた。

「左母《さも》やん、どこで飲んできたんや」

「月を斬ってきた」

「なんやそれ」

上がり込んだ左母二郎は、刀をそこに放り出すと、あぐらを掻《か》いた。炙《あぶ》ったスルメをふたりが肴にしているのを見て、

「なんでえ、しけたもんで飲《や》ってるな」

船虫が、

「ほっといとくれよ。これでも、角の『くらげ屋』っていう乾物屋から巻き上げてきたんだ。一枚しかないから、大事に食べないとね」

「ちっ……」

左母二郎が舌打ちして、茶碗《ちゃわん》酒に口をつけたそのとき、

「泥棒っ！」

並四郎が叫んだ。左母二郎は呆《あき》れて、

「泥棒はおめえだろ」

「そやないねん。カンテキのとこ、見てみ！」

左母二郎が土間に目をやると、一匹の白猫がスルメをくわえてちょこんと座っている。全身が雪のように真っ白で、毛なみもふわふわである。八房が早速吠《ほ》えたてたが、猫は動じることなくスルメの表面を舐《な》めている。

「この泥棒猫め！」

並四郎はゲンコツを振り上げたが、船虫が猫をかばうようにして、

「やめなよ。かわいそうじゃないか！」

「なんやと？　スルメが一枚しかないから大事にせなあかん、て言うたのはおまえやないか」

「そりゃそうだけどさ、猫に罪はないよ」

白猫は、味方してくれているのがわかるのか、にゃーん……と鳴いて船虫に頭をこすりつける。

「可愛いねえ……可愛いねえ……かわいかわいかわいかわい」

船虫はとろけたような表情で言った。

「スルメが焼ける匂いに魅《ひ》かれて入り込んできたんだぜ。蹴飛ばして追い出しちまえ！」

左母二郎が言うと、

「蹴飛ばすなんてとんでもない。――ねえ、猫ちゃん」

「みーい」

猫がうなずくように鳴いたとき、左母二郎は大きなくしゃみをした。

「びえくしょん！　びえくしょん！　どうなってやが……びえくしょん！」

一度くしゃみがはじまると止まらない。たかがくしゃみといっても疲れるものである。

「俺ぁ猫……びえくしょん……近くに来ると……びえくしょん！」

並四郎が、

「ああ、猫の毛を吸い込むと、やたらめったらくしゃみが出るやつがおる、て聞いたことはあるけど、左母やんもその口か？」

「知らね……びえくしょん！　びえっ！　はっくしょい！　うう、ひーくしょい！」

船虫が、

「あたり唾だらけじゃないか。口を閉じな！」

「そんなこと言われても……」

左母二郎は大きな音を立てて鼻をかんだ。八房は相変わらず吠えたてているが、猫は無視している。とうとう八房は白猫に飛びかかり、猫はすばやく船虫の後ろに隠れた。

並四郎が船虫に、

「猫はスルメ食べたら腰抜かす、て聞いたことあるで」

「えーっ、たいへん。猫ちゃん、猫ちゃん、スルメはおやめ。お姐《ねえ》さんが魚かなにか持ってきてあげるからそのスルメはこっちにお寄越《よこ》し」

猫は素直に、くわえていたスルメを船虫の横に落とした。

「なんてかしこい子！」

船虫に背中を撫《な》でられ、猫は喉をごろごろ鳴らした。

「かもめ、イワシかサンマ、ないのかい？」

「あったら食うてる」

船虫は左母二郎に、

「じゃあ、左母二郎、魚屋に行って、なんでもいいから魚買ってきとくれよ」

「なんで俺が猫の使いに行かなきゃならねえんだ。それに、こんな夜中に魚屋が開いてるかよ！」

「いつものでんで『起きねえと家に火ぃつけるぞ！』っておどかしゃあいいじゃないか」

「猫の餌買うのに火付けなんぞできるか」

「わかったよ。じゃあ、あたしが行ってくる」

船虫は立ち上がり、身づくろいをはじめた。猫が着物の裾に寄ってきて、身体《からだ》をすりつける。船虫はしゃがみ込んで、

「ほんと可愛いねえ。なんて可愛いんだろ。真っ白で、ひと懐っこくて……こんな猫、はじめてだよ」

左母二郎は呆れ顔で、

「へっ……猫っ可愛がりたあよく言ったもんだ」

船虫は左母二郎に向き直り、

「ねえ、この猫、飼おうよ」

「はあ？　ここでか」

「そうだよ。あたしたち三人が飼い主ってことにしてさ……」

「おめえが自分家《ち》で飼やあいいじゃねえか」

「あたしんとこは大家が動物嫌いで、猫も犬も鳥も飼っちゃいけないんだ。ここなら気兼ねなく飼えるだろ？」

並四郎が、

「うちには八房がおるがな」

「あの坊主から預かってるだけじゃないか。それこそ、叩《たた》き出しちまいなよ」

「アホ抜かせ。公方《くぼう》さまの飼い犬を追い出せるかいな」

「へええー、怪盗とか言ってても公方さまが怖いのかねえ。情けない」

ふたりの会話をよそに、八房はきゃんきゃん吠えながら猫を追いかけ、猫は部屋中を逃げ回っている。うるさくて仕方がない。

「そやないけど、こないに仲が悪うては一緒には無理やで」

「そのうち仲良くなるよ。ほら……『犬と猫、仲良く喧嘩《けんか》しな』て歌があるだろ？」

「せやけど、その猫、首輪つけてるで。どこぞの飼い猫やろ」

「えっ……！」

八房がへとへとになって追いかけっこをやめたので、白猫は悠々と毛づくろいをしている。その首を見ると、たしかに黄色くて細い首輪がついている。首輪には鈴もついているが、なぜか音が鳴らないので船虫は気づかなかったようだ。

「そ、そんなのべつにかまやしないよ。ここにいるんだからここの猫だよ」

それまで鼻をかみ続けていた左母二郎が、

「勝手に決めるんじゃねえ。ひーっくしょん！　俺のくしゃみはどうしてくれるんだ」

「猫の毛が鼻に入ってくしゃみが出るんだろ？　左母さんは二階にいとくれ」

「馬鹿野郎！　どうして俺が猫のために二階……べーっくしょん！　べーっくしょん！　べーっくしょん！」

　左母二郎は白猫をにらみつけた。船虫は並四郎に、

「かもさん、この猫、ここで飼ってもいいだろ？」

「そやなあ……可愛らしい猫やさかい、わてはかまわんけど……飼い主が見つかったら返さなあかんで。きっと飼い主も今時分、気落ちしてるはずや」

「わかったよ。じゃあ、飼い主が見つかるまでのあいだということで……」

　左母二郎が、

「勝手に決めるなって言ってるだろ！　俺ぁ許さねえ！」

　船虫が、

「二対一だからあたしたちの勝ちだよ」

「おめえは……ふわっくしょん！　ここに住んでねえだろうが！」

「だったら今日からここに住むよ。餌代はあたしが出す」

「あたりめえだ！　このうえ餌代までたかられちゃたまらねえ！」

「ということは、飼ってもいいってことだね。ありがと、左母二郎。だから、好きなんだよう。そうだ、名前は鈴虫《すずむし》にしよう」

左母二郎は、しまった、と思ったがもう遅かった。言質《げんち》を取った船虫は、大喜びで猫の前脚を持ち、踊りを踊らせている。

「しゃあねえなあ……」

左母二郎がため息をついたとき、

「卒爾《そつじ》ながらおたずね申す。ここなる御館《おんやかた》は網乾左母二郎殿、鴎尻の並四郎殿の隠れ家と承った。火急の用これあり、夜分をも顧みずかくまかり越したる次第。疾《と》くご開門をお願いいたしたい！」

表で怒鳴り声がした。左母二郎があわてて飛び出し、

「馬鹿野郎！　隠れ家なんて言ったらバレるじゃねえか！」

そこに立っていたのは深編《ふかあ》み笠《がさ》を小脇に抱えた武士である。身なりは隆《りゆう》としており、月代《さかやき》こそ伸ばしてはいるが身だしなみに一分《いちぶ》の隙もない。白柄の大小を差し、手甲《てつこう》、脚絆《きやはん》、わらじ履きという旅姿である。右手に小さな薦被《こもかぶ》りをひと樽《たる》ぶら下げている。かなりの長身で、左母二郎を見下ろすようにして、

「これはこれは、さもしい浪人、網乾左母二郎氏とお見受けいたす。それがし、、大法師《ちゆだいほう》殿《し》よりこちらがご両所の隠れ家であるゆえ訪ねるように、との指図をもろうたゆえ、

隠れ家と申しましたが、隠れ家を隠れ家と申してはいけませんでしたかな」

「ここが隠れ家です、って触れ回ったら隠れ家にならねえだろ。おめえは馬鹿か」

「はははは……皆によく言われます」

「だろうな……。それに、俺ぁ冗談で『さもしい浪人』って名乗るこたぁあるが、他人に言われるとムカつかあ」

「『さもしいお武家』でもいけませぬか」

「ダメに決まってるだろ」

「かしこまって候《そうろう》。隠れ家のことを隠れ家と言うてはいかん、さもしい浪人を『さもしい浪人』と言うてはいかん、と……」

「全体、おめえはだれなんだ」

「申し遅れました。それがし、八犬士の一人《いちにん》、犬村角太郎《いぬむらかくたろう》と申すもの。以後、お見知り置きくだされ。これはほんの手土産《てみやげ》代わりの品でござる」

　そう言って薦被りを左母二郎に渡した。

「では、隠れ家……おっと隠れ家ではない、お屋敷への入場をお許しくだされ」

「早いとこ入ってくれ。おめえがここでパーパー騒いでたらひと目につかあ。なかでもでけえ声を出すんじゃねえぞ」

「承知」

犬村角太郎はゆっくりとした足取りで隠れ家に入ると、目ざとく八房を見つけ、

「おお、八房ではないか。久しぶりだのう。息災にしておったか……」

そう言いかけた途端、

「ぎゃあああああっ！」

近隣に響き渡るような悲鳴を上げた。左母二郎と並四郎と船虫が同時に、

「やかましい！」

と叫んだ。角太郎はその場に座り込み、海老《えび》のように後ろ向きにしゃかしゃかと壁際まで後退していった。顔は蒼白《そうはく》で、脂汗を流している。その視線の先にあるものは……。

「ね、猫だ」

角太郎は白猫を指差しながら言った。船虫が憤然として、

「猫がいちゃあいけないのかい！」

「それがしは訳あって猫が大の苦手なのだ。その猫を追い出してくれ。でないと話ができぬ」

「外から入ってきて勝手なことを……。あたしらあんたに話なんかないんだ。猫が嫌なら出ていきなよ！」

「それがしは網乾氏と並四郎殿に大事の相談があるのだ」

「知らないよ、そんなこと」

鈴虫は角太郎に向かってとことこ近づいていった。角太郎は両腕で顔面を覆い、

「ひいいっ……ひいいっ！　助けてくれえっ」

左母二郎は派手なくしゃみをしたあと、

「船虫、しばらくその猫と二階にいてくれ。これじゃあやかましくってしゃあねえ」

「ほんとにもう！」

船虫は鈴虫を抱き上げると、角太郎をぐっとにらみつけてから階段を上がっていった。

左母二郎は鼻をかむと、

「これでいいだろ。その話ってのをとっととしゃべってくれ。言っておくが、俺たちゃ相手が将軍だろうが柳沢保明《やなぎさわやすあき》だろうが、やりたくねえことは引き受けねえぜ」

「そのこと、法師殿からもくれぐれも言いつかってござる。おふた方は大の変わりものゆえ、お上《かみ》のご威光を笠に役目を押し付けようとすると臍《へそ》を曲げてしまうゆえ、そのような物言いはしてはならぬ、とな」

並四郎が、

「あの坊主、わかっとるやないか。けど、あいつはなんで来んのや」

「法師殿は今、犬坂毛野氏とともに武江《ぶこう》（江戸のこと）に赴く途上でござる」

角太郎は二階が気になるのか、ときどき階段を見やりながらしゃべっている。八房はおとなしく土間に座っている。

「根古間《ねこま》稲荷神社をご存じか。松屋町《まつやまち》の通りから一筋東にある大きな神社でござる」

「俺ぁ日頃から信心深くねえほうでね」

「それがしも大坂に来るまでは知らなかったが……そこの本殿の回廊に二カ所の門がある。東門は『朝門』、西門は『夜門』と呼ばれており、そのうちの『夜門』の屋根の下の横桁《よこげた》に『眠り猫』の額が置かれている」

並四郎が、

「知ってる知ってる。眠り猫ゆうのは四天王寺《してんのうじ》の猫門と日光《にっこう》の東照宮《とうしょうぐう》にもある……」

「そのふたつは名匠左甚五郎《ひだりじんごろう》の作と伝えられておる」

左甚五郎は、三代将軍家光《いえみつ》のころに活躍した名高い大工である。上野寛永寺《うえのかんえいじ》の柱に彫った竜は夜な夜な水を飲みに不忍池《しのばずのいけ》まで降りていった、とか、竹で作った水仙のつぼみは朝になると花が開き、大名が百両の値をつけた、とか、三井《みつい》家から大黒像を頼まれたときは礼金二百両を要求した、とか……言い伝えにはことかかない。「左」という変わった苗字《みようじ》は、同業者に憎まれて右腕を斬り落とされ、そののちは左手で鑿を握るようになったからだという。

「根古間稲荷のも、甚五郎が彫ったもんやとしたら、えらい値打ちやな」

「いや……根古間稲荷のものはごく最近、大坂在の名もわからぬ大工が彫ったものだそうだ。ご両所への頼みと申すのは……その『眠り猫』を盗み出してほしいのだ」

「えーっ、四天王寺やら日光の東照宮やらの猫なら盗み甲斐《がい》もあるけど、そんな聞いたこともない神社の、だれが彫ったかわからん猫を盗んでもなあ……」

「どうしても手に入れたいのだ。なれど、それがしはさきほども見苦しきさまを見せてしもうたように大の猫嫌い。たとえ彫りものであっても、手で触れることなどできぬ」

「彫りものでもあかんのか。こら、よほど重症やな」

「参拝者の少ないことを憂えた根古間稲荷の宮司が、社名にちなんだ『眠り猫』の彫りものを掲げて客寄せしようと思いついた。四天王寺と日光東照宮に眠り猫があり、どちらも繁昌している。それならうちも……ということらしい」

宮司は、江戸や京などの高名な堂宮彫師《どうみやほりし》に頼むことをせず、我と思わんものは眠り猫を彫り、当稲荷社まで持ちきたれ、もっとも出来のよかったものを本殿に掲げ、のちの世まで長く伝えん、と大坂中の大工に呼び掛けた。

しかし、勘定高い上方《かみがた》の大工は金にならぬ仕事にはそっぽを向いた。持ち込まれる眠り猫はどれもこれも素人《しろうと》の手すさび程度の出来のものばかりで、本堂に掲げるほどの彫りものはなかった。名誉だけというのは虫がよすぎたか……と思った宮司は賞金を出すことにした。額は銀《しろがね》二貫。大工の一年分の収入にほぼ等しい。それによって、少しは猫の質は上がったが、やはり宮司の眼鏡《めがね》にかなう猫はひとつもなかった。宮司は苛立《いらだ》ったが、いつまでも放置してはおけぬ。

（そこそこの出来のもののなかからひとつ選ぶか。こんなことになるのなら堂宮彫師に二貫文出して頼めばよかった……）

だが、ある日、ひとりの少女が持ち込んだ眠り猫を見て宮司は仰天した。それはとてつもない傑作と思われた。

「こ、これや。これに決まりや！」

大きな額のなかに全身真っ白な猫がうずくまって眠っている。あたりには牡丹《ぼたん》の花が咲き、猫の横には八つの水晶玉がはめこまれている。そして、額の下側には「ふせ」という二文字が書き込まれており……。

「なんだと？」

左母二郎は思わず声を発した。角太郎はうなずき、

「そういうことだ。その少女というのは伏姫《ふせひめ》さまではないか、とそれがしは見当をつけたのだ」

「ふーむ……今度ばかりは当たりかもしれねえな」

「しかし、それを確かめるには額を下ろし、水晶玉に『仁義礼智忠信孝悌《じんぎれいちちゅうしんこうてい》』の文字《もんじ》が浮かんでいるかどうかを調べねばならぬ。『ふせ』という文字は墨で書かれているゆえ下からでもなんとか読めるのだが、水晶玉は日の光を浴びると輝くので、なんという文字が書かれているかわからぬのだ」

並四郎が、

「それをわてに盗み出せ、と？」

「そこもとならばたやすかろう」

「そやなあ……。お稲荷さんに掲げてある、ゆうことは神さんのもんやろ。それを盗み出すというのはちょっと気が引けるなあ……」

「神社からものを盗むのは悪いことではあるが、水晶の文字さえ確かめたらただちにお返しいたすゆえ、稲荷神には目をつむっておいてもらおう」

左母二郎が、

「宮司に、水晶玉になんと書いてあるかききゃあいいじゃねえか」

「もうきいてみた。だが、あまりにしつこくたずねたからか、怪しまれて返答してもらえなかった」

「なら、宮司にその娘の住まいをきいて、行ってみねえな。彫ったのはどうせ娘のお父つつぁんだろ？　水晶玉のことを教えてもらえば、わざわざ額を盗まなくてもすむぜ」

「それが、宮司によると娘は名前も名乗らず、住まいも言わず、眠り猫を置いてすぐに帰ったらしい。宮司は、またいつもの稚拙な彫りものだろう、としばらく放っておいたが、あとで風呂敷を解いて驚愕《きょうがく》したそうだ」

「妙な話やなあ」

「それがしはたとえ彫りものでも猫に触れることができぬ。しかも、その眠り猫は評判となり、今、根古間稲荷には参拝者が押し寄せている。昼間はとても額に近寄れぬ。盗むのは夜半をおいてないが、夜に高い屋根の下に上る芸当はそれがしには無理だ」

角太郎はがばとその場に両手を突き、

「頼む。おふた方しか頼める相手はおらぬのだ。なにとぞ我に力をお貸しくだされ。もし首尾よう額を手に入れてくれたならば……」

「おっと、待ちな。銭を払うから仕事をしろってのはナシだぜ。俺たちゃ金じゃあ動かねえんだ。紐《ひも》付きになりたくねえのよ。天下の左甚五郎でも千両出しゃあ転ぶが、俺たちゃ将軍の金はびた一文受け取るつもりはねえ」

「わかっておる。じつは……眠り猫を持ってきた娘は、賞金の銀二貫を受け取らずに姿を消してしまったのだ。根古間稲荷の宮司は、その金を額の裏板に貼り付けて、もしこの猫よりもすぐれた眠り猫を彫ったものがいたら、それをここに掲げ、二貫の銭を渡す、と約しておる。つまり、額の表には猫が眠り、額の裏には銀二貫が眠っているのだ」

左母二郎が、

「なるほど、額の裏に二貫の銭か。悪い話じゃあねえな」

「そやなあ。公方さまから金をもらうわけやないのやな。わてらはその額を下ろして、金だけいただくという寸法や。二貫というたらはした金やけど……今のわてらは素寒貧《すかんぴん》やからな。もろとこか。——なあ、左母やん」

　左母二郎は苦笑いして、

「千両、二千両って仕事はここんところしくじりばかりだ。かもめ、おめえにゃあ楽すぎる仕事かもしれねえが、やってみるか」

「よっしゃ。まかしとき」

　並四郎は胸を叩いた。角太郎はホッとした顔つきで、

「快くお引き受けいただきかたじけのうござる。では、近づきの印に一献……」

　そう言おうとしたとき、二階から「みー……」というかすかな鈴虫の声が聞こえた。

「ひゃあああああっ！」

　角太郎は恐怖に顔をひきつらせ、座ったまま階段から遠ざかろうとして体勢を崩し、仰向《あおむ》けに三度でんぐりがえりをした。左母二郎が、

「おめえの猫嫌えは俺みてえにくしゃみが出るから苦手とかじゃねえようだな。全体《ぜんてえ》なんでそんなに猫が嫌いなんでえ」

　座り直した角太郎はしばらく息を整えていたが、やがて、ぽつりと言った。

「嫌い、と申すより、猫が怖いのでござる」

「あんなもん、どこが怖いんでえ。人間さまのほうがずっと怖いぜ。猫なんぞ蹴飛ばしてやりゃあいいじゃねえか」

「それがその……」

　下を向いていた角太郎は、突然、涙をぼろぼろこぼし、

「うおお……うおお……うおおお……」

　これには左母二郎と並四郎も驚いて、

「なんや、腹でも痛《いと》うなったんか？」

「そうではない。おのれの情けなさが口惜しゅうなったのだ。猫が怖いがために、木彫りの猫さえ触れられぬとは……」

　左母二郎が湯呑みに薦被りの酒を注《つ》いで、角太郎に突き出した。

「まあ、飲めよ。ひと息にな」

　角太郎が言われるがまま一気に飲み干すと、

「いい飲みっぷりじゃねえか。もう一杯《いっぺえ》いけよ」

　角太郎は二杯目も飲んだ。左母二郎が、

「どうやら理由《わけ》ありのようだな。酒の肴に聞いてやるぜ」

「うむ……聞いてくださるか」

　角太郎は三杯目を勝手に注ぐと、ぽつりぽつりとしゃべりはじめた。

二

角太郎の父、赤岩一角《あかいわいっかく》はある大名家で剣術指南役を務めており、城内に屋敷と道場を設けていた。腕がよく、教え方も親切丁寧だったので門人も多かった。頑固一徹で、一度口にしたことはなにがあっても曲げなかった。しかし、厳しいだけでなく、弱いものへのいたわりの心を持った人格者でもあったから、皆から慕われていた。妻を病で亡くして以降は、のち添えを迎えず、男手ひとつで角太郎を育て上げた。

しかし、そんな赤岩の様子があるときを境におかしくなった。なにもしていない角太郎を突然呼びつけ、腰のものを見せろ、と言う。角太郎が刀を渡すと、その刀身を検分したあと、門人たちのまえでさんざん叱りつけたのだ。

「貴様は自分がなにをしたかわかっているのか。恥を知れ！」

「父上、それがしはなんの覚えもございませぬ」

「白《しら》を切るつもりか。よかろう。今日から当面のあいだ、外出を禁じる」

反論は許されなかった。角太郎は泣く泣く部屋に閉じ籠もった。ある日、いつも角太郎の食事や用便の世話をしている彦三《ひこざ》という下男が言った。

「坊ちゃま、大先生の振る舞いが変なのです。今日の昼間、私が台所に入ろうとしたら、出入りの魚屋が置いていったアジを、先生が頭からガリガリかじっておられました」

「頭から？　生でか？」

「はい、まるでその……猫のように……」

「おまえが見ていると知って、冗談《てんごう》をなさったのだろう。気にするな」

「私が見ているとはご存じなかったはず……」

「さようなこと言い触らしてはならぬぞ」

下男をかたく戒めた角太郎だったが、どこから漏れたものか、「赤岩一角が魚を生で頭からかじっていた」という噂《うわさ》が飛び交い、一周回って角太郎のところに戻ってきた。

数日後、赤岩はようよう角太郎の蟄居《ちっきょ》を解いた。

「これに懲りて、武士にあるまじき振る舞いは二度としてはならぬぞ」

と厳しく言いつけられたが、角太郎にはその「振る舞い」とはなんですかと問い返すこともできなかった。

翌日の深夜、部屋で書見をしていた角太郎のもとに、赤岩一角の古くからの大の親友で、今は同じ家中の勘定奉行の下で御用商人の束ねをしている美濃口逸ノ丞《みのぐちいつのじょう》という人物がやってきた。赤岩には内緒に、である。美濃口は赤岩とは異なり、酒が入ると裸になって踊り出すような気さくで明るい性格で、赤岩家にもしょっちゅう出入りしていたため、角太郎も叔父のように親しんでいた。

「角太郎の耳に入れておきたい儀があってまかりこした。部屋に入れてくれぬか」

「美濃口さま、それがし、ようやく父の勘気が解けたばかりの身。深夜に密談などしては、また父の怒りに触れまする」

「赤岩はもう寝ておる。今ならば知られる気遣いはない。おまえの身が危ういのだ。早《はよ》うここを開けてくれ」

やむなく角太郎は襖《ふすま》を開けた。美濃口は滑り込んでくると、そっと襖を閉めた。手には蠟燭《ろうそく》を持っている。いつも快闊《かいかつ》な美濃口だが、その夜はいつになく険しい表情だった。

「かかる夜更けになにごとでござるか」

「信じられぬだろうがこれはまったくまことのことなのだ。そのつもりで聞いてくれ。おまえは赤岩の振る舞いが近頃おかしいことに気づいておるか」

「いえ……」

否定はしたが、角太郎には下男彦三の言葉が思い出されていた。

「さようか。おまえはこの部屋から出なかったゆえ気づくすべがないのだ。いや、赤岩ははじめからそのつもりでおまえに蟄居を命じたのかもしれぬ」

「どういうことです」

「わしも、竹馬《ちくば》の友のことを悪《あ》しざまに言いとうはない。だが、言わねばならぬ」

角太郎は美濃口のつぎの言葉を待ったが、美濃口はなかなか口を開こうとしない。

「美濃口さま……お話しくだされ……」

「今、寝所で寝ているこの屋敷の主《あるじ》、あれは赤岩ではない。——猫だ」

「猫？　夜半にわざわざ参られ、真面目《まじめ》な顔つきでなにを言い出されるかと思えば……」

「夜半にわざわざ他人の屋敷に来て、冗談を申すほどわしは暇ではない」

「では、それがしの父が猫だと……」

「そうだ。猫が赤岩に化けておるのだ」

角太郎は、生魚を頭からかじっていた、という下男の言葉を思い起こしていた。

「本物の父上はどうなったのです」

「それはわからぬが……もはやこの世のものではないかもしれぬ」

「まさか……」

「この家に、飼い猫がいただろう。ほれ、図体《ずうたい》の大きなトラ猫だ」

「ああ、ヨシツネですか」

「そうそう、たしかそんな名だった。あの猫はどこに行った」

「それがその……半月ほどまえから姿が見えなくなりました」

「そのすぐあとではなかったか？　おまえが赤岩から叱られ、謹慎を命じられたのは」

「は、はい……そのとおりです」

「赤岩はあの猫に食い殺され、猫が赤岩になりかわったのではないか、とわしは思うておる。おまえが理不尽に叱責されるまえに、なにか変わったことは起きなかったか」

角太郎は首をひねったが、

「そう言えば、剣術ひと筋であまり鉄砲は手にしなかった父が、珍しく『裏山に猟に行ってくる』と言って出かけていきました。帰ってくると憤然としてそれがしを呼び、門弟たちのまえでいきなり怒鳴りつけたのです」

「裏山か……」

「しかし……猫が化けるなどということがありえるでしょうか」

「年を経た猫は猫又と申して怪異をなす、と言うぞ。佐賀鍋島《なべしま》家の化け猫騒動というのもある。とにかく、おまえの父が猫ではないか、という噂が城内にまで達し、わしも朋《ほう》輩《ばい》から聞いたのだ。殿の耳に届かぬうちになんとかせねばならぬ。わしが今夜ここに来たのも、その噂の真贋《しんがん》をたしかめるためであったのだが……」

「で、おたしかめになられたのですか」

「まあな……」

「で、その結果は？」

「その結果、おまえに会うことにしたのだ。赤岩に会うまでは半信半疑だったが、今、わしはやつが猫であることを信じておる」

「なぜです」

「赤岩と対面して、城下の噂を存じておるか、と申すと、どのような噂だ、と言うので、おぬしが猫になったというのだ、と答えた。その瞬間、赤岩の口が耳まで裂け、目が吊《つ》り上がり、顔中が毛むくじゃらになったように見えたのだ。まるで……猫のように……」

「………」

「赤岩の顔はすぐにもとに戻り、『なにを申すかと思えば馬鹿馬鹿しい。無学なものどもならともかく、おぬしまでそのようなくだらぬ噂を信じておるのではあるまいな』と申したが、わしは膝ががくがくし、声の震えを隠すので精一杯だったわい」

「父上の態度がおかしいのは認めますが、猫が化けているとはいまだ信じられませぬ」

「ならば、わしとともにその目で見よ。刀を持ってついて参るがよい」

　美濃口はそう言うと立ち上がり、襖をそっと開け、ひとがいないかどうかをたしかめたあと、廊下に出た。角太郎も続いた。勝手知ったる他人の家、とばかりに美濃口は赤岩の寝所の隣の部屋のまえに立った。

「この部屋は仏間だったな。ここからひそかに隣室をのぞき見て、赤岩に不審がないかどうか検分するのだ」

　美濃口は小声で言った。角太郎はうなずき、部屋の障子を開けようとしたそのとき、

「角太郎、見よ！」

　美濃口がそう言うと、部屋のまえの廊下を蠟燭で照らした。なにか黒っぽいものが落

ちている。美濃口はそれをつまみ上げ、角太郎に示した。

「猫の毛だ……」

角太郎はぞっとしたが、ここまで来てやめるわけにはいかぬ。そろそろと障子を開けた。後ろから美濃口が燭台《しょくだい》を持ち上げ、部屋のなかを照らす。その灯《あか》りのなかに浮かび上がったのは……一匹の猫だった。縞《しま》模様のトラ猫である。部屋の奥には仏壇があり、左右に燭台がある。もちろん火は消えているのだが、そのトラ猫が後脚で立ち上がり、右側の燭台の油をぺちゃぺちゃと舐めているのだ。

「ひえっ……！」

角太郎は仰天し、部屋から転げ出た。隣室の父親の様子を窺うどころではなかった。ふたりは廊下を走り、角太郎の部屋に戻った。

「見たか」

「見ました」

「どう思う」

「わかりませぬ。なれど……今の猫はヨシツネのように思われまする」

「やはり、ヨシツネが赤岩を食い殺し、化けているに相違ない。このままではおまえが危ない。偽赤岩を倒すのだ」

「ですが……親殺しは大罪でございます。あれが父ではなく猫である、という確たる証拠がなくては、それがしは大不孝に……」

「たわけめ。親を殺した妖怪を放置しておくことのほうが不孝ではないか。——だが、おまえの気持ちもわからぬでもない。明日、わしはおまえを猟に連れ出す算段に参る。わしの考えでは、裏山でなにかが赤岩の身に起きたにちがいない。ふたりで裏山に参り、そこでなにがあったのかを調べるのだ」

翌昼、美濃口逸ノ丞はなに食わぬ顔で赤岩一角を訪ね、ふたりでなにやら話し込んでいたが、やがて赤岩は角太郎を部屋に呼び、

「角太郎、明日、美濃口と裏山に猟に行け。わしと違って美濃口は鉄砲の名人ゆえ、一度手ほどきをしてもらうがよい」

美濃口は、

「猟は面白いぞ。砲術も武芸十八般のひとつゆえ、身につけておけ」

「では、美濃口さまに仕込んでいただきます」

「はっはっはっ、任せておけ。では、明日の朝、迎えに参る。夜は猪鍋《ししなべ》だぞ」

美濃口が帰ったあと、赤岩は角太郎に、

「おまえ、美濃口になんぞ言われたのではないか？」

「い、いえ……なにも……」

「ならばよいのだが……あまりあの男の申すこと、真に受けるでないぞ」

赤岩はそう言って角太郎をにらみつけた。角太郎は、

（おのれが疑われていることに気づいたのか……）

そう思った。

翌朝、美濃口が迎えにきたので角太郎は赤岩に挨拶をしようと部屋に行ったが、姿がない。角太郎は下男に、

「美濃口さまと狩りに行ってくる。父上もそのことはご存じだが、今、お部屋におられぬゆえ、あとでおまえから伝えておいてくれ」

「かしこまりました。どうぞお気をつけて……」

こうして角太郎と美濃口は裏山へと登っていった。裏山といってもかなりの険しさで、脚の弱いものでは越せぬほどの難所もある。急な山道を進み、鬱蒼《うっそう》とした森に入ると、名のわからぬ獣の声が頭上を飛び交っている。木の枝を払いながら奥に進むと、急に広々とした場所に出た。

「こういうところが狩猟にはもってこいなのだ。そもそも狩倉《かりくら》というものは……」

蘊蓄《うんちく》を垂れようとしていた美濃口が、

「おい、あれを見ろ」

そう言って、ごつごつした岩のすぐ横を指差した。そこを見た角太郎の顔色が変わった。地面に煙草《たばこ》入れが落ちている。駆け寄って拾い上げた角太郎は呆然《ぼうぜん》として、

「父の……父のものです」

「なんだと？」

「赤岩家に代々伝わる、世にふたつとない品です。これがなぜこんなところに……」

そのとき美濃口は突然、

「危ないっ！」

そう叫んで角太郎を突き飛ばすと、茂みに向かって鉄砲を放った。

「やったか……！」

自分で言うと、美濃口は茂みに駆け込んだ。なにごとが起きたのかわからず角太郎はその場に立ち尽くしていた。美濃口はすぐに戻ってきたが、手にした猟銃からは白い煙が立ち上っている。

「なにか獲物でも？」

「猫だ。猫が木のうえからおまえを襲おうとしていたので撃った。——来い！」

美濃口は角太郎の手を引っ張った。大きな松の木の根もとでトラ猫が死んでいた。額には、鉄砲で撃たれた痕があった。角太郎はその猫に駆け寄った。

「ヨシツネ！」

角太郎は猫の背中をそっと撫でた。トラ猫の身体はすでに冷たくなっていた。

「たしかにヨシツネか」

「はい……この首輪……それがしが付けてやったものです」

「そうであったか……。この場に埋めてやろう」

ふたりは松の根もとに穴を掘り、猫の死骸を葬った。目印に木の枝を一本地面に差し、その横に赤岩の煙草入れを置いた。

「屋敷に戻って、赤岩がおればそれでよし。だが、もしいなかったならば……」

ふたりはすぐに山を下りた。角太郎は居合わせた用人に、

「父上はおいでか？」

「それが……朝からずっといらっしゃらぬのです。あちこち探したのですが……」

「ご登城ではないか？」

「いえ、そのようなことは承っておりませぬし、馬もつないだままでございます」

美濃口と角太郎はふたたび山を登り、先ほど猫を埋めた場所を掘り返すことにした。だが、目印の煙草入れがない。

「おかしいですね。このあたりに置いたはずですが……」

「猿なぞが持っていったのかもしれぬな。――ああ、ここだ。枝が差してある」

ふたりは折り取った太い枝などを鍬《くわ》代わりに地面を掘りはじめた。しかし、掘っても掘っても猫の死骸は出てこない。

「まことにここだったのでしょうか……」

「枝が差してあったゆえ、間違いはないはずだ」

そのうちに着物の襟の部分らしきものが現れた。赤岩家の家紋がついている。愕然《がくぜん》とした角太郎は両手で土を掻い出しはじめた。美濃口も手伝って、ようよう顔が見えてきた。

「ち、父上……!」

それは赤岩一角の変わり果てた姿だった。しかも、額には銃弾を受けた傷が生々しい。

「父上……なにゆえこのような目に……」

「いたましゅうて言葉もないが……これでわしの申したこと、信じてもらえたか」

「はい……信じるほかありませぬ」

「おまえの父を手に掛けた、とわしを恨むかもしれぬが……」

「いえ、美濃口さまは猫に殺された父の仇《かたき》を取ってくださったのです。感謝しこそすれ、恨むことなどありえませぬ。美濃口さまが教えてくださらねば、それがしはいつまでもこの偽もののことをまことの父と信じて仕えていたでしょう」

「わかってくれたか。わしもこの手で竹馬の友の仇討《あだう》ちができて本望だ。――だが、世間はそうは思うまい。わしは殿に禄《ろく》を返上し、どこか他家で仕官の口を探すつもりだが、おまえはこれからいかがする」

「父の姿をした骸《むくろ》を放置しておくわけにもいきませぬが、葬儀などいたすと、皆の見ているまえで猫の死骸に変わったりすると大騒ぎになり、父の名に傷もつきます。この死骸はここにこのまま埋め戻し、それがしにしかわからぬ墓石を建てたいと思います。そのうえで、父は山で行き方知れずになった、としてご家中に届けを出す所存でございます」

こうして赤岩一角は山に猟に行ったとき誤って崖から落ちて死んだらしい、ということで一件落着となった。主君は、剣術指南役たるものが誤って崖から落ちるとは油断である、と立腹したが、その直後にたいへんなことがわかった。家中の会計を調べていた勘定方が、帳簿の大きな穴を見つけたのだ。どうやら公金が長年にわたって横領され続けており、赤岩一角こそその首謀者だったらしい。君主は激怒し、赤岩家は取り潰しになることが決まった。

（あのような厳格な父が……）

角太郎は信じられぬ思いだったが、勘定奉行と大目付に証拠の数々を突き付けられては疑うことはできぬ。本来ならば重罪人の息子として連座すべきところだが、赤岩家の跡目を継がぬならば咎《とが》めだてはしない、ということになった。その日のうちに角太郎は道場を畳んで、その大名家を去り、諸国武者修行の旅に出たのである……。

「そのようなわけで、以来、それがしは猫と名のつくものすべてを恐れるようになった次第。獅子《しし》でも狼《おおかみ》でも怖くはござらぬが、猫ばかりはどうしても無理で、目のまえにすると頭で考えるよりも先に身体がすくみ、冷や汗が出、脚が震えるのでござる。いやはや情けないかぎり……」

「その犬村てえ苗字はなんなんだ？」

左母二郎がきくと、

「これは母方の姓でござる。犬ならば大丈夫ゆえ……」

「で、猫を撃ったその美濃口というやつはどうなったんだ」

「美濃口さまはご自身のお言葉どおり殿にお暇《いとま》を願い出られ、いずれかの家中に再仕官なされた、と聞き申した」

「ふーん……」

左母二郎はしばらく考えていたが、

「かもめ、いつやる？」

「明日の昼間にその稲荷の本殿をじっくり見せてもろて、それから仕事にかかろか」

話は決まった。

◇

「どうでえ、もうちょっと飲むかい？」

左母二郎が水を向けたが、犬村角太郎はちらちらと二階に目をやり、

「本日は遠慮いたす。では、ご免」

そう言うと八房を連れて長屋へ帰っていった。並四郎は酒を飲みながら、

「せやけど、ほんまに猫が主人を食い殺して化ける、てなことがあるんかなあ……」

「あいつも嘘は言うめえ」

「猫嫌いの言い訳かもしれんで」

「言い訳にしちゃあ長すぎらあ」

そこへ船虫が鈴虫を抱いて階段を下りてきた。

「やっと帰ったかい。猫が嫌いなんてどうかしてるね。生類憐《しょうるいあわれ》みとか言ってるやつに仕えてるとは思えない」

「まあ、あいつもいろいろ苦労してきたみてえだぜ」

茶碗に酒を注ごうとした船虫に並四郎が、

「おまえも気ぃつけや」

「なんのことだい」

「その猫に食い殺されへんように、いうことや」

「なーに言ってるんだい。可愛らしい猫ちゃんがそんなことするわけないだろ」

そう言って船虫は白猫に頬ずりした。

◇

翌日の昼まえ、左母二郎と並四郎は連れ立って根古間稲荷に出かけた。賽銭箱《さいせんばこ》に一文放り込み、本殿の周囲をぐるりと回ってみる。西門の屋根の下の横桁に、その猫の額があった。大勢の見物人が押し合いへし合いしながら下から見上げている。四天王寺の通称「猫門」よりもかなり高いが、うえからその白猫が降ってくるような迫力がある。

「えらい人出やな。やっぱり猫の霊験《れいげん》あらたかや。招き猫ていうぐらいやからな」

「こいつぁやっぱり昼間は無理だな。夜中にやるしかねえか」

左母二郎が言うと、

「心配いらん。あんなもんすぐに盗める。下からあの横桁に縄かけて、登ったらええねん。ちょちょいのちょいや」

並四郎は自信ありげに言った。左母二郎にはその猫の彫刻の出来が良いのか悪いのかはわからなかったが、牡丹の咲き乱れるなかで寝そべっている猫はいかにも気持ちよさそうに見えた。角太郎の話のとおり、牡丹の花の上部に八つの水晶玉が円形にはめ込まれており、陽光に白く輝いている。目を凝らすと、額の下側に「ふせ」という太い二文字が書かれているのはわかった。参拝客たちは、口々にその猫をほめそやしている。並

四郎が、

「ほな帰ろか」

「もう下見は済んだのか」

「これで十分」

ふたりは肩を並べて稲荷社から出た。

◇

根古間稲荷の『夜門』に音もなく近づいた三つの影があった。ひとつは頬かむりをした網乾左母二郎。もうひとつは七方出《しちほうで》で変装した鴎尻の並四郎、あとのひとつは覆面で顔を隠した犬村角太郎である。三人とも灯りは持っていない。月明かりだけが頼りである。左母二郎と角太郎は門のまえで刀の柄に手を掛けながら見張りにつき、並四郎は用意してきた縄を数度振り回すと、門の横桁目掛けて放り投げた。黒く塗られた縄はところどころに結び目があり、先端には鉤爪《かぎづめ》がついている。鉤爪は一発で横桁に食い込んだ。並四郎は、結び目を足指でひっかけながら身軽に縄を登っていき、一瞬で横桁のうえに達した。そして、額を外すと小脇に抱え、ふたたび下りてきた。縄を引っ張ってから緩めると、鉤爪は勝手に外れた。

「ざっとこんなもんや」

並四郎はにやりと笑った。角太郎は感心したように、

「鮮やかなお手並み、感服つかまつった」

「そんなことより、早う水晶玉を調べんかいな」

「それができるぐらいならば貴公らに頼まぬ。水晶玉の文字《もんじ》を読んでくれ」

角太郎が少し離れたところからそう言ったとき、ちょーんちょんと拍子木を叩く音と金棒をじゃらんじゃらんと鳴らす音がして、

「火の用心、火の回り、火のもと用心お頼《たの》申します」

左母二郎が、

「しまった、火の番が来た。逃げるぞ」

三人はあわてて火の番一行と反対の方角に走った。

「神社にだれかおるぞ。火付けとちがうか！」

火の番たちは追いかけてきた。三人は必死で逃げる。やがて火の番たちはあきらめたらしく、足音は聞こえなくなった。三人はふらふらになって隠れ家にたどりついた。

「なにやってんだね、まったく……」

出迎えた船虫は寒いのに汗だくの彼らを呆れたように見た。八房が疲れをねぎらうように吠える。左母二郎と並四郎は早速額をのぞきこんだ。角太郎が壁際から、

「いかがでござるか」

左母二郎はかぶりを振った。

「まさか……」

「水晶玉にゃあ文字が浮かんでるが『仁義礼智忠信孝悌』じゃねえ。『捧母霊並愛猫詩《し》呂《ろ》』となってやがる。『しろ』ってのはたぶんこの猫の名前だな」

両手を床についた角太郎は、

「またしても違《ちご》うていたか……」

並四郎は額の裏にあるはずの金を探った。

「あった、あった。お稲荷さん、すんまへん。罰当てんとってや。額はすぐに戻しますさかい……」

うなだれている角太郎を尻目に並四郎は、

「これで飲みにいける。左母やんと山分けや」

船虫が、

「あたしはどうなるんだい。三等分だろ」

「おまえはなんにも働いてないやないか」

「八房と鈴虫のお守りをしてたよ」

「鈴虫はどこや」

「二階だよ。一緒にしとくと、八房と喧嘩ばかりするからさ」

壁に立てかけた額の猫を見つめていた左母二郎が、

「この猫、鈴虫とちっと似てねえか。真っ白だし、毛並みもふわふわだ。首の鈴も同じような形だぜ」

「ち、ちがうよ、他猫の空似だろ」

並四郎が、

「見事な彫刻やなあ。生きてるみたいや。猫の白い毛をようここまで細《こま》こうに彫れたもんや。左甚五郎より上手《うま》いんとちがうか。よほど名のある大工の仕事やろなあ」

左母二郎が、

「じゃあ高く売れるな」

「あかんで。神罰覿面《しんばつてきめん》ゆうやつや。わてまで巻き添えにせんとって。それに、あれだけぎょうさんのひとが観《み》てる額や。質屋や古道具屋に持ち込んだらすぐにばれてしまうわ」

「ちっ……しゃあねえな」

「銀一貫目で我慢しとき」

船虫が、

「だから、あたしもいるんだからね。きっちり三つに割ってもらうよ。鈴虫の餌代にするんだからさ」

左母二郎が、

「売れねえとなると稲荷に返さなきゃならねえが、こいつぁ盗るより返すほうがむずかしいぜ。もうじき夜が明ける。猫の額がなくなったのに気づいたら宮司は大騒ぎして町奉行所に届けらあ。どうやって返すつもりだ？」

「簡単やがな。どうせなくなったことは露見してしもとる。つまり、もとの場所に戻さんでええということや。風呂敷にでも包んで、お稲荷さんの壁のまえにでも置いていたらええねん。——ほな、仕事も終わったことやし、一杯やろか。船虫、なんかアテないか？」

「昨日のスルメがまだあるよ」

並四郎は土間のカンテキに火を点《つ》け、スルメを炙りはじめた。船虫は湯呑みを四つ出し、ひとつを角太郎のまえに置いて、

「あんたもいつまでもめそめそしてないでさ、お酒でもグーッと飲んで忘れなよ」

「すまぬな」

小声でそう言って湯呑みを受け取ろうとした角太郎が、

「ぎゃあああああっ！」

大声で絶叫すると湯呑みを放り出した。おそらくスルメを炙る匂いにひかれていつのまにか二階から下りてきていた鈴虫が角太郎のまえを横切ろうとしたのだ。左母二郎も、

「へっくし！　船虫、どうにかしろい！」

鈴虫はスルメに前脚を伸ばしている。

「あ、ダメだよ。火傷《やけど》するよ！」

船虫が叫んだ瞬間、八房が鈴虫に飛びかかり、くんずほぐれつの大喧嘩がはじまった。逃げる鈴虫、追う八房。ときには入れ替わり、八房が逃げて鈴虫が追いかけることもある。座敷中を縦横に走り回り、跳躍し、転がり、墜落する。角太郎はほぼ気絶寸前の状態で顔を伏せてうずくまり、左母二郎はくしゃみを連発し、船虫はおろおろしている。やがて、鈴虫がなにかのはずみで額に頭をぶっつけた。額は横転し、カンテキのうえに倒れ込んだ。煙が上がり、炎が額を包んだ。

「あーっ！」

並四郎はあわてて額をカンテキから下ろしたが、すでに遅し。白猫も牡丹も三分の一ほどが黒く焼け焦げてしまった。

「うわー、さっぱりわやややがな……」

並四郎がそう言った。鈴虫は「私、なにかしましたっけ？」というけろりとした顔で前脚を舐めている。左母二郎が刀をひっ摑《つか》み、

「もう許せねえ、このクソ猫……！」

船虫は鈴虫を後ろ手にかばい、

「鈴虫は悪くない。八房のせいだよ！」

「どっちもどっちだ」

並四郎が、見るかげもなくなった彫刻を持ち上げて、

「これ、どないする？」

「捨てちめえな」

左母二郎はそう吐き捨てたが、角太郎が、

「それはいかん。それがしの都合で一時稲荷神から拝借したが、もとの姿で返すことができねば、それがし、上《うえ》さまや出羽守《でわのかみ》さまの手前、腹を切って詫《わ》びねばならぬ」

「お侍ってのはややこしいねえ。たかが額一枚のために切腹するこたあないだろう？」

船虫が言うと並四郎も、

「こいつはやっかいやな。これを修繕するにはよっぽど腕のええ彫りもの師に頼むしかないけど、そんなことしたらわてらが盗んだことがバレてしまうわ」

左母二郎が、

「いや……これだけの彫りものはたぶん彫った当人にしか直せねえだろうよ」

角太郎はまたまた両手を突き、

「では、ご両所にその大工探しをお願いしたい」

左母二郎は両目を開き、

「てめえで探せよ。俺っちにゃあそんな義理はねえ」

「それがしは当地に参ってまだ日も浅く、大工の知り合いもない。網乾殿と並四郎殿ならばつてがあるのではないか。頼む……！」

「大工なんぞとつきあいは……」

ねえ、と言い切ろうとした左母二郎だったが、ふと初のことを思い出した。たしか父親は「腕のいい大工で彫りものの名人」と言っていなかったか……。

「心当たりがござるのか」

「いや……なんでもねえ」

左母二郎はかぶりを振り、角太郎は肩を落とした。

◇

翌日、昼頃に起きた左母二郎は、昨日の分け前をふところに入れると表に出た。

（久々に博打でもするか。それとも……）

しかし、脚は勝手に根古間稲荷に向かっていた。額がなくなったことがどれほどの騒ぎになっているかが気になったからだ。昨日も二度来た西門のあたりは案の定たいへんな騒動になっていて、暇すぎる町人たちが屋根を見上げてあーだこーだと勝手なことを言い合っている。町奉行所の同心も出張ってきていて、左母二郎は遠くから様子を眺めていた。

「さすが名人の作や。左甚五郎の竜は水を飲みに不忍池まで降りていったらしいけど、あの猫も魂が宿って、どこかに遊びにいきよったんやろ」

「紐で結わいとかんさかいや。けど、遊びにいっただけやったら戻ってくるやろ」

「おまえらアホか。猫だけが消えたんやないねん。額ごとなくなったんやぞ」

「ということはひょっとすると、だれぞが盗みよったんとちゃうか」

「ひょっとせんでもそうじゃ」

同心が宮司らしき男に、

「では、その猫を彫ったものも、奉納した娘もどこのだれだかわからぬ、とこう申すのだな」

「風呂敷に包んで置いていったもので……賞金を渡してやろうと待っておりましたが、その後も訪ねてくることもなく……」

「欲のない娘だな」

「お役人さま、あの猫を取り戻してくだされ。せっかく参詣人が増えたのに、また元通りになってしまいます」

「そうは申すが、なんの手がかりもない。夜中とはいえ、あのように高いところからだれにも見つからずに盗むというのは、大盗《たいとう》かもめ小僧もかくや、という鮮やかな手口。

そういう盗人は痕跡は残さぬ。名工の作ならばもっと厳重に見張りをしておくべきだったな」

宮司はため息をついた。

「こうなったら、根古間稲荷さまにお願いして盗んだやつにえげつない罰を当ててやるしかおまへんな……」

左母二郎は、

（罰ならかもめに当ててくれよな……）

そう思いながら左母二郎は根古間稲荷をあとにした。腕組みをして歩きながら左母二郎はある寺のまえを通りかかった。このあたりは寺町なので多くの寺が密集している。山門からふと境内を見ると、少女がひとり、水桶と線香を持って墓原《はかわら》に向かうのが見えた。初というあの少女に後ろ姿が似ていた。着物の柄にも覚えがある。

（まさか、な……）

左母二郎はそう思った。

（そもそも俺にゃあ関わり合いのねえこった……）

行き過ぎたものの、しばらく歩いたところで左母二郎の脚は止まった。

（念のためだ……）

左母二郎は山門をくぐった。少女の姿はない。しばらく進むとひとつの墓のまえに少女が座し、一心になにやら拝んでいる。間違いない。一昨夜のあの娘、初だった。

「おい……おめえ」

声を掛けると、初は振り返り、

「あ、月斬るおっさんや」

「また会ったな。おめえんちはこの近くか？」

「そやで。すぐ裏の長屋や」

「ここはおっ母《か》さんの墓なのか？」

「そや。おっさん、相変わらず根掘り葉掘りきくなあ。男のしゃべりはみっともないで」

左母二郎は墓石の横に、故人の名前が彫りつけてあることに気づいた。そこには「ふせ」とあった。

「おめえのお父っつぁんは腕のいい大工だって言ってたな」

「言うた。ほんまのことやからな。けど、今はあかんわ。朝から晩まで酒浸りや。鑿《のみ》持たんと飲みばっかり。そのうえ、高いところから落ちて右腕を痛めてしもて……飲んだくれで働かへん親を持つとこどもは災難や」

「口の悪いガキだぜ」

「口も悪うなるわ。今も、おとんがまたちゃんと彫りものの仕事に戻れるように、おかんに頼んでたんや」

「おめえのお父っつぁん、根古間稲荷ってところに眠り猫の額を奉納しなかったか?」

「ああ、あれか。したで」

初はあっさりと言った。

「じゃあ、持ってきた娘ってのは……」

「うちや」

「おめえのお父っつぁんの名はなんてんだ?」

「三津次《みつじ》」

「なんだと?」

浪花《なにわ》の三津次といえば、左母二郎でも名前を知っている高名な彫りもの名人である。

(俺が角太郎を助けてやる義理はねえが……)

そうは思ったものの、猫に親を食われた角太郎への同情心が少しだけ芽生え、

「おめえん家に連れていって、お父っつぁんに会わせてくれねえか。頼みがあるんだよ」

「仕事やったらあかんで。今も言うたけど、酒浸りで、新しい彫りものは当分無理や」

「新しい仕事はできなくても、てめえで彫った仕事の手直しならできるんじゃねえか?」

「どういうこと？」

「いいから連れてってくれ。詳しいこたぁ向こうで話す」

「うーん、そやなあ……ぼろぼろになってるおとんを見られるのはきついけど、おっさんには月を斬ってみせてもろた恩があるさかいな……よっしゃ、ついといで」

初は手桶と柄杓《ひしゃく》を寺に返すと、先に立って歩き出した。

◇

初と父親の長屋はその寺から目と鼻の先だった。

「おとん、今帰った。お客さん連れてきたで」

初がそう言うと、

「客？　わしは留守やと言え、て言うてあったやろ。今はだれにも会う気にならんのや」

酒でひびわれた声が部屋の奥から戻ってきた。濃い酒の匂いのなか、どてらを着た男がひとり、壁に向かって座り、湯呑みの酒を啜《すす》っている。顔は赤黒く酒焼けし、目には目ヤニがたまり、水鼻を垂らし、無精髭《ぶしょうひげ》を生やしている。湯呑みを持つ手が震えている。

「おととい会うた浪人や。言うたやろ、月斬ってみせてくれたひとや。おとんに頼みがあるんやて。なんかしらんけど、眠り猫の額のことみたいやで」

「なんやと？」

男はどんよりした目を無理に開いて左母二郎を見た。

「ご浪人さん、なんのご用事だすやろ」

左母二郎は上がり框《がまち》に腰をかけると、

「おめえが三津次棟梁《とうりょう》だな。俺ぁ網乾左母二郎てえさもしい浪人だ」

三津次は娘に、

「おまえ、わしの名も言うたんか」

「あかんのか。おとん、三津次やないか。四津次《よつじ》でも五津次《いつじ》でもないやろ」

「減らず口ばっかり叩きよって。——すんまへん、わしはたしかにおたずねの三津次でおますけどな、もう棟梁てな身分やおまへん。酒浸りの、ただの親爺《おやじ》だすわ」

そう言うと、三津次は左手に持った湯呑みの酒をぐいと呷《あお》った。

「どうだす、あんたも一杯……」

「いや、やめとこう」

左母二郎は珍しく酒を断り、初の出した水を飲んだ。

「あんた、月を斬ったそうだすな」

「趣向でな。——おめえは、月が切れるようになるまで鑿を研げ、と言ったてえが、俺は無念無想になりゃあ、なまくら刀でも錆《さ》び刀でも月は斬れると思うがね」

　三津次はにやりと笑い、

「わしが初に言うたのは、鑿をなんぼ研いでもあかん、おのれの心を研いで、なんにも考えんと鑿が動くぐらいにならんとあかん、と教えたかったんだすけど、まだまだわかってくれんみたいだす。――で、わしに頼みっちゅうのはなんだす？　先に言うときますけど、仕事やったらお断りだっせ。見ての通り、彫りものなんぞできまへんのや」

「かみさんが死んじまったからか？」

「それもおますけど、ほかにもいろいろと、な……」

「新しい仕事ができなくても、まえに彫ったやつを手直しするぐれえならできるだろ」

「わしがまえに彫ったもんだすか？」

「そうさ。――根古間稲荷の眠り猫の額だ」

「ははははは……さよか。なんとなくわかってきましたわ。今朝から、あの猫の額が失《の》うなったらしい……て長屋の連中が騒いでたけど、あの額盗んだのはあんたやな」

「金のためじゃねえ。あることを確かめたらすぐに返すつもりだったんだが、ちょいと粗相しちまってな」

　金のためではない、というのは嘘である。

「神さまのもの、ちゃんと返さねえと罰が当たりそうでな。おめえなら彫った当人なんだから直せるんじゃねえか？」

「あんたも大胆やな。わしが『額盗人がいてまっせ』と訴え出たらどないしますのや」

左母二郎は刀の柄を叩いて、

「そうなるまえにおめえをぶった斬る」

初が、

「大丈夫や、おとん。このおっさん、口ではこんなん言うてるけどなんもせえへんわ」

「俺も舐められたもんだな」

三津次が、

「すんまへん。どういうわけかこんなおとなをおとなとも思わん口の利き方をする娘になってしまいよりました。堪忍しとくなはれ」

「そんなこたあどうでもいい。引き受けるのか引き受けねえのか」

「言いましたやろ。わしはもう彫りものはでけまへんのや。理由《わけ》言わなわからんやろさかい、聞いとくなはれ」

そう言うと三津次はぽつりぽつりと話し始めた。

「わしは上方で一番、と言われたほどの大工だした。弟子も三十人ばかりおりまして、けっこうな羽振りでなあ。表通りにおおけな家を構えとりました。長年連れ添うた恋女房がおまして……ええ女子《おなご》やった。あいつに支えられてなんとかやってきたようなもんだす。それがえらい病にかかりよりましてなあ……。医者にも匙《さじ》を投げられてしもて、わしも初も必死で看病しましたんやけど一年まえにとうとうあの世に行ってしもた。わしは仕事の張り合い、ちゅうか生きる張り合いが失《の》うなって、それからはこれですわ」

三津次は湯呑みを指差した。

「朝から飲んで、仕事をせんもんやさかい、大勢いた弟子もひとり辞めふたり辞め……とうとうひとりもおらんようになって裏通りに逼塞《ひっそく》だすわ。彫りものをしようにも手も震えて鑿が持てまへん。ご勘弁のほどを……」

「俺にも都合があってな、はあそうですかとあっさり勘弁するわけにゃあいかねえんだ」

「女房のこともちろんやけど、ほかにも猫の額を直せんわけがおます。あの額の白猫、じつはうちの女房がかわいがってた『詩呂』ゆう猫の姿を写したもんだすのや」

やっぱり詩呂は猫の名だったか、と左母二郎は思った。

「不思議な話がおまして、女房が死ぬ半月ほどまえに真っ白で毛がふわふわの猫がどこからともなくうちの家に入ってきよった。女房はひと目見て気に入ったので、わしも病人の慰めになりゃええか、と飼うことにしました。鈴のついた首輪をつけよったのも女房だす。詩呂は女房にえらいなついてなあ、枕もとから離れまへんのや。そのあと女房が死んだときに、わしは夢を見ました。女房が、『あては死んだけど、あての魂は詩呂に乗り移って、いつまでもあんたたちのそばにおる。詩呂の姿を額に刻んであての供養のためにどこかの寺か神社に奉納してほしい』てわしに言いよるんだす。朝起きたら、初もおんなじ夢を見たらしい。こら、ほんまや、と思うて、わしは詩呂を見ながらあの額を彫ったんだす。けど、その猫が何日かまえから姿が見えんようになって……わしはがっくりきてなあ……とにかく詩呂がおらなんだらあの額は元通りには修繕できまへんのや」

「手本なら、ほかの白猫でもいいだろ？」

「詩呂には女房の魂が乗り移ってます。ほかの猫では代わりになりまへん」

左母二郎は初に、

「おめえもマジで夢を見たのか」

初はうなずいた。

「おかしいじゃねえか。かみさんが死んで一年だろ？　手が震えて鑿が持てねえおめえが、どうやって眠り猫を彫ったんだ？」

「甚五郎先生の真似《まね》して眠り猫を彫りたい、思て、まえから手すさびで三毛猫の額を彫ってたんだす。女房の夢枕のせいで、わしはその猫を白猫に彫り替えました。けど、猫の額が出来上がったとしても女房が生き返ってくるわけやない。七分がた仕上げたところでそう気づいて酒浸りになったんで、あとはほったらかしだ。それと、この腕がなあ……」

　三津次は右腕に目を落とした。

「雨漏りがするるんで穴を塞ごうと思て屋根に上っとりましたのやが、大工のくせにあきまへんなあ……酔うてるさかい足もとがおろそかになって転げ落ちてしもて……右腕をしたたか打ったんだす。それから腕がまともに動かんようになって……そのときに、あ、これは大工仕事はやめろ、て神さんが言うとるのやな、と思いましたんや」

　左母二郎は、

「話はだいたいわかったが……額を仕上げたのはだれなんでえ」

「初だす。こいつが、女房の『詩呂の姿を額に刻んでどこかの寺か神社に奉納してほしい』ゆう言葉を果たしたいさかい、仕上げをさせてくれ、て言い出しよったんで、まあ、わしももう鑿は握れんさかい好きにせえ、ゆうてやらせてみたんだす。そうしたら案外まあまあなもんができたさかい、冗談で根古間稲荷に持っていってみい、と言うたら、ほんまにお取り上げになりましたのや。あそこの宮司の目もたいしたことおまへんなあ」

「だったら、初に修繕をさせるってのはどうだ？」

「あきまへん。こいつは大工の修業はからきしできてまへん。いちにんまえになるにはあと十五年はかかりますやろ。そんなやつに奉納額の修繕は手に負えんと思いますわ」

初も、

「うちもそう思う。それに、詩呂がおらんかったら直しようがない」

「そのことだがな……もし、詩呂をここに連れてきたら修理を引き受けてくれるか？」

「おっさん、詩呂の居場所知ってるの？」

「ちっとばかり心当たりがあるんだ」

「詩呂を連れてきてくれたら、うち、修理する！」

三津次が顔をしかめ、

「初、安請け合いするんやない。おまえにはまだ無理や」

「ほな、おとんがやりいや」

「このガキ！　おとなぶりすな！」

「その詩呂って猫になにか目立ったところはねえか？」

「そうだすなあ……真っ白で毛がふわふわ、ゆうほかにはとくには……」

首を傾《かし》げる三津次に初が、

「スルメが好きやったで」

「なに？」

左母二郎が目を剝《む》いたので、

「怖い顔せんといて。びっくりするやん」

「すまねえ。詩呂はスルメが好物だったのか」

「おとんの酒の肴に炙ったやつをうちが細こう割いたら、いつもしがんでたわ」

「そうけえそうけえ。――じゃあ、とにかく明日にでも白猫を一匹連れてくるから、そいつが詩呂かどうかの見極めをつけてくれ」

三津次は頭を下げて、

「へえ、わかりました。詩呂が戻ってくるなら、そらありがたいことでおます」

「今の話は町役人には内緒だぜ」

「心配しなはんな。そんな野暮はしまへん」

「そりゃすまねえ」

左母二郎は三津次の長屋を出た。

三

中之島《なかのしま》の肥後橋《ひごばし》近くにある熊本細川《ほそかわ》家の蔵屋敷の一室で、蔵役人大槻玄蕃《おおつきげんば》と出入りの骨董《こっとう》商立川屋吾左衛門《たちかわやござえもん》が相対している。細川家ほどの大大名になると敷地も広く、蔵役人の数も多い。大槻玄蕃はその肝煎《きもい》りを務めている。大槻の隣には、中年の侍が座っている。

「確かにかの左甚五郎の作なのだな？」

もみあげを長く伸ばした大槻は、目のまえに置かれた鷹《たか》の彫りものをしげしげと見た。

「間違いおまへん。わては、茶道具、書画、古道具……なんでも鑑定いたしますが、ことに彫りものについては目利きでおます」

「さようか。数寄《すき》もののわが殿もそのほうを信頼しており、これまでそのほうから贖《あがの》う た品にはどれも満足しておいでだ」

「細川のお殿さまには甚五郎作の彫りものを五つお世話させてもろとりまして、これで六つ目でおます」

「しかしのう……拙者にはこういうものの値打ちはさっぱりわからぬが、木彫りの鷹が五百両とは少々高《たこ》うないか？」

「なにせお天子さまのお墨付きをもろた日本一の大工と評判やった甚五郎作でおますさかいな。この世にふたつとない品だっせ」

「それはわかる。稀少《きしょう》な甚五郎の作をつぎつぎ掘り出してきてくれるそのほうの骨折りもありがたく思うておる。殿は骨董好みゆえ、よき品を手に入れるとそれだけで当分機嫌がよいのだ。しかし、五百両となると……」

大槻の隣に座っていた侍が、

「ひとことよろしゅうございまするか」

「なんだ、美濃口」

「かつてわが殿の先々代に当たる内記《ないき》公、左甚五郎作の竹べらの水仙贖う折、家臣が二百両は高すぎると申しましたるところ、たとえ千両万両積んでも気が向かねば彫ってはくれぬ名人の細工をたかが二百両が高いとはなにごと、と叱りつけた旨聞き及んでおります」

「う、うむ……その話は拙者も耳にしたことがある。なれど五百両は……」

「よろしゅおます。この鷹、鴻池《こうのいけ》のご主人も『欲しい』と言うてはりましたのやが、わてもご当家の御用を務めさせてもろとりますす身ゆえ、まずはこちらに、とお声をかけただけ。ほな、この品は鴻池はんにお譲りしまっさ」

「あ……待て待て。そんなことをされては拙者が殿をしくじってしまう。殿からは日頃、甚五郎の作ならかならず入手せよと言われておるのだ。買う買う、言い値で買う」

「それはそれは毎度ありがとうございます」

「これで殿もさぞお喜びになられよう。――しかしのう立川屋、そのほう、島津《しまづ》公にも甚五郎の鷹を売らなんだか？　先日、島津家の蔵役人とお会いしたときにそのようなことを言うておられたのだが……」

「それはその……へえ、たしかにお売りしました。左甚五郎というおひとは、一度気に入ったら同じ題の彫りものをいくつかなさいますのや。ほれ、四天王寺と日光東照宮、どっちにも眠り猫がありますやろ？　鷹ももともとは二羽でひとつがいやったそうだすけど、それやったら千両についてしまいますさかいな」

「なるほど、相わかった。では、この鷹はこちらにもろうておく。代金は来月までに支度しておく。それでよいか」

「へえへえ、かまいまへん」

「ご苦労であった。つぎもまた頼むぞ。――それにしてもそのほうもあちこちからいろいろなものを掘り出しては売りつけに参るが、さぞかし儲《もう》けておるであろうな」

「ははは……なにをおっしゃいますやら。書画骨董の仲介は世間への恩返しのつもりでやらせてもろとります」

「欲のないやつだ。――では、わしは甚五郎の鷹購入の旨殿へ知らせる書状をしたためて参る。美濃口、あとのことは頼むぞ」

大槻が部屋を出ていったあと、立川屋と美濃口はどちらからともなく笑い合った。

「肝が冷えましたわい」

「大槻殿が、おまえが島津公に鷹を売ったのでは、と言い出したことか。わしもどうなることかと思うて聞いておったが、うまくごまかしたな」

「へえ、咄嗟《とっさ》に甚五郎の眠り猫がふたつあることを思い出しましてな」

「そういう知恵はよう働くのう。大槻殿は酒好きで町人に混じって居酒を楽しむような御仁だがそれだけにたばかりやすく、いくらでも金を引き出せる。間抜けな好人物だわい」

「そこがこちらの付け目でおます。他人を疑うことを知らんさかい、彫りものがほんまもんか偽ものかもわからずお買い上げなさる」

「ふっふふふふ……わしとおまえが組めば怖いものはない」

「わても、細川さまの蔵屋敷にええお方が来てくれはったもんや、とうれしゅう思とります。まえのご仕官先でもさんざん悪さをなさったのとちがいますか？」

「たいしたことはしてはおらぬ。出入りの商人たちに支払う金を勘定方に実際より多く報じ、その差額をわがふところに入れる……そのぐらいだ」

「世の中、金さえあればなんでもできます。けど、その金は真っ正直に働いてても回ってきまへん。大名がくだらぬ無駄遣いをしているのやさかい、わてが少々そこからかすめ取っても罰は当たりまへんやろ」

「正直者が馬鹿を見る、というやつだな」

ふたりの笑い声は次第に大きくなっていった。

◇

「てえわけだ」

隠れ家に戻った左母二郎は、並四郎、角太郎、船虫の三人に猫の額の作り手がわかったことを報告した。八房は土間に、鈴虫は二階にいる。角太郎が、

「よう見つけてくださった。これでこの額の修繕を頼むことができる。額を一時拝借したこと、焼け焦がしてしもうたことはそれがしがその大工に幾重にも詫びるゆえ……」

「向こうはまだ引き受けたわけじゃねえぜ。当人は、腕も利かねえし、酒浸りだし、直せねえって言ってるんだ。第一《でえいち》こんなに焦げちまってるのを修繕できるかどうかもわからねえぜ」

「まずはこの額をその大工のもとに運び込むことといたそう。万事はそれからだ」

並四郎が、

「嫁はんの魂が乗り移ったと思とる白猫がおらんかったらでけへん、て言うとるんやろ。まずは猫探しからはじめなあかんがな」

「俺の考えじゃ、うちにいるあの白猫がその詩呂って猫じゃねえかと思うんだ」

「白い猫なんて大坂になんぼでもおるで」

船虫が、

「そ、そうだよ。鈴虫と詩呂は別に決まってるよ」

「スルメが好物で、鈴のついた首輪をしてるんだぜ。それに、詩呂がいなくなったあと鈴虫がここに来た。平仄《ひょうそく》が合うじゃねえか」

「ぜったい違うよ。猫はだいたいスルメが好きなもんだし、鈴のついた首輪してる猫も多いし、それに……」

「明日にでも大工のところに連れていって、検分させりゃあすぐわかるこった」

「ダメ！　鈴虫はあたしの猫だよ。連れていくなんて許さないからね！」

船虫は二階へ駆け上がった。

「なんでえ、あいつぁ……」

左母二郎は呆れたように言った。

「どないするねん。あの猫、明日、連れていくんか？」

「あたりめえだろ。船虫の勝手にゃあさせねえ」

「怒りまくるやろな」

「かもしれねえが、向こうは死んだかかあと母親の魂が乗り移ってると思ってるんだぜ。天秤《てんびん》に掛けりゃ、どっちに渡さなきゃならねえかわかるってもんだ」

そのとき、階段を下りてくる足音が聞こえてきた。左母二郎がそちらを見て、

「お、おい、どうしたんだよ」

下りてきたのは船虫だったが、様子がおかしい。四つん這《ば》いになり、両手の先を丸めて顔をこすりながら、ゆっくりゆっくり歩いている。並四郎が、

「なんや、化け猫にでもなったんか？」

船虫はキッと並四郎をにらみ、両手を挙げて、

「ニャーゴ！」

と叫んだ。角太郎が、

「ひいいっ！」

と悲鳴を上げた。船虫は、

「余は鈴虫……この女の身体を借りてしゃべっておる……余は……その大工とやらの家には行きとうないぞよ……ここが……居心地がよいのじゃ……もし……無理に連れていこうとするならば……恐ろしい祟《たた》りに見舞われるであろう……」

角太郎は座ったまま船虫から遠ざかりながら、

「ふ、ふ、船虫殿に……鈴虫が憑依《ひょうい》したのだ。やはり、猫は化ける。ああ、恐ろしや」

左母二郎が鼻で笑って、

「へっ、なにが憑依だ。——船虫、下手《へた》な芝居はやめろ。しめえにゃマジで怒るぜ」

船虫は左母二郎に向かって、

「にゃあああ！」

「馬鹿馬鹿しい」

左母二郎は目のまえにあった湯呑みの酒を船虫にぶっかけた。

「冷たい！　なにするんだよっ」

「茶番につきあっちゃいられねえんだ」

船虫はあぐらを掻いて、

「ふん……バレてたのかい」

並四郎が、

「あったりまえや。猫が憑《つ》くやなんて、だれがそんなもん信じるかい」

角太郎が、

「それがしは信じました。芝居をしておられただけなのですな。ああ、よかった」

「はははは……やっぱり猫が化けるとかそういうことはこの世にないんやなあ」

それを聞いた左母二郎は、

「おい、てえことはつまり……」

と言いかけたが角太郎の顔を見て、

「まあいいや。――船虫、明日はどうあってもその猫を大工んとこに連れていくからな。悪く思うな。猫違《ちげ》えならそれでよし、たしかに詩呂だとわかったら、向こうに渡すぜ」

「勝手にしなよ！　もう、あんたたちの顔も見たくない。どっかに行きな！」

並四郎が左母二郎に、

「えらいご機嫌斜めやな。どうする？」

「どっかに行けってんだから行こうか。――角太郎、飲みにいこうぜ」

「いずれへ参られるご所存か」

「弥々山って煮売り屋だ。安くて美味いぜ」

「それはありがたい。では、船虫殿、行ってまいります」

「きいいっ！」

船虫は三人に向かって歯ぎしりをした。

◇

宵のうちは賑《にぎ》わっていたらしい弥々山だが、左母二郎たちが訪れたときには客はひとりしかいなかった。その夜は北風が強く、戸外で飲もうというような酔狂なものは少ないのだろう。三人が縁台に座ると、

「いらっしゃいませ」

前垂れをかけた右衛門七が注文を取りにやってきた。とても武士とは思えないほどその姿が板についている。

「おう、右衛門七、今日はいたな」

「ここで働くのは楽しゅうございますゆえ、できるだけ参りたいと思うておりまする」

「寒くてたまらねえ。酒を熱燗にして四合ばかり頼まあ。あと、見つくろいで肴だ」

「本日は高野《こうや》豆腐、棒鱈《ぼうだら》、こんにゃく、里芋の煮ものなどが揃《そろ》うておりますが、お寒い

ならば網乾氏は湯豆腐などいかがでしょう」

　角太郎が、

「そのほう、言葉遣いからして武士と見たるは僻目《ひがめ》か」

「はい、私は矢頭右衛門七と申します。生計《たつき》の助けとするために、網乾氏の紹介にてここで働かせてもろうております」

「それは感心なことだ。それがしは犬村角太郎と申すもの。以後、昵懇《じっこん》に願いたい」

「私のほうこそよろしくお願いいたします」

　左母二郎が右衛門七に、

「こいつぁ、ほれ、おめえが前に会った犬川額蔵のなんてえか……ダチのひとりなのさ」

「おお！　犬川氏にはたいへんお世話になりました！　私の恩人です」

　右衛門七は角太郎の手を取った。そのあと、左母二郎、並四郎、角太郎の三人はかなりの量を飲んだ。飲まないと身体が凍えるのだ。足もとには暖を取るための焚き火《たび》がある。並四郎がその焚き火に木切れを放り込みながら、

「それにしても、ただの木っ端を鑿で削っただけで、片一方はどえらい高値がついて、片一方はただの焚き付けになる。不思議なことやなあ」

　左母二郎が、

「名人上手の彫ったものだ、てえだけでつまらねえ木切れがたいそうな値打ちものになっても、こうして焚き火やかまどに放り込みゃあ、ぼわっ……と燃えて炭になっちまわあ。くだらねえことよ」

そのとき、左母二郎たちが来るまえからいたたったひとりの客が話しかけてきた。かなり酔っているようで、目の縁が赤く、滑舌もたどたどしい。

「ご貴殿らもさよう思われるか。ふっふっはあ。わしもそう思う。本日、その、ただの木っ端を鑿で削ったものを五百両で購《あがの》うたぞ。わしはそういうものには目が利かぬゆえ、道具屋の言うがまま金を払うた。殿の仰せとはいえ、貴重な金を使うのは……うーい、気が咎めるわい。いかに名人甚五郎が彫った鷹であろうと、五百両とは……」

立派な身拵えの武士である。右衛門七に左母二郎が小声で、

「夜中に煮売り屋にひとりで飲みに来るような客筋じゃねえが……どこのどいつだ？」

「大きな声では申せませんが、大槻玄蕃さまとおっしゃいまして、細川さまの蔵屋敷のお役人をしておられるそうです。大のお酒好きだそうで、たまにこんな具合に身分を隠して飲みにおいでになられます。いたってご陽気なお方ですよ」

左母二郎はこういうときに話しかけることはほとんどないが、

「おめえさん、今、甚五郎の鷹と言いなすったね」

「そうとも。隠すことでもない。うちの殿は書画骨董をたいそう好んでおる。此度《こたび》も、

美濃口逸ノ丞の口利きで、立川屋吾左衛門と申す古道具屋が、左甚五郎作の鷹の彫りものを持ち込んできよった。値がいくらと思う？」

「五百両だろ」

「どうしてわかる」

「おめえさんが自分でさっきそう言ったんだ」

「そうだったかな。――うちの殿は、くだらぬ彫りものに五百両もの大金をポンと出すが、下々《しもじも》のもののなかには十文、二十文のはした銭がないために命を落とすものもおる。なんとも胸が痛むわい。――親爺、酒だ。酒を持て。このものたちにも振る舞《も》うてくれ」

角太郎が、

「待たれよ。今、美濃口逸ノ丞……そう申されたか」

「美濃口がどうかいたしたか？　わが配下にて、出入りの商人の束ねをしておる」

「そうか……そうだったのか。大坂におられたか」

角太郎は何度もうなずいた。右衛門七が、

「お知り合いなのでしょうか」

「わが父の親友でな、父がさる事情で命を落としたとき、その仇を討ってくださったのだ。それがしは禄を離れたが、美濃口さまも致仕なさった、と聞いていた。明日にでも蔵屋敷をお訪ねいたそう」

右衛門七は顔を輝かせ、

「さようでございましたか！　じつは私も犬川氏や網乾氏のおかげで父の仇討ちができたのです」

「ほう……われらは似たような境遇だ。今日から友どちになろうではないか」

「はいっ」

右衛門七は元気に返事をすると、その場を離れた。大槻玄蕃は、

「ああ、くだらぬ。細川家の台所はかなり苦しく、領民にも苦労をかけておるというに、鷹に五百両……ああ、五百両あれば生きた鷹が何羽買えるか！」

そう叫ぶと酔いつぶれて寝てしまった。角太郎がしみじみと、

「大坂におられるとは奇遇だ。天の配剤と言うべきだな。ありがたいことだ」

左母二郎が、

「俺ぁさっき、船虫の化け猫の芝居がバレたときに思ったんだが、その美濃口って野郎、本当に信用できるのか？」

「父の長年の友人で、それがしにも長年優しく接してくださった。まことの叔父のように思えるお方だ。それに、父の仇はあの方がおらねば討てていなかった。いまだにあの偽の父を本物だと信じて暮らしていたにちがいない」

「かもめ、おめえあのとき、『猫が化けるとかそういうことはこの世にない』って言ったたろ。この世に不思議や怪異はいろいろあっても、それは人間の恨みつらみが生み出すもんだ。猫がひとを食い殺したり、ましてや、人間に化けたりするとは思えねえ」

そう言って、湯呑みの酒を一気に干した。角太郎も負けじとがぶがぶ酒を飲み、

「しかし、父は生魚を頭からかじり、口が耳まで裂けたのでござるぞ」

「そりゃあ、下男や美濃口が言ったことで、おめえが見たわけじゃねえ」

「それはそうだが、ヨシツネが後脚で立ち上がり、燭台の油を舐めたのはたしかにこの目で見たのだ。しかも、山中にて美濃口さまが猟銃で撃った猫を地面に埋め、のちに掘り返すと鉄砲で撃たれた父の死骸になっていたことをどう説明なさる」

「説明？　俺にゃあ細けえこたぁわからねえが、全部嘘なんじゃねえかと思ってるよ」

「嘘？　それがしが嘘をついていると？」

酔っていることもあって、角太郎は立ち上がり、左母二郎の胸ぐらをつかんだ。

「そうじゃねえよ。おめえにゃ嘘はつけねえ。ついてるとしたら、その美濃口ってやつじゃねえのか？」

「美濃口さまを侮辱するとは許さぬ！」

角太郎は左母二郎を地面に叩きつけた。急なことで左母二郎も抵抗できなかったのだ。

「この野郎！」

左母二郎はすぐに立ち上がると、角太郎の帯を両手で摑み、ぐいとまえに引いた。そして、たたらを踏んだ角太郎の脛《すね》を思い切り蹴飛ばした。角太郎は尻餅をついた。

「味な真似を……なれど、八犬士のひとりとしてここで負けるわけにはいかぬ」

起き上がった角太郎は左母二郎とぶつかり合った。殴りつけ、投げ飛ばし、引きずり倒し、蹴りつける。ふたりとも殺気立っている。そのうちにどちらかの刀が抜かれそうな雰囲気だが、そうなったら血が流れることは明らかだ。並四郎はへらへら笑いながら見物している。大槻玄蕃は熟睡中だ。肴を運んできた右衛門七がふたりの争いを見て、

「や、やめてください！　喧嘩はダメです！」

そう言って止めに入ろうとした。目には涙が浮かんでいる。

「どちらも私にとって大事なお方です。お願いですからやめてください！」

並四郎が酒を飲みながら、

「喧嘩やない。相撲や。それ、はっけよい残った！　残った、残った！」

左母二郎は右衛門七が泣いているのを見て、

「こいつぁただの相撲だ。どっちが力が強いか試してるだけさ。——なあ、角太郎！」

角太郎もハッと我に返り、

「そのとおり。網乾殿を傷つけるようなことはいたさぬゆえ安心いたせ」

「そうでしたか。早とちりしてしまって申し訳ありません……」

泣き笑いのような顔つきで右衛門七は戻っていった。左母二郎と角太郎は顔を見合わせ、少し笑った。ふたりとも頭から脚まで泥だらけだが、気にせず縁台に座る。左母二郎は角太郎に、

「さすが剣術指南役のせがれだな。柔術《やわら》の腕はてえしたもんだ」

「いや、網乾殿こそ、悪人にしておくには惜しい腕……」

ふたりはしばらく静かに飲んでいたが、左母二郎が、

「蒸し返すようだが、おめえの話のなかで俺が妙だと思うことがある。聞いてくれるか」

「聞こう。隔意がなくなった今なら素直に聞けると思う」

「美濃口が森で猫を撃ち殺したんだろ？　それを埋めたらおめえの親父《おやじ》の姿になった」

「そのとおりだ」

「おかしいじゃねえか。猫は、羽織袴《はかま》は着ちゃいめえ。裸で死んでたのが、埋めたら着物を着た親父さんの姿になった、というのが変だと思わねえか」

「あ……」

「それに、俺ぁ猫嫌《ぎれ》えだから知ってるんだが、猫てえやつぁときどき後ろ脚で立ち上がることがある。それに、魚が好きだ。おめえん家の燭台、魚油を使ってなかったか？」

「うむ……父は倹約家ゆえ一番安価な魚油を使《つこ》うておられたが……」

角太郎は少し考えたあと、

「明日、美濃口さまを訪ねてみるつもりだが、そのあたりのことには気を付けよう」

そのあともさんざん飲み食いして、三人は弥々山を辞し、隠れ家へと戻った。

「今、帰ったぜ」

左母二郎が声をかけたが返事がない。

八房が左母二郎を見上げて、くうんくうんとさみしそうに鳴く。

「おい、船虫、どこだ?」

「いけねえ、あの野郎……」

左母二郎は雪駄《せった》を脱いで二階に駆け上がったが、そこにも船虫と鈴虫の姿はなかった。

「しまった、あの女《あま》……」

左母二郎は地団駄を踏んだがもう遅かった。

◇

翌朝、犬村角太郎は細川家蔵屋敷のまえに立っていた。ふたりいる門番の片方に、

「それがし、犬村角太郎と申すもの。こちらに、美濃口逸ノ丞さまとおっしゃる方がお勤めとお聞きした。お取り次ぎをお願いしたい」

「美濃口さまはたしかにここにおられますが、どのようなお知り合いでございますか」

「犬村角太郎と申せばわかる、と思うが、かつて同じ大名家に仕えており、叔父甥《おい》のような間柄であった。また、わが父の死去にあたってもいろいろ世話になった。大坂においでと聞いて、お顔を拝見しとうなったのだ」

「わかりました。しばらくお待ちくだされ」

門番は屋敷に入っていった。そのとき、門の近くでふたりの男が話しているのが耳に入った。職人姿の男が、中間《ちゅうげん》風の男に風呂敷に包んだものを手渡しながら、

「ほな、ダルマさん、たしかに渡したで。美濃口さまによろしゅう言うといてや」

「ああ、わかった、武助《ぶすけ》どん……いや、甚五郎先生」

「しっ……！　アホなことを」

武助と呼ばれた男は踵《きびす》を返して去っていった。美濃口という言葉に耳を留めた角太郎のまえを通り、中間風の男が門内に入ろうとして、ひょいと角太郎のほうを向いた。その顔を見て角太郎は驚いた。

「彦三……彦三ではないか！」

父赤岩一角の下男だった男である。

「どうしておまえがここに……？」

彦三はうろたえた様子で、

「こ、こ、これは角太郎坊ちゃま。お久しぶりでございます。相変わらず凜々《りり》しくご立

派で、お勇ましいおいで立ち。お顔も、大先生にますます似てこられましたなあ……」

「そんなことはどうでもよい。なぜ、ここにおるかときいているのだ」

「それは……ですな、じつは赤岩家が取り潰しになったあと、美濃口さまが細川家にお抱えになられることになったのですが、その折、私を中間として雇うてくださったのです。本当です。嘘ではありません」

「だれも嘘だなどとは申しておらぬ」

「では、私はこれで失礼します」

彦三は顔を真っ赤にして、寒いのに汗をかいている。

「なにを申す。久しぶりに会うたのだ。もうすこし……」

「いろいろ用があって忙しいもので……。じつは一刻も早うこのダルマを美濃口さまにお渡しせねばならず……」

「それがしはその美濃口さまに会いに参ったのだ。今、ご門番に取り次いでもろうておるところだ。三人で積もる話をしようではないか」

「そ、それは無理です。美濃口さまはたいへんお忙しいお方で……ご免くださいませ」

彦三は身をひるがえして蔵屋敷のなかに駆け込もうとした。角太郎はその腕を摑んだ。

「お放しください。堪忍してください」

彦三が角太郎の手を振り切ろうとしたとき、なにかが腰から落ちた。それを見て、角

太郎は愕然とした。彦三があわてて拾おうとしたが、角太郎は先に拾い上げ、

「これは父上ご愛用の煙草入れではないか。なにゆえおまえがこれを所持しておる！」

「いや、その、つまり……美濃口さまを呼んで参ります」

「あ、待てっ」

逃げるようにその場を離れた。追いかけようとした角太郎だったが、入れ替わるようにして門番が美濃口逸ノ丞を連れて現れたので立ち止まらざるをえなかった。

「美濃口さま……！」

それでも角太郎は旧懐の情がこみ上げてきて、美濃口の手を取ろうとしたのだが、

「角太郎か。なんの用だ」

美濃口はすげなくそう言った。

「美濃口さまが大坂においでとうかがい、父の思い出など語ろうと思うたのです」

「すまぬが、わしは忙しい。またの機にしてくれ」

そう言うと美濃口は立ち去ろうとした。

「お待ちくだされ。それがし、しばらくは日本橋《にっぽんばし》裏の長屋の一室に滞在しておりまする。お暇になられたらそちらに足を運んでいただき……」

「なにゆえわしがわざわざ出向かねばならぬのだ。目上のものへの礼を欠く。さすが赤岩の息子だのう」

角太郎はきっとなり、

「さきほど会うた赤岩家の下男彦三、わが父の煙草入れを所持しておりました。あれは、美濃口さまと山中に入りし折、落ちていた品。猫の死骸を埋めた場所の目印に置いたはずが、再度入山したときにはなぜか見当たらなかったものでございます。美濃口さまが召し抱えた彦三があの煙草入れを持っているというのは解せませぬ」

「わしはなにも知らぬ。煙草入れのことは今はじめて聞いた」

「中間としていつも使うておるものの煙草入れでございまするぞ」

「知らぬというたら知らぬ。そもそもおまえの父は、お家《いえ》の公金を横領しておったのだぞ。そのような奸物《かんぶつ》と知己だったわしが浅はかであった」

「父は横領などする人物ではありませぬ。あれはなにかの間違いです」

「わしもそう思うておったが、勘定奉行と大目付に証拠を並べられてはなにも言えぬ。あのときはわしまで関与を疑われ、連座して罪を受けるところであった。禄を返上したのもおまえの父のせいだ」

美濃口の語調は冷たかった。

「よいか。もう、二度とわしのまえに面《つら》を見せるな。わしはもうあのころのわしとは違う。新しい主君のもとで働いておる。昔のことを掘り返されるのは迷惑なのだ」

「さようですか。わかりました。ただ……」

「ただ、なんだ?」

「あのときのこと、別の角度から見なおしてみるつもりになりました」

「わしが嘘をついていた、ということか」

犬村角太郎はそれには答えず、細川家の蔵屋敷の門前から去った。

◇

「うわあ……これだすか……」

大工の三津次は左母二郎が持ち込んだ額を見て泣きそうな顔になった。

「ひどいもんだすなあ……。詩呂が、化け猫ならぬ焼け猫になってしもとる」

三津次は、飲んでいた酒をその場に置いてそう言った。

「どうでえ、修繕できるか?」

「詩呂かもしれん猫を連れてくる、ゆう話はどうなりましたんや」

「それがなあ……ダメになっちまったんだ。今、探してるんだが……」

左母二郎と並四郎、角太郎の三人は消えた船虫の行方を追ったが、今のところ見つかってはいない。三津次はため息をつき、

「さよか……ほな無理だすわ。わしは、嫁はんの魂が乗り移った詩呂の姿をここに刻みつけましたのや。それが、こんな見る影もないようになってしもた。酒浸りで腕も動か

んわしだすけど、詩呂が戻ってきてくれたら修理ぐらいならもしかしたら……という気持ちもどこかにおましたのや」

「そうけえ。——じゃああきらめらあ」

「すんまへんな、お役に立てんと」

「かまわねえよ。俺も、でしゃばったことをしちまった、たあ思ってたんだ」

左母二郎は額を置いてその家を出た。

(金になることしかしねえ、働かずにごろごろしてえ、そう思ってたはずの俺としたことが、近頃、一文にもならねえことに首を突っ込みすぎてらあ。俺ぁ……馬鹿になっちまったのかなあ……)

左母二郎は石ころを蹴った。

(それもこれも、八犬士の連中と関わるようになってからだ。まったく厄病神だぜ、あいつらは……)

左母二郎が隠れ家に戻ると、なんとそこに船虫が座っていた。

「てめえ、どの面下げて……!」

左母二郎が怒鳴りつけようとしたとき、並四郎が横合いから、

「わてが見つけて引っ張ってきたんや」

「どこにいやがった」

「角の『くらげ屋』ゆう乾物屋や。スルメを買いにきよるやろ、と思て張り込んでたら案の定やった」

船虫はぷいと横を向き、

「あたしとしたことが、ぬかったよ」

「猫はどこなんだ」

並四郎が、

「それを頑として言いよらへんのや。ええかげんに白状せえ」

「ふん、口が裂けても言うもんかね」

左母二郎は、

「だいたいの見当はついてらあね。どうせだれか知り合いに預けてあるんだろう。俺の読みではたぶん……髪結いのお蝶《ちょう》のところあたりじゃねえのかい」

船虫の顔がこわばった。

「図星みてえだな。ここに連れてきな」

「やだよ」

「あの猫にゃあ飼い主がいるんだ。返してやれ」

「やだ」

「いつまでも駄々をこねるな」

「やだやだやだやだ。鈴虫と離れるのはやなんだよ！」

しかし、左母二郎が初のことを言い出すと、とうとう肩を落として、

「わかったよ。あたしも、その子から猫を横取りするつもりはないんだ。あんまり白くてふわふわで可愛いから、しばらく飼い主気分でいてみたかっただけさ。おっ母さんが乗り移ってるってその子が信じてるなら……返すよ」

「すまねえ」

「明日、鈴虫を……詩呂をここに連れてくるから、あんたが返しにいってよ」

そこに角太郎が入ってきた。憤然とした顔つきである。

「どうしたい、なにかあったのか」

左母二郎が言うと、

「美濃口さまにお会いしてきた。まるで、ひとが変わったようだった。しかし、もしかするとあれがあの男の本性なのかもしれぬ」

角太郎は、下男だった彦三がいつのまにか美濃口の中間になっていたこと、山でなくなったはずの赤岩一角の煙草入れを彦三が持っていたこと、親友だったはずの美濃口が父のことを悪しざまにののしったことなどを左母二郎たちに打ち明けた。船虫が、

「だいたい公金を横領するなら、剣術指南役なんかより勘定奉行の下で働いてた美濃口のほうがずーっとやりやすいはずだよ。そのうえ、帳簿を書き換えたりして、あんたの

お父さんのせいにするのもできた立場のひとだろ?」

「言われてみれば……。だが、山で猫の死骸が父の死骸に変わったことなど、説明のつかぬこともござる」

左母二郎が、

「山で見つけた煙草入れが、戻ったときにゃあなくなってたんだよな。そいつをおめえん家の下男が持ってた……ということは、その下男はそのとき山に行ってたんだ」

「まさか……」

並四郎がうれしそうに、

「ここはわての出番みたいやな」

左母二郎が、

「やめとけ、かもめ。俺たちゃあ近頃、金にならねえことに首を突っ込みすぎなんだよ」

「そやけど、気になるがな」

角太郎が左母二郎と並四郎のまえに両手を突き、

「ご両所にお願いしたい。なにとぞそれがしをお助けくだされ。上さまからのご下命も果たしておらぬのに私《わたくし》の用で動くのは許されぬことなれど、父が受けた濡《ぬ》れ衣《ぎぬ》を晴らすのも子としての役割。だが、それがしひとりではどうにもならぬ。もし、ご助力いただけるならば……」

左母二郎が、

「おっと、その先は言うんじゃねえ。もし、口にしたらまたぞろ相撲を取ることにならあ。小遣《こづけ》えやるから言うとおりにしろてえのが、俺たちのいっち嫌えなことなんだよ。だれにも命令されたくねえのさ」

「わかってはおるが……おふた方のお力添えをどうしてもたまわりたいのだ」

左母二郎は目を閉じて考え込んだ。その時間があまりに長いので、心配した角太郎が、

「どうかなされたか？」

と声をかけると、左母二郎は目を閉じたまま、

「わかった。引き受けよう」

「おお、かたじけない！」

左母二郎は目を開けて、

「ただ、金はもらわねえ」

船虫と並四郎が、

「えーっ！」

「ほな、タダ働きってことかいな。左母やん、頭、大丈夫か」

「こいつぁ俺の道楽ってことにする。だから、道楽として引き受ける。おめえたちも、

それで得心なら一緒にやろう。嫌ならやめとけ」

並四郎が、

「わてはやるで。いろいろ気になるがな。ここでやめたら気色悪いわ」

船虫が、

「あたしもやるよ！」

角太郎は無言でもう一度両手を突いた。

◇

翌日の昼間、並四郎は細川家の蔵屋敷の天井裏に潜んでいた。ある一室で、立川屋吾左衛門と美濃口逸ノ丞が対面していた。ふたりのあいだには膳が置かれ、酒が出されていた。美濃口が盃《さかずき》を口にしながら、

「困ったことになった」

「なにがでございます」

「犬村角太郎なるもの、わしがまえに仕官しておった家中において、わが幼馴染《おさなな》み《じ》の子息であるが、昨日訪ねて参ってのう……」

美濃口は左目のまぶたを引きつらせ、

「少々厄介なことになった。あやつがつまらぬ詮議だてをすると、わしのかつての罪が

露見せぬともかぎらぬ」

「美濃口さまのかつての罪、とは？」

「つまらぬことだが……大槻玄蕃殿の耳に入ると困る」

「出入り商人への支払いをごまかしておられたことは聞いとりますけど」

「まあ、それにも関わることだが……」

「美濃口さまとわては一蓮托生《いちれんたくしょう》だすがな。教えとくなはれ」

「うむ……そうだな」

美濃口は酒をぐいと干すと、重い口を開きはじめた。

「わしが長年横領していたことを、角太郎の父で剣術指南役の赤岩という男が気づきよってな、そやつがとんだ堅物で賂《まいない》など受け付けぬのだ」

「ときどきおられますな、そういう仁が」

「ただし、額がいくらだとかそういうことまでは知らぬ。わしは咄嗟に、出来心でやったことでほんの少額だ、と嘘をついたが、赤岩は『ならば、穴埋めをしたうえで、正直に目付に話して詫びよ。それが武士のあるべき姿だ』と言うて聞かぬ」

「とても返せるような額ではおますまい」

「そこでわしは一計を案じた。『おまえの父はじつは猫が化けている』とやつの息子角太郎に信じ込ませることにしたのだ」

「ははは……それはまた奇抜な計略だすな」

「角太郎はそういう馬鹿げたことでも信じてしまうような男なのだ。無論、うまく持っていけば、の話だがな。――まず、わしは赤岩が飼《こ》うていたヨシツネというトラ猫を盗み出し、鉄砲で撃って殺してしまい、死骸を虫などが食わぬように油紙で厳重に包んでから裏山の森のなかに埋めた」

「可哀《かわい》そうなことをしなはる」

「わしは、角太郎が新刀の試し斬りに立ち木を斬ったとき、誤って刃こぼれさせたことを当人から聞いていた。わしは赤岩を裏山に猟に連れ出し、角太郎が昨夜、酔うた浪人と口論になり、しまいには双方抜刀して立ち回りになったらしいぞ。将来のある身ゆえ、少し慎むように申してはどうか、と忠言めかしてそう言った。案の定、堅物の赤岩は激怒した。刀身を見て、角太郎が無茶な斬り合いをした、と思い込み、皆のまえで一方的に叱りつけたあと、部屋に閉じ込めた」

「なるほど。息子を世間から切り離しておいて、でたらめを吹き込んだわけだすな」

「そういうことだ。まずは下男の彦三を買収して、角太郎に『赤岩先生が生魚を頭からかじっていた』などと告げ口をさせたうえ、そのことを城下に広めさせた。また、わしが赤岩としゃべっているとき、どういうわけかやつの顔が猫に見えた、などと言うたあげく、ヨシツネによう似たトラ猫を捕まえてきて、しばらく餌をやらずにおき、燭台のある部屋に入れると、猫はひもじさのあまり、後脚で立って油を舐めた。その様子を角太郎に見せたのだ。やつは父親が化け猫かもしれぬ、と思うようになった」

「ははは……あんさんもおひとが悪い」

「わしはやつを誘って裏山に猟に行った。そのとき、わしは赤岩に『わしが横領した公金は、まことはとても返せる額ではないのだ。不正の証拠をすべておぬしに渡して腹を切るゆえ、この世の名残りに一度、角太郎と猟に行かせてくれぬか』と頼んだ。わしは角太郎とは格別昵懇で、わが甥のように接していたゆえ、赤岩もしぶしぶそれを許した。わしは『証拠の品々はすべて裏山の森のなかの広場に埋めてあるゆえ、われらが猟に行くまでにおまえの手で掘り出して持ち帰ってくれ』とも伝えておいた」

「あんさんのなさりたいことが、なんとのうわかってきました」

「まだ暗いうちに赤岩は山を登ってきた。森に入ってきたところをわしは猟銃で撃ち殺し、その死骸を藪《やぶ》のなかに隠した」

「はっはっはっ、幼馴染みの朋輩を……ほんにひどいお方や」

「なにを申す。そうせぬとわしはまことに腹を切らねばならぬのだぞ」

「そらそやけど……」

「何食わぬ顔で角太郎を誘いにいき、ふたりで猟をした。じつはその少しまえに彦三を使って赤岩愛用の煙草入れを盗み出しておき、森のなかに置いておいたのだ」

「なるほど、芸が細かい」

美濃口逸ノ丞はその煙草入れを拾い、赤岩がこの近くにいるのでは、ということを角太郎にそれとなく悟らせたあと、化け猫がおまえを襲おうとしていた、と言って空砲を撃った。猫の死骸はまえもって彦三に掘り出させておいた。たしかにヨシツネだと角太郎に確かめさせたうえで死骸を埋め直し、目印として木の枝と煙草入れを置いた。それから山を下り、赤岩の不在を角太郎に示したうえでふたたび山を登り、もとの広場に戻ったのだが、目印の煙草入れがない。これが唯一の誤算だった。主人赤岩の遺体を地面に埋め、そこに煙草入れ（と木の枝）を移動する手はずだった彦三が欲に目が眩《くら》み、値打ちものの煙草入れをふところに入れたのだ。やむなく木の枝を目安に美濃口は赤岩の遺体を掘り出し、猫が赤岩に変じた、と主張すると、角太郎はあっさりとそれを信じ、美濃口のことを父の仇を討ってくれた恩人とまで思うようになった。

「わしはすべての罪を赤岩に着せてその大名家を致仕し、こうしてうまうまと細川さまに再仕官した。角太郎については、父に連座して切腹にでもなればよい、と思うておったが、残念ながらそうはならなかった。そして、なにも知らぬ角太郎は今日、わしを訪ねてきた折、彦三が赤岩の煙草入れを持っていることに気づきおったのだ」

「それだけやったら、彦三が盗みを働いた、ゆうだけで、美濃口さまが化け猫の話をでっちあげて赤岩というおひとを殺した、とまではわからんのやおまへんか」

「だといいのだが、あの男、根は馬鹿だが妙に勘のいいところがあり、あなどれぬ。先手を打っておいたほうがよいかもしれぬ」

「と申されますと？」

「大坂市中で鉄砲を放つというわけにもいかぬ。ひとを雇うて、ばっさりと……」

「彦三に殺《や》らせたらええのとちがいますか」

「あまり弱みを握られるとなにかと面倒だ。あやつもそのうち片づけねばならぬ。ただ……どこに住まうておるのかたずねなんだのが悔やまれるわい」

天井裏で聞いていた並四郎は、美濃口という男のあまりの悪辣《あくらつ》さに反吐《へど》が出そうになり、その場を去ろうとしたが、

（待てよ……。弥々山にいた侍がたしか『左甚五郎作の鷹』がどうとか言うとったな……）

本来の「盗人根性」が目覚めた並四郎はあちこち這いまわったあげく、ようやく鷹の彫りものを見つけた。部屋のなかにだれもいないことを確かめて飛び降り、鷹を抱えてふたたび天井裏に戻った。

（しめしめ。これで今度の仕事はタダ働きどころかお釣りがくるわ……）

並四郎はほくほく顔で細川屋敷をあとにした。

◇

「猫がいなくなっただと？」

翌日、隠れ家に手ぶらで現れた船虫に、左母二郎は声を荒らげた。

「てめえ、猫を返したくなくてそんなでたらめを……！」

船虫は悄然《しょうぜん》として、

「ほんとなんだよ、信じとくれよ。今朝、お蝶ちゃんのところに引き取りに行ったら、昨日の夜中に出ていったきり帰ってこないって……」

「嘘じゃねえだろうな」

「あたしの目を見とくれよ。嘘ついてるような目かい？」

そう言って船虫は両目を大きく見開き、顔を左母二郎に向かって突き出した。左母二郎はしばらくその目を見つめていたが、

「わかんねえよ」

並四郎が笑って、

「そやろな」

船虫は、

「あたしだって心配で心配で……。探すにしても、どこを探しゃあいいのかわからない

し……」

「そらそや。猫の行きそうなところ、ゆうたかて決まってないわなあ」

左母二郎はため息をつき、

「まあ、しゃあねえ。額の修理はあきらめるよう角太郎にゃあ言うしかねえな」

「その角太郎はどこなんだい？」

「そろそろ来るはずなんだが……」

「どうしてふたりともそんなに暗い顔してるのさ。あたしよりも暗いじゃないか」

「じつぁな、角太郎が来たらあいつに言わなきゃならねえことがあるのさ。それが、気が重いんだ」

「どういうことさ」

並四郎が昨夜細川家の蔵屋敷で聞き込んできたことをかいつまんで伝えると、

「そうかい。なんだかそんなことじゃないかとは思ってたんだけどねえ……その美濃口ってのはひでえ野郎だねえ」

「わてもぞーっとしたわ」

「ろくでもない世の中だねえ。公方さまはなにやってるんだか……」

左母二郎は土間に唾を吐き、

「将軍なんざ碌《ろく》なもんじゃねえよ。百姓、町人、それに浪人のことなんざなにも考えてねえのさ」

船虫が眉間に皺《しわ》を寄せて、

「だけど、今の話、角太郎にどうやって伝えるんだい？　きっととんでもなく落ち込むよお。長いあいだ信じてた相手がお父っつぁんの仇なんだからね」

「知らせねえ……ってわけにはいかねえかな。このまま俺たちぁ知らんぷりを決め込んで、あいつが江戸に戻るのを待つ、というのはどうだ」

「それがええかもしれんなあ。なんぼなんでも気の毒や……」

並四郎がそう言ったとき、

「もう聞き申した」

入り口のほうで声がした。三人が仰天してそちらを見ると、角太郎が青ざめた顔で立っていた。船虫が、

「あ、あ、あんた、今の話を……」

「さよう。入ろうとしたとき、それがしの名が出てきたのでここでずっと聞かせていただいた。それがしが落ち込むだろうというご配慮、痛み入る。なれど、心配無用。父の死にまつわる長年の疑念が晴れ申した。父の汚名を返上することができるならばこんなうれしいことはござらぬ」

左母二郎がため息をつき、

「そうけえ……それならいいんだが……」

「わかったよ。——そりゃそうと、おめえ、こんな朝っぱらからなにしに来たんだ？」

「朝っぱらと申しても、もう昼まえでござるぞ。——じつは、それがしが間借りしておる『犬小屋』に珍客が参りましたゆえ、そのことをお伝えにきたのでござる」

「珍客？」

「まあ、来られよ」

三人は角太郎に続いて長屋に向かった。、大法師《ちゅだい》と八犬士が大坂でのねぐらにしている通称「犬小屋」はその端にある。そのまえに立つとなかから元気のいい犬と猫の鳴き声が聞こえてきた。なかに入るとそこにいたのは八房と鈴虫だった。喧嘩はしておらず、仲良さそうにじゃれ合っている。

「どないなっとるんや？」

「それがしがここで八房に水を飲ませていると、外で猫の鳴き声がし、がりがりと入り口を引っ掻く音がしたので開けてみると、この猫が飛び込んで参り、八房とともに同じ器で水を飲み出したのでござる」

船虫がしみじみと、

「きっとお蝶ちゃんのところから八房に会いにきたんだ。いつのまにか仲良しになってたんだねえ。けど……無事でほんとによかった」

「よし、俺ぁこいつを連れて今から三津次の家に行ってくらあ。船虫、一緒に来るか?」

左母二郎がそう言った途端、船虫の双眸《そうぼう》からぼろぼろっと大粒の涙がこぼれ落ちた。

船虫は両手で顔を覆い、

「お別れなんだねえ、鈴虫……幸せにおなりよ」

そう言ったあと、ちょっとくすりと笑い、

「はは……なんだか娘を嫁に出す父親みたいな言いぐさだねえ。――あたしゃ行かないよ。向こうでまた渡したくなくなったら困るから」

「わかった」

すると、角太郎が、

「それがしも参ろう。額の件についてはなにもかもそれがしに責がある。ひとこと詫びを言わねばあいすまぬ」

「おい、おめえ、猫が怖くねえのか?」

早くも鼻をむずむずさせながら左母二郎はきいた。

「先ほどの話を聞き、父が化け猫でなかった、と知ったときから、猫への恐怖心がきれいさっぱり消え申した」

「そりゃあよかったな。けど、俺のほうはまるで……へーっくしょい! 治らねえや」

そう言いながら左母二郎たちは隠れ家に引き返した。並四郎の盗んできた鷹を持ち出すためである。

「これが左甚五郎作のお鷹か。なるほど、見れば見るほどすばらしい彫りもの……」

角太郎が感嘆の目で鷹を見た。

「おめえ、こういうものの値打ちがわかるのか?」

左母二郎が言うと、

「わからぬが、この荒々しい鑿さばきといい、目つきの鋭さといい、今にも羽ばたいて飛びかかってきそうではござらぬか。名人上手の作に間違いなかろう」

「ふーん、そんなもんかね」

並四郎が、

「左母やん、なんでそれを三津次に見せるんや?」

「美濃口が仲介してた代物だ。万が一ってことがあらあ。三津次なら目が利くだろうと思ってな」

左母二郎は鷹を風呂敷に包むと、無造作に抱え上げた。角太郎は鈴虫を同じように風呂敷に包んだ。鈴虫は、これから連れていかれる先がわかるのか、おとなしくしている。

「じゃあ、行ってくらい」

ふたりは隠れ家を出た。いつのまにか鈴虫は顔だけ風呂敷から出して、きょろきょろと世間を見物している。途中、左母二郎は何度か後ろを振り返った。

「どうかなされたか」

角太郎が言うと、

「いや……なんでもねえ」

角を曲がり、数歩行ったところで立ち止まると、

「金魚のフンみてえにいつまでもくっついてきやがる。いい加減にしろい！」

その声に応じるように編み笠を被った浪人体《てい》の男ふたりが姿を見せた。

「犬村角太郎というのはどちらかな」

角太郎が進み出て、

「犬村角太郎はそれがしだ。なんのご用か知らぬが、被りものを脱がれよ」

しかし、二人の浪人は笠を脱ごうとせず、うなずき合うと、いきなり抜刀して角太郎に斬りつけた。角太郎は大きく飛び下がると、刀の柄に手を掛け、

「なにものだ！」

浪人たちは無言でかわるがわる斬りかかってくる。角太郎は後ろに下がりながら刀を抜き、ふたりの攻撃を受け止めているが、二対一なのでどうしても押され気味だ。しばらく腕組みをしてその様子を眺めていた左母二郎が、

「おい、ひとりは俺が相手してやるから、こっちにかかってこいよ」

浪人のひとりが、

「ひっこんでおれ。怪我《けが》をしても知らぬぞ」

「こっちに来いって言ってんだろ」

「おまえはなにものだ」

「俺か？　さもしい浪人網乾左母二郎」

「左母二郎とは妙な名だな」

左母二郎はいきなりその浪人の手首を摑み、上向きに捻《ひね》り上げた。

「痛たたたたっ！」

浪人は悲鳴を上げて刀を落とした。左母二郎は男の身体を裏向きにすると尻を思い切り蹴り上げ、

「おととい来やあがれ」

浪人は刀を拾うと逃げていった。

「刺客《しかく》のくせに弱え野郎だ。金をけちったな……」

左母二郎はそうつぶやいた。角太郎は、もうひとりの男相手に苦戦しているようだった。左母二郎は笑いながら、

「剣術指南役のせがれがそんなざまじゃあ困ったもんだ。手伝おうか？」

「手出しご無用！」

角太郎は正眼《せいがん》に構えなおすと、

「ええいっ！」

裂帛《れっぱく》の気合いとともに浪人に突進した。激しい斬り合いのさなか、左母二郎は、角太郎の背後にべつの男が潜んでいることに気づいた。手ぬぐいで頬かむりをした町人で、匕首《あいくち》を持っている。角太郎は町人に気づかず、ゆっくりと下がっていく。町人が一歩踏み出せば、角太郎の背中に匕首が刺さるだろう、という距離になったとき、左母二郎は、

「角太郎、後ろだ！」

ハッとした角太郎は身体を翻し、町人の喉に剣の切っ先を突き付けた。左母二郎は刀を引き抜きざま、浪人の編み笠を切り裂いた。浪人はあわてて左手で顔を隠しながら走り去った。角太郎は町人に、

「貴様……彦三だな」

町人は無言で下を向いている。

「それがしはもう、化け猫が父に成り代わっていたのではない、なにもかも美濃口と貴様が仕組んだことだった、と知っておる。山中での死骸の入れ替えのからくりもわかった。美濃口が長年、御用商人への支払いのなかから幾ばくかを横領しており、その罪を父に着せたこともだ」

「どうしてそれを……」

「帰って、美濃口に伝えよ。犬村角太郎、父の仇を討つため、近々お目にかかりに参上する、とな」

彦三はがたがたと震えながらも、

「でえっ」

と角太郎に斬りつけた。角太郎はたやすくその刃を刀で払った。彦三は脚を滑らせ、あらぬ方に突っ込んだ。そこには風呂敷から顔を突き出している鈴虫がいた。

「危ない！」

角太郎は鈴虫をかばうため、彦三と風呂敷のあいだに身体をねじこんだ。彦三の匕首の先は角太郎の右の二の腕をかすめた。左母二郎が飛びかかって、彦三の顔面を雪駄で蹴りつけた。地面に倒れた彦三の喉を、雪駄でなんども踏みつける。

「ぎゃっ、ぎゃっ、ぎゅっ……死ぬ……やめ……て……」

彦三は俵のように転がってようやく左母二郎から逃れ、立ち上がると匕首を放り出して駆け去った。

「傷はどうだ?」

左母二郎が、角太郎の腕を見た。

「なんの、かすり傷でござる」

「それにしてもおめえが猫を助けるたあ、驚いたぜ」

「身体が勝手に動いておりました」

「じゃあ、もう大丈夫だ。おめえが鈴虫を連れていきな」

「そ、それがしが、でござるか」

角太郎はこわごわ鈴虫の入った風呂敷を持ち上げた。鈴虫はおとなしくしている。歩き出しても、角太郎を見上げて、その顔をじっと見つめている。こわばっていた角太郎の顔もほぐれ、

「こうして見ると、可愛いものでござるなあ。なにゆえこんなものが恐ろしかったのか……」

鈴虫が「にゃあ」と鳴いた。

◇

鈴虫を見た三津次と初は躍り上がって喜んだ。

「こいつが詩呂に間違えねえか？」

左母二郎がたずねると、

「ああ、間違いおまへん。この首輪も鈴も見覚えあるし、なによりこの顔がほかの猫とはまるで違《ちご》とります」

三津次は涙を流している。初も詩呂の頭を撫で、

「おかんが帰ってきたみたいやなあ……」

角太郎はその場に両手を突き、

「それがし、犬村角太郎と申すもの。どうしても確かめたき儀あってこの額を暫時拝借《ざんじ》し、すぐにお返しするつもりでござったが、うかつにも損傷してしまいかかるありさま。いくら詫びても詫びきれぬことではあれど、なにとぞご寛恕《かんじょ》くだされ」

初は、

「かまへんかまへん。なんちゅうたかて詩呂を見つけて、連れてきてくれたんやさかいな。怒るどころかお礼を言いたいわ。——なあ、おとん」

「そやなあ。犬村さま、お手をあげとくなはれ。詩呂を連れてきてくれてほんまにありがたいと思とります。それに、この額はいっぺん神社に奉納したもんやさかい、わしらにはどうこう言えまへん」

初が、

「けど、どないして見つけたん？　おっさんの知り合いが飼うてたんか？」

左母二郎が、

「優しい、猫好きのお姐ちゃんが飼ってくれてたのさ」

「へー、お礼言わなあかんなあ」

「礼なら、角太郎にも言ってやってくれよ。詩呂を守るために怪我をしたんだぜ」

そう言って、角太郎の右腕の傷を指差した。

「えーっ！　ほんまかいな。おとん、このひと、詩呂の恩人やん！」

角太郎がかぶりを振り、

「なにを大仰な……これもそれがしの迂闊《うかつ》から起きたこと。――それよりも、こうして猫を連れて参ったのだ。なんとか額の修繕をしてもらえぬか」

三津次が暗い顔つきになり、

「それがなあ……詩呂を連れてきてもろてこんなこと言うのはなんだすけど、あれからよう見ましたのやが、ここまで焼けてしもたら、直すのはやっぱり無理だすわ。一から彫るしかおまへんけどな、今のわしにはそんな体力も気力もおまへん。右腕も痛めとる。申し訳ないけど、ほかの大工に頼んどくなはれ」

「そうか……」

角太郎も肩を落とした。

「ほかの大工、と申すが、おまえと並ぶ腕の彫りもの師はほかにおるのか」

「へへへ……大口叩くように思いなはるかもしれまへんけどな、この額を彫ってたころのわしよりも腕のある彫りもの大工は大坂にはいてまへんで。上っ面だけきれいに仕事するやつはおるけど、魂のこもった細工はなかなかでけるもんやおまへん」

初が胸を張って、

「うちのおとんは、ほんまは左甚五郎並の名人なんや。ほんまにほんまやで」

「ははは……左甚五郎は言い過ぎやけどな、たしかにわしは甚五郎棟梁の細工を尊敬しとります。一歩でも近づけるように、と思うてた時分もおましたけどな……」

左母二郎が思い出したように、

「おう、おめえに見てもらいてえ彫りものがあるんだがな」

そう言って風呂敷をまえに出し、結び目を解いた。なかから現れたのは例の鷹である。

「これ、なんだす？」

「おめえ、甚五郎を尊敬してるってわりに驚かねえな。こいつは、左甚五郎作のお鷹だそうだ。立川屋吾左衛門って野郎が鑑定して、本物だ、てえことで、細川の殿さんに五百両で売りつけたもんだ」

「それが、なんでここにおますのや」

「そりゃあつまりその……額とおんなじでちょっと拝借したのよ」

「これが……甚五郎作？　アホなことを……」

「違うってえのか」

「こんなもん、わしに言わせたら二束三文のガラクタだすわ。それこそ、さっき言うたようにうわべだけきれいにしただけで魂が入ってない。これを甚五郎作と目利きした、というのは立川屋はんもよほど目が曇ってるか、それとも……金が欲しいか、どっちかだすな」

「金が欲しい、というのは？」

「もっとはっきり言うと、この鷹彫ったのは、たぶん武助だす」

「武助だと？」

角太郎が大声を出したので、驚いた詩呂が部屋の隅に逃げた。

「当人に会うたことはおまへんのやが、彫ったものはこれまで何遍か見ましたさかい、間違いおまへんやろ」

「その名、聞いたことがある。彦三にダルマを手渡していた男が、たしか『武助どん……いや、甚五郎先生』とからかい半分でそう呼ばれていたぞ」

「じつは、ここんとこ、京、大坂で甚五郎棟梁の細工の偽ものが出回っとりますのや。それを彫っとるのが武助という大工で、もともと縁日のダルマを拵えてたような男だすが、どういうわけか他人の贋作《がんさく》を作るのだけがめちゃくちゃ上手いんだす。心ある大工は皆、腹を立てとります」

「じゃあ、立川屋が武助の彫ったものに甚五郎作と箱書きを付けて、大名や大商人に高く売りつけてるってえのか」

「たぶん、そやろと思います。わしが許せんのは、亡くなられた甚五郎先生の名が汚れる、ゆうことだす。こんなしょうもない彫りものを甚五郎作やと喧伝《けんでん》されたら甚五郎先生の沽券《こけん》にかかわる」

「そうけえ。そこまで言い切るってえからには、よほど自信があるんだろうな」

「あたりまえだすがな。そこそこ腕のある大工が見たらだれでもわかります。こんなクソみたいなもんを高い金出して買う細川のお殿さまもアホやと思うけど、とにかく武助は大工の風上にも置けんやつやと思とります。偽ものつかまされて往生しとるもんも多いやろけど、証拠がおまへんさかい、当人はのうのうとしとりますやろ」

左母二郎は角太郎に、

「今にも羽ばたいて飛びかかってきそうだ、とか、名人上手の作に間違いなかろう、とか言ってたやつがいたっけな」

「面目次第もござらぬ」

左母二郎は鷹を風呂敷で雑に包み直すと、

「邪魔したな」

そう言うと三津次の家をあとにした。

四

「そうだすか。しくじりましたか」

「もっと腕の立つやつを雇えばよかった。浪人ふたりと彦三に襲わせたのだが、網乾左母二郎とかいうめっぽう強いやつに邪魔をされたらしい。角太郎は、父親の死のからくりもすべてわかっている、父の仇を討つために近々参上する、と言うたそうだ」

「どないします？」

「それがわからぬから、こうしておまえのところに相談に来たのだ。――ほとぼりが冷めるまで、しばらくわしをここに匿《かくも》うてくれぬか」

「かましまへんけど……細川さまのほうにはなんとお伝えなさいます」

「病で出仕が叶《かな》わぬゆえ、治るまで親戚の家で療養する、と申し上げるつもりだ」

「よろしゅおます。当分、奥の八畳を好きに使とくなはれ」

「かたじけない。――それはそうと、もうひとつ大事の用がある。昨日、うちの蔵屋敷からお鷹が盗まれたのだ」

「えっ……昨日というと私、そちらに伺《うかご》うておりましたが……」

「お鷹はだれも使うておらぬ小部屋に置いてあったが、昨夜は表門も裏門も閉まっており、宿直のものによると朝まで出入りしたものはいないそうだ」

「盗人の仕業だすやろか」

「わからぬが……お鷹をおまえから買《こ》うたことはわしらふたりと大槻玄蕃殿よりほかは知らぬはず」

「まあ、盗人に盗られても、もとは武助の作だすし、売り渡しも終わっとりますさかいわしらは痛うも痒《かゆ》うもおまへんわな」

「ところが……大槻殿は、まだ殿にお見せするまえに盗まれたゆえ、代金は払えぬ、とおっしゃるのだ」

「そ、そんな無茶な。あれはもうお売りしたものだっせ。それに、盗まれたのは細川さまの手落ちやおまへんか」

「それはそうだが、あまりゴネると目付方の吟味が入り、お鷹が甚五郎作でないことが露見するやもしれぬ。そうなると、これまでに納めた五つも怪しい……ということになり、困りはいたさぬか」

立川屋はため息をつき、

「五百両は惜しいなあ。と言うて、武助にまた彫りもの作らせるにしても、甚五郎作ばかりでは芸がないし、信用もされまへんわなあ」

「それが、耳よりの話があるのだ。ここに来る途上、町人どもの話しているのが聞こえたのだが、根古間稲荷の宮司が、いつまでたっても眠り猫の額が見つからぬうえ、新たに奉納される額はつまらぬものばかりなので、額の奉納の賞金を上げ、腕利きの大工を募ることにしたらしいぞ。眠り猫が評判となっていたときは参拝者が増え、賽銭も多く集まり、商売繁昌の招き猫の札なども飛ぶように売れていたのに、額がなくなった途端もとに戻ってしまったそうだ。賞金は六百両。期限は今月の十五日だそうだ」

「渋ちんの宮司も今度は張り込みよったな」

「武助にやらせてみたらどうだ。四天王寺の眠り猫を見て、そっくりに彫ればよいではないか」

「なるほど、そうしますわ。けど、もっと腕のええ大工が応募してきたらどないしまひょ」

「奉納額がふたつ以上のときは宮司と京、大坂の目利きが優劣を決めるらしい」

「ほな、私にも声がかかるかもしれんけど、ひとりではずるはでけへんなあ」

「そのときは、相手の大工をばっさりと……」

そう言って美濃口はにやりと笑った。

「あんさんも懲りりんお方やなあ」

立川屋吾左衛門もにやりと笑った。

◇

「えらいことだよ！」

船虫が隠れ家に駆け込んできた。

「なにが？」

肘枕で半ば寝かかっていた左母二郎は薄目を開けた。

「根古間稲荷の眠り猫の額の賞金が六百両になったらしいよ。しかも、今のところ応募すると公言してるのは『大坂大工・武助』だとさ」

「武助だと？」

左母二郎は跳ね起きた。

「こいつぁ面白くなってきやがった」

左母二郎はなんだか浮かれているようでもあった。彼は刀を引っ摑んで腰にぶち込むと、尻端折《はしょ》りをして駆け出した。行き先はもちろん三津次の家である。

「聞いたか！」

左母二郎が言うと、熟柿《じゅくし》のような顔で酒を飲みながら横になっていた三津次は、

「聞いてまへん」

「だろうな。——根古間稲荷が眠り猫の額の賞金を六百両に釣り上げたらしいぜ」

「六百両？　そらすごい。けど、わしには関わりおまへん」

「そうか？　今、応募してるのは……武助てえ大工ひとりだぜ」

「え……」

三津次の顔が少しばかりこわばった。

「ほんまだすか」

「ああ。このままじゃ根古間稲荷の額は、武助の手柄になりそうな気配だ」

「まさか……」

「おめえ、このまま黙って見てるつもりかよ」

「そう言われても……今のわしの腕ではとても……」

　初が身を乗り出して、

「かなわん、て言うの？　うちのおとんはそんななまくら大工やったんか？」

「なまくら大工て……初、口が過ぎるで」

「けど、そやないか。ひとには、月を切れ、とか、おのれの心を研げ、とかえらそうに言うときながら、自分は猫の一匹もよう彫らんのか。その武助ゆうやつに額を掛けられて悔しないんか？　大坂の三津次の名が泣くで！」

「悔しないわけないやろ。けど、酒で手が震えるうえに、右腕が思うように動かん。今のわしはその辺の叩き大工にも劣るのや」

「情けない。うちは彫りものの上手いおとんが自慢やった。おかんもそう言うとった。今のおとんをおかんが見たら、どう思うやろな」

「きついなあ。どこでそんなきつい言葉覚えたんや。なんぼ言われてもできんもんはできん。堪忍してくれ」

「その言葉、詩呂のまえでもよう言うか？　やっと帰ってきてくれたんやで。詩呂にはおかんの魂が乗り移ってる、ておとんも言うてたやないか」

そう言うと、自分の話題が出ているとわかるのか、詩呂が近寄ってきて、初の膝に仰向けになって寝転がった。

「うちもなあ、よれよれのおとん見てるの、もう疲れた。なんとかしてえな」

そう言いながら初は詩呂の首輪についている鈴を指ではじいた。しかし、音は鳴らない。

「おかしいな、音鳴らへん」

「へしゃげてしもたんとちがうか」

「そんなことないみたいやけど……」

鈴をひねくり回していた初が、

「あっ……」

鈴がふたつに割れたのだ。

「うっかり割ってしもた。代わりの鈴、買うてこな……」

そのとき、左母二郎が、

「ちょっと待て。なにかあるぜ」

そう言って鈴のなかからなにかをつまみ出した。それは細かく畳まれた紙だった。開いていくと、文字が書かれている。左母二郎はそれを三津次と初に示した。そこには女

文字で、
　三津次さま。私が死んだらあんたはお酒に逃げて仕事をせんようになるのとちがうかと心配です。どうぞいつまでも立派な大工でいてください。それが私の願いです。

　という意味のことが書かれていた。

「おとん……これって……」

「あいつ、わしのこと、ようわかってたのやな。きっちりそのとおりのことしとるがな」

　三津次はぼろぼろっと涙をこぼし、

「ああ……情けない。ほんまは武助ごときに負けるわしやない。猫を彫って、わしを馬鹿にした連中を見返したい気持ちもある。手の震えは酒を断ったら治るやろ。けど、痛めた右腕は……どうにもならん」

　左母二郎が、

「そんなことねえだろ。おめえの好きな左甚五郎は、大工仲間に憎まれて右腕を斬り落とされてからは左手で鑿《のみ》を握るようになった、と聞いたぜ」

「そんな芸当は甚五郎棟梁なりゃこそだすわ。利き腕が使えんゆうて、急に左利きにはなれまへん」

初が、

「それやったら、うちがおとんの右腕になる！」

「――え？」

「おとんがあれこれ指図してくれたら、うちがそのとおりに彫る。時間かかるかもしらんけど、ふたりでやったらなんとかなる」

「初……」

三津次は手紙を持ち、

「わ、わかった……あいつの手紙に誓うわ。わしは今日から酒やめる。死ぬ気で猫の額を拵える」

左母二郎はだんだん居心地が悪くなってきた。こういう場面は大の苦手なのだ。そっと立ち上がり、出口に向かおうとすると、初が追いかけてきて、

「おっさん、おおきに」

「月が切れりゃあいいな」

初は小さくうなずいた。その瞳に、闘志がみなぎっているように左母二郎には思えた。

◇

「三津次、だと？」

美濃口が言った。

「へえ……上方では名高い彫りもの師だす。まえは表通りで大きな仕事を請け負うとりましたが、どういうわけか酒浸りになって、今は弟子もおらず、どこぞに逼塞しとるようだすわ。たぶんこの勝負に勝ってもっぺん世に出よう、ちゅう腹だすやろな」

「武助では勝てぬか」

「私は判じ役を頼まれましたさかい武助に一票入れるつもりやけど、ほかの判じ役もおりますからな。けど、六百両は惜しい。なんとか勝つ工夫はおまへんか？」

「判じ役に袖の下を渡してもよいが、硬骨漢がいて、そのことをバラされたらおしまいだ。やはり、三津次を片付けてしまうほうが確かだな」

「上手いこといきますやろか。角太郎のときは、ほれ……」

美濃口は苦い顔になり、

「あのときは雇い賃をけちったのと、向こうがふたりだと知らなかったからだ。今度は金に糸目をつけず、凄腕を大勢雇う」

「大丈夫だすか？」

「角太郎と網乾左母二郎、どちらも武士だった。今度はただの酒浸りの町人だ。刀も持っておらぬだろう」

「それやったらよろしいけど……」

立川屋吾左衛門はぼそりと言った。

◇

三津次の家からは夜遅くまで灯りが漏れていた。コツコツ、コツコツ……とキツツキのような鑿の音が間断なく聞こえてくる。

「ああ、ちゃうちゃう! そこは右斜めや。ほら、削り過ぎた。言うたやろ、ここは猫の耳やさかい、浮き出すようにせんと……もっと詩呂を見て彫らんかい」

三津次はじりじりしながら指図をするが、初は文句ひとつ言わず無言で鑿をふるっている。

「ちゃう、て言うたやろ。ちょっと貸せ。こうや、見とけよ」

三津次は初の手から鑿と金槌《かなづち》をひったくると、自分で彫りはじめた。右手に力が入らないようで、苛立ちを募らせながら鑿を使っている。

「おとん、無念無想やで」

三津次は苦笑いして、

「そやったな。——続けよか」

初は、ふたたび彫りはじめた。

その家をのぞき込んでいるのは彦三である。

（なんじゃい、小さい娘が彫っとるのか。三津次は腕が利かんのだな。こら、なんもせんでもこっちの勝ちじゃ。けど、まあ、言われたことだからのう……）

その場を離れると、長屋の入り口でたむろしていた五人の浪人に、

「先生方、お願いします。なかには三津次と娘しかおりません」

「三津次とやらは斬るとして、娘はどうするのだ」

浪人のひとりが言った。

「生かしとくとあとあと厄介。ついでに始末してくだされ」

「わかった」

五人の浪人と彦三が三津次の家に向かって歩み出したとき、

「待ちな」

闇のなかで声がした。

「なにやつ」

皆が刀を抜こうとしたときにはすでに遅かった。身を低く沈めた左母二郎の腰間から抜き打ちの白刃が放たれた。一瞬のことだった。五人の浪人は首筋を強く打たれ、泡を吹いてその場に倒れた。峰打ちではあるが、急所を的確に強く叩けばこうなるのだ。

「凄いやないか、左母やん。わての出る幕なかったがな」

そう言いながら並四郎は気絶した五人を縄でぐるぐる巻きにした。

「ひとり足りねえな」

「彦三が逃げよったわ」

「ちっ」

その間も、三津次の家から聞こえるコツコツ……という音は止まることがなかった。

「行くぜ」

左母二郎と並四郎は長屋を離れた。三津次の家からは、

「おとん、今、なんか表で音せんかった？」

「さあなあ、そんなことより続きや続き」

そんな会話が漏れ聞こえてきた。

◇

「聞いたか、根古間稲荷で新しい眠り猫の額を募ってたやろ」

「賞金六百両ゆうやつやな。わても応募したかったけど、風邪《かぜ》ひいてしもたさかい……」

「結局、期日までに応募してきたのは、武助と三津次ゆうふたりの大工だけや。このふたりの決戦になったのやが、その決着が明日、根古間稲荷の境内でつくらしい」

「だれでも観れるんか？」

「そや。判定は、名高い目利きが五人でくだすらしい。わては観にいくつもりや」

「わても行く行く。行くに決まってるがな。大坂中の大工が観にくるんとちがうか」

「楽しみやなあ」

◇

神社の境内に土俵が作られている。正面に座しているのは宮司で、その左右に判じ役として三名ずつ、計六人が座っている。立川屋吾左衛門の顔も見える。彼らと相対して、三津次と武助が小さな床几に腰を掛けている。ふたりのまえには布をかけた額が置かれ、その後ろには彫った大工それぞれの名を書いた高札《こうさつ》が立てられている。三津次の横には初が、武助の横には立川屋の店のものとおぼしき男が介添え役として控えている。御幣《ごへい》を持った宮司が一同に、

「それではただ今より根古間稲荷神社奉納の額比べを執り行う。判じ役の票が多かった側を勝ちとする。同数にて判じのつかぬときは、見物衆のなかからひとりを決め、その方に最後の票を投じていただく。勝っても負けても遺恨なし。よろしいな」

土俵を大勢の暇な見物人が取り囲んで、境内は押すな押すなである。そのなかに左母二郎、並四郎、船虫、角太郎の姿もあるが、こういう行事には掏摸《ちぼ》の被害や喧嘩口論が

つきものなので、東西町奉行所から同心衆が出張ってきており、四人はできるだけ目立たぬよう木の陰などから土俵を見つめていた。

「右、京町堀《きょうまちぼり》大工武助殿」

武助は頭を下げた。高価そうな羽織袴を着、帯には刀代わりの扇を挟んでいる。

「左、日本橋大工三津次殿」

三津次もおどおどと頭を下げた。目ヤニこそないものの、薄い一張羅は悲しいほどによれよれである。しかし、横の初は堂々と胸を張って宮司たちを見ている。

「では、まず右方、武助殿の猫から拝見しよう」

武助の横にいた男が布を取った。見物人たちが、おおお……と声を上げた。それは見事な細工であった。

「さすがやなあ。四天王寺の猫門の猫と細かいとこまでそっくりや」

「ほんまやな。左甚五郎並の腕、ゆうことや」

「こら、右方の勝ちやで」

「左方を見るまでもないな。三津次の着物見てみ。勝負に出てくる恰好《かっこう》か？」

宮司は声を張り、

「お静かに願います。——続いて左方、三津次殿の猫……」

初が布をはがした。猫は武助のものよりかなり大きい。左母二郎は、おや？　と思った。まえの額とは構図がまるで違っている。たしかに白い猫の姿が刻まれているのだが、猫は池のほとりで眠っている。それだけではない。

（そうか、夜か……）

池の面には半分に切れた月がたゆたっている。この額は夜の光景なのだ。まえの額では牡丹の花のなかで華やかに輝いていた猫が、ここでは夜露に濡れてしっとりとした雰囲気になっている。

（眠り猫……夜……てえわけか）

判じ役たちが口々に話し始めた。

「なるほど、『夜門』に掲げるにはこちらのほうがふさわしいか」

「鑿使いは互角と見たが……」

「わしは池に月の映る情緒を取りたい。三津次、落ちぶれたとはいえ、さすが名のある大工だけのことはある」

立川屋吾左衛門が、

「皆の衆の目は節穴か。私は四天王寺の甚五郎の猫を百度も観たが、武助のものと瓜二《うりふた》つ。甚五郎先生が名人ならば、それと同等のものを彫った武助の品こそほめるべきだす。それとも皆さんは、三津次の猫が甚五郎先生の猫よりうえやとおっしゃる？」

判じ役たちはざわついた。宮司が、

「では、いよいよ票を投じていただきます。右方が良かったと思うた方は右手を、左方が良かったと思うた方は左手を挙げてくだされ」

結果は、三対三だった。立川屋吾左衛門が、

「納得いかぬ。ここまで忠実に甚五郎の眠り猫を模すことができた、ゆうのは驚きやと思う。宮司さんが眠り猫の額を募ったのは、もともと四天王寺や日光東照宮の甚五郎の猫があって、うちにはない、という考えからやと聞いた。それなら、右のほうが勝ちやないか」

宮司は頭を抱えて、

「では、はじめの取り決めどおり、最後の一票は見物衆のおひとりに決めていただきます。そのお方はわしが選ばせてもらいます」

立川屋が、

「待った待った。ここに揃とるのはいずれも書画骨董の目利きばかりや。それが選びきれんかったものを素人の評定で決めるゆうのはおかしかろう。どうやってそのひとりを選ぶつもりや」

「ここは神域です。お稲荷さまの神意が働きます」

そう言うと、持っていた幣を満場の見物衆に向かっていきなり放った。幣は、彼らの頭を越えて飛んだ。

「その御幣を摑んだものに判じてもらいます！」

群衆のいちばん後ろあたりから白い手が伸びて、その幣を取った。見物たちは左右に引いて、道を開けた。

「あたしが摑んだよ」

そう言って土俵に向かって歩き出したのは船虫だった。左母二郎が、

「へっへーっ、こいつぁ面白えことになったもんだな」

角太郎が、

「船虫殿は彫りものに詳しいのか？」

並四郎がかぶりを振り、

「そんなわけないやろ」

しかし、船虫は臆することなく土俵に上がった。宮司が、

「神意はあなたを選びました。では、右、左、どちらが勝ちかあなたの考えを述べてくだされ」

「わかりました。――そもそもこの猫比べは、どっちが甚五郎の猫に似てるかっていう『物真似合戦』じゃあないよね。そっくりそのままに彫った、というのは、言い換えりゃ、贋作をこしらえたのとおんなじじゃないか」

武助が、びくり、と背中を動かした。

「だいいち、四天王寺の猫門とここの『夜門』じゃあ高さがまるで違う。地面に置いて見てる分にはいいけど、猫門ならちょうどいい彫りものも、これだけ高さがある門だと額がよく見えないんじゃないかい？　そのまま真似るのはおかしいだろ。この神社が東門を『朝門』、西門を『夜門』と呼んでるのも、東は朝になってお天道《てんと》さんが上がるから、西は夜になってお月さんが上がるから、だろ？　『夜門』の額に月が池に映ってるというのも、洒落《しゃれ》てるじゃないか」

「ということは、つまり……」

「あたしゃ、左に一票入れさせてもらいます」

立派な言い立てであった。船虫は三津次と初を振り返り、これでいいかい？　というような表情をした。宮司は大きくうなずき、

「なるほど、ようわかりました。では、根古間稲荷『夜門』に奉納する額は、日本橋大工三津次殿に決することといたします」

群衆から、おお……というどよめきの声が上がった。そのとき、

「言いたいことがあります！」

見物のなかからひとりの男が走り出た。彦三である。

「私は知っています。この猫は、三津次が彫ったもんではないんじゃ！」

宮司は顔をしかめ、

「なんと……」

「後見をしとる、そこの娘、あいつが彫ったもんじゃ。三津次は右腕が利かぬゆえ、鑿が持てません」

　判じ役たちがまたざわついた。

「応募者の名は『日本橋大工三津次』となっとる。べつのものが彫ったものでは認められんのやないか」

「そうやなあ。彫った当人やないと……」

　立川屋が、

「ずるをして勝とうというようなやつの彫りもの、神意に適《かな》わん。失格や！」

　船虫が声を振り絞り、

「こどもの代わりに親が応募してた、というならずるかもしれないけど、親の代わりにこんな小さな娘《こ》が応募してたんだよ！　やましいところなんかありゃしないじゃないか！」

　宮司はまたしても頭を抱え、

「うーむ……そうだのう……」

　そのとき、初が進み出て、

「うちがこの額を彫った三津次だす」

「なにを申す。三津次はおまえの父親だろう」

「はい。けど、うちはこないだ、三津次を継いだんだす。ほら、高札にも……」

一同の目は高札に向けられた。「左、日本橋大工三津次殿」の肩にやや小さな文字で「二代目」とあった。初はにっこりして、

「そうだす。うちが二代目三津次だす。以後、よろしゅうお見知りおきを」

宮司はしばらく考えていたが、

「わかった。おまえさんが二代目三津次と認めましょう。ええ猫を彫ってくれてありがとう。六百両はおまえさんのもんや」

初はくるりと向きを変え、大声で言った。

「網乾のおっさーん！　さもしいおっさーん！　どこにおるんやーっ！　うち、とうとう月が切れたでーっ！　おっさんのおかげや！　おおきに！」

左母二郎は赤面して、そそくさと神社を去った。

◇

その夜、美濃口逸ノ丞は料亭で立川屋吾左衛門の接待を受けていた。立川屋の座敷に潜んでいた美濃口を、立川屋がぜひにと引っ張り出したのだ。しかし、いくら酒を飲んでもふたりとも気持ちが弾まぬ。額比べに負けたことがこたえている立川屋がひたすら

愚痴を述べ立てるので、美濃口は次第にいらついてきた。

「もう、やめぬか。おまえの自棄酒《やけざけ》に付き合っておるとわしまで気が滅入《めい》ってくるわい。今夜のところはこれでお開きといたそう」

「もう一軒……もう一軒だけ参りまひょ。芸子《げいこ》も呼べる店だす」

ふたりは料亭を出た。立川屋の丁稚《でっち》が提灯《ちょうちん》を持って、まえを歩く。

「あの三津次の娘、腹立ちますなあ。今はええ気分でおるやろけど、わてにさんざん恥かかせよって……そのうちえらい目に遭わせたるつもりだす」

「そもそも武助のようななまくら大工に勝負を託したのが間違いだったのだ。ひと真似が得意というだけなら、オウムでも勝てるだろう」

「武助に、四天王寺の眠り猫そっくりに彫らせたらええ、と言いはったのは美濃口さまだっせ」

そのとき、ガシャッという音とともにふたりのまえになにかが放り出された。丁稚が提灯でそれを照らした。木でできた鷹である。

「こ、これは……」

美濃口が一歩退いた。闇のなかから現れたのは、大槻玄蕃だった。

「お、大槻殿……ご機嫌よろしゅう存ずる」

「美濃口、出仕もできぬと聞いておったが、料亭で酒盛りとは、都合のよい病があるものだな」

「いえ、ようよう治りましたるゆえ、今夜は本復祝いにて……なれど、なにゆえ盗まれたお鷹がここに……」

「なにがお鷹だ。偽物《ぎぶつ》をつかませよって……」

「偽物などとはとんでもない。立川屋がきちんと鑑定を……」

「この鷹が、『左甚五郎作にあらず。二束三文』という張り紙とともに蔵屋敷の門前に放り出されていたゆえ、べつの目利きに吟味させたるところ、ただのガラクタだという鑑定が出た。この鷹だけではない。島津公が買い求めたる鷹も、念のため、急使をつかわして調べてもろうたところ、あちらも同様であった。おそらくこれまでに立川屋がわが殿に買い上げさせたるものすべてが贋作であろう」

大槻玄蕃は立川屋に向き直り、

「立川屋、ようも細川家をたばかったな。許せぬ……!」

「あ、いや、その……わてだけが悪いのやおまへんのや。ここにいらっしゃる美濃口さま……」

そこまで言いかけたとき、立川屋吾左衛門の顔が醜く歪《ゆが》んだ。口から血があふれ出し、両腕を痙攣《けいれん》させながらうつ伏せに倒れ込んだ。美濃口が背後から袈裟《けさ》懸《が》けに斬り捨てたのだ。

「美濃口、なにをいたすか！」

「お家に仇なす大悪人を成敗いたしたところでござる。贋作を大名家に売りつけて私腹を肥やすとは……それがしも長年、このものにだまされておりました。わが目の節穴ぶりが情けのうござります」

「口封じか。見苦しいぞ、美濃口。そのようなことが通ると思うか。獅子身中の虫とは貴様のことだ。蔵屋敷に戻り、謹慎しておれ！　いずれ国表《くにおもて》から目付が参るだろう。申し開きがあればそこでいたすのだな」

美濃口は舌打ちをして、その場を逃げ出した。

（捕まったら、腹を切らねばならぬ。そのようなことはご免だ……）

八軒屋《はちけんや》までたどりつけば夜船がある。それで京に逃げよう。あとのことはそれから考えればよい……。美濃口は必死に走った。しかし、行く手を阻むものがいた。

「だれだ、そこをどけ！」

「犬村角太郎だ。美濃口逸ノ丞、父の仇、ようもそれがしをたばかったな。尋常の勝負に及べ！」

逃げ場を失った美濃口は大刀と小刀を同時に抜き、

「そうだ。おまえの父はわしが猟銃で撃ち殺した。わしの所業をあげつらい、杓子定規《しやくしじようぎ》なことを申すゆえ、いたしかたなかったのだ。さいわいにもおまえは馬鹿で、父親は猫が化けているという妄言を信じよった。はは……はははは。馬鹿の息子も馬鹿で助かったわい」

角太郎は刀を抜こうともせず、無言で美濃口に歩み寄った。

「な、なんだ。なにをする。この刀が見えぬのか」

「食らえ！」

角太郎は美濃口を拳で殴りつけた。美濃口はその場に尻餅をついて倒れた。角太郎は仇をじっと見下ろしていたが、やがて、美濃口に背中を向けた。

「もう、よい。どこへなと立ち去れ」

「なに？」

「汚らわしい。貴様のようなやつを、たとえ一時でも信じたおのれが馬鹿だった。早う去《い》ね」

美濃口は屈辱のあまり唇を嚙《か》んでいたが、やがて、起き上がると、

「ええいっ！」

角太郎の背に向けて、両刀を槍のように持ち、突進した。

「クズ野郎め！」

横合いから左母二郎が飛び出し、美濃口の肩先を斬り下げた。血しぶきが上がり、美濃口は刀を落として転がった。

「ええい、殺せ！」

そう叫ぶ美濃口に、ようやく追いついた大槻玄蕃が、

「どこのどなたかは存ぜぬが、これなるはわが細川家ゆかりのもの。家僕ともども捕縛いたして、家中の掟《おきて》に照らし、厳重な裁きを受けさせるつもりでござる」

左母二郎が、

「おい、角太郎、それでいいのか」

「よろしくお願いいいたす」

角太郎は大槻玄蕃に一礼すると、ゆっくりと去っていった。

◇

「ははあ……これは筋や骨に異常はない。高みから落ちたときに強う打ったからしびれがとれてないだけや。有馬《ありま》にでも湯治に行ったら治ると思うわ」

医者の馬加大記《まくわりだいき》が三津次の右腕を診《み》て、そう言った。左母二郎と船虫が連れてきたのだ。船虫が詩呂の喉をくすぐりながら、

「このひとは、人間は馬鹿だけど医者としての診立てはしっかりしてるから心配いらないよ」

「だれが馬鹿だ。わしの苗字はまくわりと読むのが本当だぞ」

初が三津次に、

「こないだの賞金の六百両あったら温泉にしばらくいてても平気やろ。――おとん、よかったなあ。右腕、治るんやて。また鑿が握れるなあ」

「そやな。わても一所懸命やるわ。でないと、また、女房に叱られるさかいな」

「おかんが叱らんかったらうちが叱ったるわ」

「なんじゃい、二代目継がすの、ちょっと早まったかいな……」

船虫が白い喉を見せてころころ笑った。初が船虫に、

「船虫さん、おおきに。船虫さんがあそこでうちらの猫を推してくれたさかい勝てたんや。よう御幣を摑んでくれたわ」

「無我夢中で手を伸ばしたらそこにふわっと落ちてきたんだよ。もしかしたら、本当に神さまの仕業かもしれないねえ」

「船虫さん、またいつでも遊びにきてや」

「ありがと」

「なあ、網乾のおっさんが言うとった、詩呂を飼うててくれた『優しい、猫好きのお姐ちゃん』ゆうの、船虫さんやろ?」

「な、なんでわかるんだい?」

「詩呂の様子見てたらわかるわ。――船虫さん、これ、うちからのお礼や」

初は三十両の金を船虫に渡した。船虫はにこにこ顔で、

「ありがとうね、お初《は》っちゃん」

「網乾のおっちゃんもどうぞ」

初は同じ額を左母二郎のまえにも置いた。左母二郎はしばらく考えていたが、

「わかった。ありがたくいただいておくぜ」

珍しく金をふところに入れた。三津次が、

「お、おい、手荒《てあろ》う遣うな。この金は大事な賞金……」

「うちがもろたもんや。うちの好きにするで」

「すんまへーん……」

三津次が頭《こうべ》を垂れるほのぼのとした様子を見ていた左母二郎に、詩呂がじゃれついた。

その瞬間、左母二郎は長屋が揺らぐようなくしゃみをした。

「ひぃいっくしょん!」

左記の資料を参考にさせていただきました。著者・編者・出版元に御礼申し上げます。

『大阪の橋』松村博著（松籟社）
『大阪の町名―大阪三郷から東西南北四区へ―』大阪町名研究会編（清文堂出版）
『歴史読本 昭和五十一年七月号 特集 江戸大坂捕り物百科』（新人物往来社）
『近世風俗志（守貞謾稿）（一）』喜田川守貞著 宇佐美英機校訂（岩波書店）
『完全 東海道五十三次ガイド』東海道ネットワークの会（講談社）
『南総里見八犬伝（一）』曲亭馬琴作 小池藤五郎校訂（岩波書店）
『南総里見八犬伝（三）』曲亭馬琴作 小池藤五郎校訂（岩波書店）
『NHK文化セミナー・江戸文芸をよむ 八犬伝の世界』徳田武著（日本放送出版協会）
『黄門さまと犬公方』山室恭子著（文藝春秋）
『つくられた明君――光圀、義公そして水戸黄門――』鈴木一夫著（ニュートンプレス）
『水戸黄門は〝悪人〟だった』木村哲人著（第三書館）
『江戸城 将軍家の生活』村井益男著（中央公論社）
『曾根崎心中 冥土の飛脚 心中天の網島 現代語訳付き』近松門左衛門／諏訪春雄訳注（KADOKAWA）
『週刊誌記者近松門左衛門 最新現代語訳で読む「曽根崎心中」「女殺油地獄」』小野幸惠／鳥越文蔵監修（文藝春秋）

解説

友野　詳

●さあ、レジへどうぞ

　さあ、みなさま、いかがでございましたか。〈元禄八犬伝《げんろくはっけんでん》〉の三冊目、この『歯嚙《はが》みする門左衛門《もんざえもん》』は？　おもしろうございましたでしょう？　未読でいらっしゃるなら、申し上げておきますが、おもしろうございますよ。なので、もしも書店さんの店先で手にとって、どんな話かと思われてこの解説を開いて確認してらっしゃるなら、もう閉じて、レジへと行っていただいて大丈夫でございます。

「いや、これは『三』やろ。わし、一とか二とか読んでないねんけど」

　とか思うておられても、まああなた、ここを開いておられる時点でですね。

「これ『三』とは書いてあるけど、面白そうやったら読んでみよかな」

　と考えてはったわけですよね？　それ、正解です。シリーズではありますが、一話ごとで完結しているお話が二本で一パックのお得仕様ですから、この本から読んでも楽しめますよ。

とはいえ、もちろん未読であれば三冊まとめてレジにお運びいただくのがベストです。

ここはわたくしを信じて、ぜひよろしゅう。

●田中さんとわたくし

いつも読むたびに「やっぱしオモロいのう、田中さんの本は～！」と感じ入っているわたくしです。わたくしもモノカキのはしくれですから、妬ましさとか感じていいはずなんですが、ただひたすらに楽しんでしまいますねんな、これが。

おっと、そういうおまえは誰やねん、となってる方もいらっしゃいますわね。ぼちぼち自己紹介もしておかないけません。

はじめましての方も、ようけ《たくさん》いたはる《いらっしゃる》でしょうか。友野詳と申します。グループSNEというクリエイター集団に所属しておりまして、アナログなゲームを作ったり、小説（いわゆるライトノベルがメインですが、時代小説も何作か）を書いたりをなりわいにしております。そろそろキャリアも三十年を超えまして、実は田中さんよりちょっとだけお仕事では先輩です。年齢は、わたくしのほうが一つ半下なんですけども。

田中さんが、集英社さんの第二回ファンタジーロマン大賞で佳作入選しはってデビューされた時、選考委員をつとめていたのが、先ほども名を出した、グループSNEの代表である安田均《やすだひとし》ですわ。

そのご縁があって、集英社さんのパーティでご挨拶したんが知り合ったきっかけやったと思います。わたくしもその頃、スーパーファンタジー文庫というレーベルで何冊か書かせていただいてたんで呼んでもろたんですね。

ほんで、どちらも大阪人ということで打ち解けて、同世代の怪獣話で盛り上がったりしまして、田中さんとはそれ以来のおつきあいでございます。

●上方落語好きなら読みなはれ

先ほどから、ちょいちょい大阪弁をまぜておりますけれども。

わたくし、大阪生まれの大阪育ち。自作でも、ときどき関西弁のキャラクターを登場させるんですが、文章で大阪弁のニュアンスをお伝えするのは、これが意外に難しいもんでしてな。自分が使っている言葉を忠実に再現したつもりやのに「あいつの書いてる関西弁はインチキや」と言われたこともあります。

そもそも一口に関西弁と申しましても、京阪神にしぼっても地域ごとに、けっこうな差があります。年代によっても、使う言葉が違《ちご》うてきたりしますんで、自分が慣れ親しんだのと違うと違和感を覚えるのは、ある程度はやむを得んところです。わたくし自身も、同じ大阪人の作家さんが書きはった大阪弁に「ちょっと違う」と思うてしもたことはありますからね。

せやけど、田中さんの大阪弁。これはホンマに見事で、読んでて「え、これ、ちょっとちゃうんちゃう?」と思うたことがありません。

するするっと大阪弁のイントネーションが再現されますねん。

テレビ的な、誇張された大阪弁でもない、かというて実際に使われとる言葉に寄せすぎて文字表記すると大阪弁に感じられへんような言葉でもない、ちょうどええ感じで、心地よい響きに安心させられます。

しかも、それぞれのキャラクターごとに、ちゃんと「違う大阪弁」を使《つこ》うてはる。

たとえば、現代の上方《かみがた》落語界を舞台にした人情コメディミステリー〈笑酔亭梅寿謎《しょうすいていばいじゆなぞ》解噺《ときばなし》〉の梅寿師匠と主人公の竜二《りゅうじ》（梅駆《ばいく》）くんや、それをとりまく人々。性別や立場で違う大阪弁をみごとに書き分けてはって、すごいしっくりと胸に落ちます。

大阪人に違和感がないのもすごいとこですけど、大阪人以外の方にもなじみやすい工夫もちゃんとしてはる。

たとえばそうですな。わたくしが大好きな〈鍋奉行犯科帳〉シリーズでは、タイトルロールである鍋奉行こと大坂（ここは時代どおりの表記で使い分けます）西町奉行の大《おお》邉久右衛門《なべきゆうえもん》はんは、よそから赴任されてきたので、ふつうの武家言葉（というには、だいぶん砕けてはりますが）を使うんですな。いっぽう、周囲の大坂育ちの与力《よりき》同心は大坂言葉の影響が濃い武家言葉、町人は商人《あきんど》言葉や下町言葉と使いわけてはる。あまりに濃いローカルな言い回しで、関西以外の読者にわかりづらいときは、主人公なりが聞き返して説明させても、不自然にならんのですわ。

さてひるがえって本作〈元禄八犬伝〉はといえば、舞台は大坂ながら、盗賊の並四郎《なみしろう》をのぞく主要キャラクターたちは、主人公である左母二郎《さもじろう》や相棒の船虫《ふなむし》、大法師《ちゅだいほうし》や代わる代わる登場する八犬士も、伝法《でんぼう》な無頼言葉や端正な武家言葉などの違いはあれど、江戸のほうの言葉遣い。ですが、本編を読んでみれば、これは「江戸ではない、浪花《なにわ》やないと」と感じられるお話になっております。

これはまず、脇を固める準レギュラーやゲストキャラクターがあやつる大坂言葉と、それによって醸し出される「商人と町民の心意気の都、大坂」らしさによるもんではないかと思うんですが、さてどうでしょう。

大阪弁遣いの上手《うま》さは、会話の美味《うま》さにもつながっています。ポポポンのポンと、テニスのボレー合戦か卓球のラリーのごとく、テンポよく繰り広げられる、ユーモアあふれる会話によって、あっという間に、我々読者は、お話にひきずりこまれてゆくのです。

●講談がお好きな人も読まはったらよろし

すでに一巻、二巻の解説でも触れられているように、このシリーズには下敷きとなった作品があります。曲亭馬琴《きよくていばきん》の『南総里見八犬伝《なんそうさとみ》』……そのものではなくて、それを換骨奪胎し、昭和の子供たちを熱狂させたNHKの人形劇『新八犬伝』です。

昭和四十八年の月曜から金曜までの夕方六時半にスタートした十五分の連続時代劇。田中さんと同様、同じ年代のわたくしも、大ファンでした。当時、通っていたソロバン塾で、昇級したら練習の開始時間が遅くなって番組が見られなくなるため、親に頭をさげて、通うのを辞めてしまったくらいです。テレビっ子やったなあ、とつくづく思います。

この作品、現代っ子やったわたくしらにもわかりやすく、昔のことをあれこれと現代風に嚙み砕いて説明してくれます。登場人物たちは、きちんとした時代劇をやっているので、そこの嚙み砕きをやってくれたのが、亡き大スター、九《きゆう》ちゃんこと坂本《さかもと》九さんが演じる黒衣《くろこ》のナレーターでした。時に講談口調、時には親しみあるお兄さんとして語りかけるように。わたくしは、この作品で「語り」の魅力というものを教わったように思います。時代劇っぽい言い回しの大半は、この作品で覚えたようなもので。

この『新八犬伝』四百五十話以上ある全編の脚本を、石山透《いしやまとおる》さんという方が担当されております。放送終了後にノベライズが刊行され、これが、地の文はほとんどがナレーターの語り調子のままでして、何度も何度も繰り返して読んで、自然と身についた語りを意識した地の文が、どうもわたくしにとって、文体の原点のひとつになっているようです。

いや、わたくしのことはどうでもよろしい。

閑話休題《それはさておき》（これも『新八犬伝』で覚えた表現）。

史実にうまいこと嘘《うそ》をすべりこませたり、思いこみをひっくりかえしたり、現代の視点で倫理や善悪を見直したりして、古い舞台を土台に、新たな活劇を作りあげる――という点で『新八犬伝』に学んだものは多く、わたくしも書いてみたいと思うておるんですが、そこをさらに一歩も二歩も、田中さんが先んじてはって、こちらは素直に読者として楽しませていただくしかなくなっております。

これまでも田中さんの奇想にはなんべんも、ひっくりかえって笑わせてもろたり、してやられたと唸《うな》ってきました。

SFやホラーではもちろんで、発想そのもので数光年先にいかれてるような気にさせられたものですが、ミステリーや時代ものとなると「地に足はついているのに天地が逆転した」みたいなアイディアをぶつけられて、どうしたらええのやら。

本作の場合は『新八犬伝』では脇役も脇役、主人公たちの引き立て役だった小悪党を主役にする、というアイディアがまず「や・ら・れ・た」としか。

田中さんの左母二郎は、もとの左母二郎より、ちょっとカッコようなってる気もします。あたかも浪花のルパン三世がごとく……というとちょっと言い過ぎですかね。

しかしですね、本稿のためにＤＶＤで見返していた（おかげで締め切りに遅れた）最終回では、飛び去る八犬士を見送って、なんとか金儲《かねもう》けに結びつけられまいかと頭をひねる網乾《あぼし》左母二郎が、最後の最後、ヒロインたちの直前に登場します。最初から最後まで、改心もしなければ成長もしない、そんな男がしめくくりのひとつ前を担当するあたり、人形劇のスタッフもこの男をかなり気にいっていたのではないでしょうか。

さて、田中さんが『新八犬伝』のキャラクターたち（特に八犬士！　見た目は人形劇を引き写しておきながら、中身をこうやああやとヒネってきはるとは！）についても語っておきたいところですが、あいにく、いただいた紙幅が尽きようとしております。八犬士も、いよいよ残るは悌《てい》の犬田小文吾《いぬたこぶんご》と仁《じん》の犬江親兵衛《いぬえしんべえ》の二人。いかなるキャラクターとなっているのかが、いまから楽しみでしょうがありません。

みなさんもご一緒に、ワクワクしながら待とうやないですか。

（ともの・しょう　アナログゲームデザイナー／小説家）

本書は、「ｗｅｂ集英社文庫」二〇二一年五月～八月に配信された「歯嚙みする門左衛門」と、書き下ろしの「眠り猫が消えた」で編んだオリジナル文庫です。

田中啓文の本

さもしい浪人が行く

元禄八犬伝 一

網乾左母二郎は金のためなら手段はいとわぬ小悪党。流れついた大坂で、怪盗・鴎尻の並四郎、妖婦・船虫としがない日々を送っている。そんな折、犬公方・綱吉に集められた「八犬士」が、失踪した綱吉の娘・伏姫探索のため大坂に現れて——。

天下の豪商と天下のワル

元禄八犬伝　二

蔵で唸る金に目が眩み、豪商淀屋の探索をすることになった網乾左母二郎一味。妻女が謎の病にかかり、怪しげな僧侶が出入りするなど、何かありそうだ。鴎尻の並四郎は僧侶の正体を暴こうと寺に向かうが、囚われの身となってしまう——。

集英社文庫

歯《は》嚙《が》みする門左衛門《もんざえもん》 元禄八犬伝《げんろくはっけんでん》 三

2021年8月25日 第1刷

定価はカバーに表示してあります。

著 者 田中啓文《たなかひろふみ》

発行者 徳永 真

発行所 株式会社 集英社

東京都千代田区一ツ橋2-5-10 〒101-8050

電話 【編集部】03-3230-6095

【読者係】03-3230-6080

【販売部】03-3230-6393(書店専用)

印 刷 図書印刷株式会社

製 本 図書印刷株式会社

フォーマットデザイン アリヤマデザインストア　　マークデザイン 居山浩二

ISBN978-4-08-744290-8 C0193